T0634200

Luz de guerra

Michael Ondaatje

Luz de guerra

Traducción del inglés de Guillem Usandizaga

Papel certificado por el Forest Stewardship Council®

Título original: *Warlight*
Primera edición en castellano: mayo de 2019

Printed in Spain – Impreso en España

ISBN: 978-84-204-3590-9
Depósito legal: B-5424-2019

Compuesto en MT Color & Diseño, S. L.
Impreso en EGEDSA, Sababell (Barcelona)

A L 3 5 9 0 9

Penguin
Random House
Grupo Editorial

Para Ellen Seligman, Sonny Mehta y Liz Calder
a lo largo de los años

La mayoría de las grandes batallas se libran
en los pliegues de los planos topográficos.

Primera parte

Una mesa llena de extraños

En 1945 nuestros padres se fueron y nos dejaron al cuidado de dos hombres que quizá fuesen delincuentes. Vivíamos en una calle de Londres llamada Ruvigny Gardens y un día por la mañana nuestra madre o nuestro padre nos propusieron que después del desayuno habláramos toda la familia, y nos contaron que se marchaban un año a Singapur. Dijeron que no sería por mucho tiempo, pero que tampoco sería un viaje corto. Por supuesto, alguien nos cuidaría durante su ausencia. Me acuerdo de que al darnos la noticia nuestro padre estaba sentado en una de esas sillas de jardín incómodas, hechas de hierro, mientras nuestra madre, que llevaba un vestido de verano, miraba pegada al hombro de él cómo reaccionábamos. Al cabo de un rato cogió la mano de mi hermana Rachel y la sujetó contra su cintura, como si pudiera calentarla.

Ni Rachel ni yo dijimos palabra. Nos quedamos mirando fijamente a nuestro padre, que se explayaba en las características del flamante *Avro Tudor I* en el que iban a embarcar, un descendiente del bombardero *Lancaster* que podía desplazarse a casi quinientos kilómetros por hora. Tendrían que aterrizar y cambiar de avión como mínimo dos veces antes de llegar a su destino. Explicó que lo habían ascendido y que debía encargarse del negocio de Unilever en Asia, un paso adelante en su carrera. Sería bueno para todos. Habló con aire serio, y en un momento dado nuestra madre se apartó para mirar el jardín de agosto. Al terminar de hablar mi padre, como ella vio que yo estaba extrañado, se me acercó y me pasó los dedos por el pelo como un peine.

Entonces yo tenía catorce años y Rachel casi dieciséis, y nos explicaron que durante las vacaciones cuidaría de nosotros un tutor, tal como lo llamó nuestra madre. Se referían a él como a un colega. Nosotros ya lo conocíamos; lo solíamos llamar «el Polilla», un nombre que nos habíamos inventado. Nuestra familia tiraba mucho de apodos, lo que significa que también era una familia de máscaras. Rachel ya me había contado que sospechaba que el Polilla se dedicaba al crimen.

Parecía un plan extraño, pero la vida todavía era caprichosa y confusa justo después de la guerra; de modo que la propuesta no nos sonó rara. Aceptamos la decisión, como hacen los hijos, y el Polilla, al que hacía poco que teníamos de inquilino en el tercer piso, un hombre humilde, corpulento pero parecido a una polilla por lo cauto de sus movimientos, iba a ser la solución. Nuestros padres debían de pensar que se podía confiar en él. No estábamos seguros, en cambio, de si sabían de las actividades criminales del Polilla.

Supongo que hubo un momento en que intentamos ser una familia unida. De vez en cuando, mi padre dejaba que lo acompañara a las oficinas de Unilever, que los fines de semana y los puentes se encontraban desiertas, y mientras él estaba ocupado yo deambulaba por el piso doce del edificio, que parecía un mundo abandonado. Descubrí que todos los cajones de la oficina estaban cerrados. No había nada en las papeleras ni cuadros en las paredes, aunque en una pared de su despacho había un gran mapa en relieve donde figuraban las sucursales extranjeras de la empresa: Mombasa, las islas Cocos e Indonesia. Y, más cerca de casa, Trieste, Heliópolis, Bengasi, Alejandría, ciudades que acordonaban el Mediterráneo, lugares de los que supuse que mi padre era responsable. Era allí donde reservaban las bodegas de los cientos de barcos que iban y venían de Oriente. Las luces del mapa que identificaban aquellas ciudades y puertos no estaban encendidas los fines de semana; se encontraban a oscuras, como aquellos lejanos puestos fronterizos.

En el último momento se decidió que nuestra madre se quedaría con nosotros las últimas semanas de verano para supervisar la asunción de nuestro cuidado por parte del inquilino, y prepararnos para los nuevos internados a los que iríamos. El sábado antes de que mi padre volara solo hacia un mundo lejano, volví a acompañarlo a la oficina, cerca de la calle Curzon. Propuso que diéramos un paseo largo, según dijo, porque los próximos días tendría el cuerpo embutido en el avión. De modo que cogimos un autobús hacia el Museo de Historia Natural y luego atravesamos a pie Hyde Park hasta Mayfair. Estaba extrañamente ansioso y alegre, cantaba los versos «Cuellos y corazones tejidos con esmero / se deshilachan en el extranjero» y los repetía una y otra vez con cierto desenfado, como si se tratara de una ley fundamental. Me pregunté qué significaban. Recuerdo que se necesitaban varias llaves para entrar en el edificio, cuyo piso superior estaba enteramente ocupado por el despacho donde él trabajaba. Me detuve ante el gran mapa, que seguía apagado, y memoricé las ciudades que mi padre sobrevolaría las noches siguientes. Ya entonces me encantaban los mapas. Mi padre se me acercó por detrás y encendió las luces, con lo que las montañas del mapa en relieve pasaron a dar sombra, aunque en aquel momento no me fijé tanto en las luces como en los puertos iluminados de azul pálido, así como en las grandes extensiones de tierra sin iluminar. Ya no era una perspectiva que lo mostraba todo, y sospecho que Rachel y yo debíamos de ver el matrimonio de nuestros padres desde una comprensión igualmente limitada. Rara vez nos hablaban de su vida. Estábamos acostumbrados a historias parciales. Nuestro padre había participado en las últimas fases de la guerra anterior, y no creo que se sintiera plenamente integrado en la familia.

En cuanto a la partida de nuestros padres, aceptamos que ella tenía que acompañarlo: pensábamos que no había forma de que ella pudiera vivir sin él; era su mujer. Dejarnos en Londres iba a ser menos calamitoso, y supondría un menor derrumbe para la familia que la opción de que nuestra madre se quedara en Ruvigny Gardens para cuidarnos. Y, tal como nos explicaron, no podíamos abandonar súbitamente los colegios en los que tanto nos había costado entrar. Antes de que se marchara, todos rodeamos a nuestro padre y lo abrazamos; el Polilla había tenido el tacto de desaparecer ese fin de semana, así que estábamos solos en casa.

De modo que empezamos una nueva vida. Entonces no me lo acababa de creer. Y todavía no estoy seguro de si la época que vino después desfiguró o dinamizó mi vida. Durante esa etapa iba a perder las pautas y los límites de la rutina familiar, y más adelante, como resultado, sufriría titubeos, como si hubiera agotado demasiado rápido mis libertades. Sea como fuere, ahora tengo una edad en la que puedo hablar de ello, de cómo crecimos protegidos por los brazos de desconocidos. Y es como explicar una fábula, sobre nuestros padres, sobre Rachel y yo, el Polilla, y también sobre los demás que se juntaron después. Supongo que hay tradiciones y motivos recurrentes en historias como esta. Alguien tiene que pasar una prueba. Desconocemos quién sabe la verdad. Las personas no son quienes creemos ni están donde creemos. Y hay alguien que observa desde un lugar desconocido. Recuerdo que a mi madre le encantaba hablarnos de las ambiguas tareas que asignaban a los caballeros leales en las leyendas artúricas, y cómo nos contaba esas historias, a veces situándolas en un pueblito concreto de los Balcanes o de Italia, en el que afirmaba haber estado y que nos mostraba en el mapa.

Tras la marcha de nuestro padre, la presencia de nuestra madre creció. Las conversaciones entre nuestros padres que oíamos de vez en cuando siempre iban de cosas de mayores. Pero ahora nuestra madre empezó a contarnos historias sobre ella, sobre su infancia en el campo en Suffolk. Nos gustaba especialmente la de «la familia del tejado». Nuestros abuelos vivían en una zona de Suffolk llamada The Saints, donde había pocas cosas que los distrajeran, solo el rumor del río o de vez en cuando la campana de un pueblo cercano. Pero hubo un mes en que una familia vivió en su tejado, tirando cosas y hablando a gritos entre ellos, tan alto que el ruido se filtraba a través del techo y entraba en la vida de la familia. Eran un hombre barbudo y sus tres hijos. El menor era el más callado, se encargaba sobre todo de subir los cubos de agua por la escalera y dárselos a los que estaban en el tejado. Siempre que mi madre salía de casa para recoger los huevos del gallinero o subirse al coche, veía que el hijo menor los observaba. Eran techadores, arreglaban el tejado y en eso andaban todo el día. A la hora de la cena bajaban las escaleras y se marchaban. Pero un día un viento recio levantó al hijo menor de tal forma que perdió el equilibrio y cayó del tejado a través de la enramada de tilos hasta dar contra las losas de delante de la cocina. Sus hermanos lo metieron en casa. El chico, que se llamaba Marsh, se había roto la cadera, y vino un doctor que le enyesó la pierna y les explicó que no había que moverlo. Tendría que estar en un sofá cama en la trascocina hasta que se terminara el trabajo en el tejado. Nuestra madre, que entonces tenía ocho años, se encargaba de llevarle la comida. De vez en cuando le llevaba un libro, pero él era tan tímido que apenas hablaba. Ella nos contó que esas dos semanas debieron de parecerle al chico una eternidad. Finalmente, una vez acabado el trabajo, la familia lo recogió y se fueron.

Siempre que mi hermana y yo nos acordábamos de esta historia, nos parecía sacada de un cuento de hadas que no acabábamos de entender. Nuestra madre nos la contaba sin dramatismo, pasando por alto el horror de la caída del chico, como ocurre cuando algo se cuenta varias veces. Debimos de pedir más historias sobre el chico que cayó, pero solo supimos de esa: la tarde de tormenta en que ella oyó el ruido sordo y húmedo de su cuerpo contra las losas, después de atravesar las ramitas y hojas de los tilos. Un episodio más de los oscuros entresijos de la vida de nuestra madre.

El Polilla, el inquilino del tercer piso, estaba la mayor parte del tiempo fuera de casa, aunque a veces llegaba a tiempo para la cena. Por aquel entonces lo animábamos a acompañarnos, y solo después de agitar mucho los brazos en una protesta poco convincente se sentaba y comía con nosotros. Sin embargo, la mayoría de las noches el Polilla se acercaba a Bigg's Row a cenar algo. Buena parte de la zona había quedado destrozada después del Blitz, y unos cuantos puestos callejeros se habían instalado por ahí. Siempre fuimos conscientes de la presencia vacilante del Polilla, de su posarse aquí y allá. Nunca estuvimos seguros de si esa forma de ser era timidez o desgana. La cosa iba a cambiar, claro. A veces, desde la ventana de mi cuarto, lo veía hablando tranquilamente con nuestra madre en el jardín oscuro, o me lo encontraba tomándose un té con ella. Antes de que empezara el colegio, mi madre dedicó bastante tiempo a convencerlo para que me diera clases particulares de matemáticas, una asignatura que suspendía sistemáticamente en el colegio, y que de hecho seguiría suspendiendo durante mucho tiempo después. Aquellos primeros días la única complejidad que detecté en nuestro tutor fueron los dibujos casi tridimensionales que trazaba para que yo pudiera ir más allá de la superficie de un teorema de geometría.

Cuando salía el tema de la guerra, mi hermana y yo intentábamos sonsacarle algunas historias sobre qué había hecho y dónde. Era una época de recuerdos verdaderos y falsos, y Rachel y yo sentíamos curiosidad. El Polilla y mi madre mencionaban a personas que ambos habían tratado en esos tiempos. Estaba claro que ella lo conocía de antes de que él viniera a vivir con nosotros, pero nos sorprendió que hubiera participado en la guerra, ya que el Polilla no tenía un porte «bélico». Lo que a menudo delataba su presencia en casa era la música tranquila de piano que salía de su radio, y la profesión a la que se dedicaba entonces parecía vinculada a una organización que tenía que ver con libros de contabilidad y sueldos. De todos modos, después de algunas insinuaciones supimos que ambos habían trabajado de «vigías de incendios» en lo que ellos llamaban «el Nido del Ave», sito en el tejado del hotel Grosvenor House. Mientras ellos hacían memoria, nosotros los escuchábamos ante un vaso de leche caliente. Salía a la superficie una anécdota y luego desaparecía. Una tarde, poco antes de que empezáramos en los nuevos colegios, mi madre nos estaba planchando las camisas en un rincón de la sala de estar y el Polilla dudaba al pie de la escalera, a punto de marcharse, como si solo estuviera a medias con nosotros. Pero entonces, en lugar de marcharse, habló de la destreza de nuestra madre durante un viaje nocturno en coche en el que transportaba a unos hombres a la costa en medio de la oscuridad del toque de queda hasta lo que se llamaba «la Unidad de Berkshire»; una ocasión en la que lo único que la mantuvo despierta «fueron unos cuantos trozos de chocolate y el aire frío que entraba por las ventanas». Mientras él seguía hablando, mi madre escuchaba con tanta atención lo que contaba que mantenía sujeta la plancha en el aire con la mano derecha para no dejarla descansar sobre el cuello de la camisa y quemarlo, completamente entregada a la historia penumbrosa del Polilla.

Debería haberme dado cuenta.

Su conversación procuraba no concretar cuándo habían ocurrido las cosas. Cierta vez supimos que nuestra madre había interceptado mensajes de los alemanes y que había transmitido datos a través del Canal de la Mancha desde un lugar de Bedfordshire llamado Chicksands Priory, con los oídos pegados a las frecuencias intrincadas de los cascos de una radio; también desde el Nido del Ave, encima del hotel Grosvenor House, que a esas alturas Rachel y yo empezábamos a sospechar que poco tenía que ver con el trabajo de «vigilancia de incendios». Nos dimos cuenta de que nuestra madre tenía más cualidades de las que creíamos. ¿Sus brazos blancos y hermosos y sus dedos delicados habían disparado alguna vez a un hombre y lo habían matado con toda la intención? Mi madre tenía algo atlético cuando subía garbosamente las escaleras. Antes no se lo habíamos visto. Durante el mes que siguió a la marcha de nuestro padre, y hasta que ella se fue al comienzo del trimestre escolar, descubrimos una faceta suya más sorprendente y luego más íntima. Y nos dejó una huella imborrable ese breve instante en que sujetó la plancha caliente en el aire mientras miraba al Polilla, que recordaba épocas pasadas.

Con la ausencia de nuestro padre la casa se notaba más desocupada y espaciosa, y pasábamos con nuestra madre todo el tiempo que podíamos. Escuchábamos seriales de suspense en la radio con las luces encendidas porque queríamos vernos las caras. A ella debían de aburrirle, pero insistíamos en que nos acompañara mientras sonaban sirenas de niebla, vientos que aullaban por los páramos, el lento caminar de un delincuente o una ventana que se hacía añicos, y durante esas radionovelas me rondaba la cabeza la historia que había quedado a medio contar sobre su viaje en coche y sin luces a la costa. Pero respecto a los programas de radio, a ella le gustaba más recostarse en la *chaise longue* los sábados por la tarde y escuchar *La hora del naturalista* en la BBC sin prestar atención al libro que tenía entre manos. Decía que el programa le recordaba a Suffolk. Y oíamos al señor de la radio hablar interminablemente sobre los insectos de río y los arroyos calcáreos en los que había pescado; parecía un mundo microscópico y distante, y mientras tanto Rachel y yo hacíamos un puzle echados en la alfombra, juntando piezas de un trozo de cielo azul.

Una vez los tres cogimos un tren desde la calle Liverpool hasta la que había sido la casa de infancia de mi madre en Suffolk. A principios de año nuestros abuelos habían muerto en un accidente de coche, de modo que ahora nos quedábamos mirando a nuestra madre mientras ella deambulaba en silencio por la casa. Recuerdo que siempre teníamos que andar con mucho cuidado por los bordes del recibidor, ya que si no el parqué de cien años de antigüedad gruñía y chirriaba. «Es un suelo ruiseñor —nos decía la abuela—. Nos avisa por la noche si hay ladrones». Rachel y yo dábamos brincos encima siempre que podíamos.

En cualquier caso, lo que más nos gustaba era estar solos con nuestra madre en Londres. Apreciábamos su cariño despreocupado y adormilado, mayor del que antes nos había transmitido. Era como si hubiera vuelto a una versión anterior de ella misma. Había sido, incluso antes de que se marchara mi padre, una madre ágil y eficiente, que se iba a trabajar cuando nosotros nos íbamos al colegio y normalmente volvía a tiempo para cenar juntos. ¿Esa nueva versión de ella se debía a la lejanía de su marido? ¿O era algo más complejo: una preparación para separarse de nosotros, con pistas de cómo quería ser recordada? Mi madre me ayudó con el francés y con *La guerra de las Galias* de Julio César —era un prodigio en latín y francés— cuando tuve que prepararme para el internado. Sorprendentemente, nos animó a representar en la soledad del hogar pequeñas obras teatrales caseras en las que nos disfrazábamos de curas o caminábamos de puntillas como si fuéramos marineros y villanos.

¿Las demás madres también lo hacían? ¿Caían resoplando encima del sofá con un puñal en la espalda? Mi madre no hacía nada de esto si el Polilla andaba por casa. ¿Pero por qué lo hacía? ¿Estaba aburrida de cuidarnos todos los días? ¿Disfrazarse o vestirse de cualquier manera la convertía en algo más que nuestra madre? Lo mejor de todo era que cuando los primeros rayos de luz se deslizaban hasta nuestras habitaciones, entrábamos a la suya como perros vacilantes y veíamos su cara sin maquillar, los ojos cerrados y los hombros y los brazos blancos ya extendidos para estrecharnos. Y es que, fuera cual fuera la hora, siempre estaba despierta, lista para que entráramos. Nunca la sorprendíamos. «Ven, Dedal. Ven, Gorrión», murmuraba utilizando sus apodos para cada uno. Sospecho que fue en ese momento cuando Rachel y yo sentimos que teníamos una madre de verdad.

A principios de septiembre subió el baúl del sótano y la vimos llenarlo de vestidos, zapatos, collares, novelas inglesas, mapas, objetos y artículos que creía que no encontraría en Oriente, e incluso algunas prendas de lana que parecían innecesarias, aunque nos explicó que por la noche en Singapur a menudo «refrescaba». Le pidió a Rachel que leyera en voz alta pasajes de una guía Baedeker sobre el territorio y los servicios de autobús, así como las expresiones locales que significaban «Ya está bien», «Más» y «¿Está lejos?». Recitamos las frases en voz alta con nuestro estereotipado acento oriental.

Quizá mi madre creía que los detalles y la parsimonia de llenar un gran baúl calmarían nuestras inquietudes sobre la sensatez de su viaje y no harían que nos sintiéramos todavía más abandonados. Era casi como si esperáramos que se metiera en aquel baúl negro de madera, que tanto se asemejaba a un ataúd con aquellos herrajes de latón en los cantos, y que se la llevaran. Esta actividad de llenar el baúl duró varios días y nos pareció lenta y aciaga, como un interminable cuento de fantasmas. Nuestra madre estaba a punto de sufrir una alteración. Iba a volverse invisible para nosotros. Quizá Rachel lo vivió de otra manera; era algo más de un año mayor que yo. Puede que a ella le pareciera teatral, pero para mí el continuo replanteamiento y la modificación de los contenidos del baúl sugerían una ausencia permanente. Antes de la partida de nuestra madre, la casa era nuestra cueva. Solo salíamos a pasear alguna que otra vez por el espolón del río. Ella dijo que en las semanas siguientes se iba a hartar de viajar.

Y entonces súbitamente tuvo que marcharse, antes de lo esperado, por algún motivo que desconocíamos. Mi hermana se fue al baño y se pintó toda la cara de blanco, luego se arrodilló en lo alto de la escalera con aquella cara inexpresiva y rodeó con los brazos los balaustres, sin soltarlos. Desde la puerta de la calle me uní a mi madre en una discusión con Rachel para intentar convencerla de que bajara. Era como si nuestra madre hubiera organizado las cosas de forma que no hubiese despedidas tristes.

Tengo una fotografía de mi madre que apenas revela sus rasgos. La reconozco solo por la postura, el gesto de las extremidades, aunque es de antes de que yo naciera. Ella tiene diecisiete o dieciocho años, y sus padres la han retratado en la orilla del río de Suffolk. Viene de nadar, se ha vuelto a poner el vestido, y ahora se aguanta con un solo pie y tiene la otra pierna doblada a un lado para calzarse un zapato y la cabeza gacha, de forma que los cabellos rubios le tapan la cara. Encontré la fotografía años después en el cuarto de invitados, entre los pocos vestigios que ella no había tirado. Todavía la conservo. Una persona casi anónima, en un equilibrio precario y en busca de un punto de sujeción para su seguridad. Ya de incógnito.

A mediados de septiembre llegamos a nuestros respectivos colegios. Al haber sido externos hasta ese momento, no estábamos acostumbrados a la vida de internado, mientras que todos los demás ya sabían que, en esencia, los habían abandonado. No lo soportamos y al día siguiente de nuestra llegada escribimos a la dirección postal de nuestros padres en Singapur, suplicando que nos liberaran. Calculé que nuestra carta viajaría en furgoneta hasta el puerto de Southampton y que luego seguiría en barco, llegaría a puertos lejanos y zarparía de ellos sin urgencia alguna. A esa distancia y después de seis semanas, ya sabía que nuestro memorial de quejas parecería insignificante. Por ejemplo, el hecho de que de noche yo tuviera que bajar a oscuras tres pisos de escaleras para encontrar un baño. La mayoría de los internos veteranos solían mear en una pila que había en nuestro piso, al lado de la que utilizábamos para lavarnos los dientes. Era una costumbre del colegio desde hacía generaciones, y las décadas de orina habían marcado un camino evidente en el receptáculo de esmalte usado para esta actividad. Pero una noche, mientras me aliviaba adormilado en la pila, el encargado de la residencia pasó por ahí y fue testigo de mi empeño. Al día siguiente por la mañana nos soltó un discurso airado en la reunión de profesores y alumnos sobre el acto despreciable con el que se había topado, y después afirmó que ni en los cuatro años que había luchado en la guerra había presenciado nada tan obsceno. El silencio de asombro de los chicos de la sala era en realidad incredulidad por que el encargado de la residencia desconociera una tradición que existía cuando Shackleton y P. G. Wodehouse estudiaban en el colegio (aunque se rumoreaba que habían expulsado a uno de estos grandes hombres, y la concesión del título de sir al otro había estado rodeada de polémica). Yo también esperaba que me expulsaran, pero lo único que ocurrió es que me pegó un delegado que no podía parar de reír. En cualquier caso, no esperaba una respuesta meditada de mis padres, ni siquiera después de añadir una posdata sobre mi delito en una segunda carta que escribí a vuelapluma. Me aferré a la esperanza de que la idea de que estuviéramos internos en el colegio fuera más de mi padre que de mi madre, de modo que quizá ella pudiera ayudarnos a recuperar la libertad.

Nuestros colegios estaban a menos de un kilómetro el uno del otro y la única comunicación posible entre nosotros era tomar prestada una bicicleta y encontrarnos en el ejido. Rachel y yo decidimos que hiciéramos lo que hiciéramos lo haríamos juntos. Así que a mediados de la segunda semana, antes de que nuestras cartas de súplica llegaran siquiera a Europa, nos escabullimos entre los alumnos externos después de la última clase, merodeamos por la estación de Victoria hasta el atardecer, cuando sabíamos que el Polilla estaría en casa para abrirnos, y volvimos a Ruvigny Gardens. Los dos sabíamos que el Polilla era el único adulto en el que nuestra madre parecía confiar.

—Ah, no habéis podido esperar hasta el fin de semana, ¿verdad? —fue todo lo que dijo.

Había un hombre delgado sentado en el sillón en el que siempre se sentaba mi padre.

—Os presento al señor Norman Marshall. Era el mejor peso medio al norte del río, le llamaban «el Dardo de Pimlico». ¿Habíais oído hablar de él?

Negamos con la cabeza. Nos preocupaba más que el Polilla hubiera invitado a casa de nuestros padres a alguien que no conocíamos. Nunca nos habíamos planteado esa posibilidad. También estábamos nerviosos por la huida del colegio y por cómo se lo tomaría nuestro flamante tutor. Pero, por la razón que fuera, al Polilla no le preocupaba aquella escapada nuestra entre semana.

—Debéis de tener hambre. Calentaré alubias estofadas. ¿Cómo habéis llegado hasta aquí?

—En tren. Luego en autobús.

—Ya.

A continuación se metió en la cocina y nos dejó con el Dardo de Pimlico.

—¿Usted es amigo suyo? —preguntó Rachel.

—Qué va.

—Entonces ¿por qué está aquí?

—Ese es el sillón de mi padre —añadí yo.

No me hizo caso y se volvió hacia Rachel.

—Él quería que yo viniese, cielo. Le interesa un perro de Whitechapel, este fin de semana. ¿Has estado alguna vez por allí?

Rachel estaba callada, como si el hombre no se hubiera dirigido a ella. Ni siquiera era un amigo de nuestro inquilino.

—¿Se te ha comido la lengua el gato? —le preguntó él, y luego volvió su pálida mirada azul hacia mí—. ¿Has visto alguna carrera de perros?

Negué con la cabeza y entonces volvió el Polilla.

—Aquí tenéis. Dos platos de alubias.

—Nunca han visto una carrera de perros, Walter.

¿Walter?

—Los podría llevar este sábado. ¿Cuándo es tu carrera?

—La Copa O'Meara siempre es a las tres de la tarde.

—Si escribo una nota, a veces les dan permiso a los chicos para salir los fines de semana.

—De hecho... —dijo Rachel.

El Polilla se giró hacia ella y esperó a que siguiera.

—No queremos volver.

—Walter, me voy. Parece que se te complican las cosas.

—No, aquí no se complica nada —dijo el Polilla con toda tranquilidad—. Ya nos apañaremos. No te olvides de la señal. No quiero poner dinero en un perro inútil.

—Claro. Claro...

El Dardo se levantó, posó de forma algo extraña una mano tranquilizadora en el hombro de mi hermana y nos dejó a los tres solos.

Nos comimos las alubias y nuestro tutor nos miró sin juzgarnos.

—Llamaré al colegio y les diré que no se preocupen. Seguro que ahora mismo están subiéndose por las paredes.

—Se supone que mañana a primera hora tengo una prueba de matemáticas —confesé yo.

—¡Casi lo expulsan por orinar en un lavamanos! —dijo Rachel.

El Polilla utilizaba la autoridad que pudiera tener con una diplomacia ágil; nos acompañó de vuelta al colegio a primera hora de la mañana siguiente y habló treinta minutos con el director, un hombre bajo y aterrador que siempre se desplazaba silenciosamente por la residencia con zapatos de suela de crepé. Me impresionó que aquel hombre que solía comer en los puestos callejeros de Bigg's Row tuviera esa autoridad. Sea como fuere, esa mañana volví a mi clase como externo, y el Polilla se encaminó con Rachel hacia su colegio para negociar la otra mitad del problema. Así fue como la segunda semana volvimos a ser externos. Ni siquiera nos planteamos qué les iba a parecer a nuestros padres este cambio radical en nuestras vidas.

Al cuidado del Polilla, cenábamos casi siempre en los puestos callejeros del barrio. Desde el Blitz, Bigg's Row era una calle poco frecuentada. Hacía algunos años, poco después de que a Rachel y a mí nos hubieran enviado a vivir a Suffolk con nuestros abuelos, una bomba que probablemente iba dirigida contra el puente de Putney cayó y explotó en la calle Mayor, a menos de medio kilómetro de Ruvigny Gardens. La cafetería Black & White y el salón de baile Cinderella quedaron destrozados. Murieron casi cien personas. Fue una noche de «luna de bombardero», tal como la llamaba mi abuela: la ciudad y los pueblos oscurecidos, pero el terreno visible a la luz de la luna. Incluso después de que volviéramos a Ruvigny Gardens al final de la guerra, muchas calles de nuestra zona todavía estaban medio derruidas, y a lo largo de Bigg's Row había tres o cuatro puestos callejeros con comida traída del centro de la ciudad en bicicleta, lo que había sobrado de los hoteles del West End. Se rumoreaba que el Polilla estaba metido en la introducción de parte de esos productos sobrantes en los barrios al sur del río.

Hasta entonces nunca habíamos comido en un puesto callejero, pero pasó a ser nuestra alimentación habitual. Nuestro tutor no tenía ningún interés en cocinar; ni tan siquiera en que le cocinaran. Decía que prefería «una vida rápida». De modo que casi cada noche los tres nos encontrábamos en compañía de una cantante de ópera o de sastres y tapiceros del barrio que todavía llevaban los utensilios sujetos al cinturón, mientras debatían y discutían sobre las noticias del día. El Polilla era más animado en la calle; tras las gafas, a su mirada no se le escapaba un detalle. Bigg's Row parecía su verdadero hogar, su escenario, donde estaba más a sus anchas, mientras que mi hermana y yo nos sentíamos unos intrusos.

A pesar de su actitud sociable durante esas comidas fuera de casa, el Polilla era muy reservado. Rara vez dejaba entrever sus sentimientos. Aparte de algunas preguntas extrañas —siempre me preguntaba como si nada por la galería de arte que formaba parte de mi colegio y si podía dibujarle un plano de cómo era—, no nos contaba nada sobre sus aficiones, y lo mismo ocurría con sus recuerdos de la guerra. No estaba cómodo cuando hablaba con jóvenes.

—Escuchad esto... —el Polilla levantó la vista un momento del periódico desplegado sobre la mesa del comedor—: «Alguien oyó al señor Rattigan diciendo que el vicio inglés no eran la pederastia ni la flagelación, sino la incapacidad de los ingleses de expresar emociones» —se calló y esperó alguna reacción por nuestra parte.

Durante nuestra adolescencia confiadamente dogmática pensábamos que era muy difícil que las mujeres se sintieran atraídas por el Polilla. Mi hermana hizo una lista de sus atributos. Cejas horizontales, negras y gruesas. Una barriga grande pero amable. Su narizota. Para ser un hombre reservado amante de la música clásica y que deambulaba por casa casi siempre en silencio, hacía un ruido fenomenal al estornudar. No era solo su cara la que expulsaba ráfagas de aire, sino que estas parecían originarse en las profundidades de aquella barriga grande y amable. Después venían tres o cuatro estornudos más, un ruido estrepitoso. A altas horas de la noche, los estornudos se podían oír con claridad, abriéndose un camino descendente desde su buhardilla, como si el Polilla fuera un actor experimentado cuyos susurros en el escenario llegan a la última fila.

La mayoría de las noches se sentaba y hojeaba el último número de *Country Life,* mirando detenidamente las imágenes de las mansiones señoriales, mientras iba tomando sorbos de algo que parecía leche en un vaso azul con forma de dedal. Para ser una persona que echaba pestes del avance del capitalismo, el Polilla tenía una marcada curiosidad por la aristocracia. El lugar que le despertaba más curiosidad era el Albany, al que uno entraba a través de un patio recóndito cercano a Piccadilly, y una vez murmuró: «Me encantaría darme una vuelta por ahí». En su caso, eso era tanto como reconocer que tenía instintos criminales.

Normalmente el Polilla desaparecía al amanecer y no volvía hasta el anochecer. El día de San Esteban, como yo no tenía nada que hacer, me llevó a Piccadilly Circus. A las siete de la mañana caminaba junto a él por el vestíbulo cubierto de una gruesa moqueta de las salas de banquetes del Criterion, donde el Polilla supervisaba el trabajo diario del personal, mayoritariamente inmigrantes. Con el fin de la guerra parecía que había un repunte de celebraciones. En media hora el Polilla ya había distribuido las distintas tareas: aspirar el salón, enjabonar y secar la alfombra de las escaleras, barnizar el pasamano y bajar cien manteles usados a la lavandería del sótano. Además, dependiendo del tamaño del banquete que iba a celebrarse aquella noche —una recepción para un nuevo miembro de la Cámara de los Lores, un bar mitzvá, una puesta de largo o el último cumpleaños de la viuda de un noble antes de morirse—, dirigía la coreografía del personal, encaminada a transformar poco a poco las inmensas salas de banquete vacías, hasta que terminaban con cien mesas y seiscientas sillas listas para las festividades de la noche.

A veces el Polilla tenía que acudir a estos eventos, como una polilla entre las sombras de las esquinas a media luz del salón dorado. Pero estaba claro que prefería las primeras horas de la mañana, cuando el personal al que no verían los invitados de la noche trabajaba en el abarrotado Gran Salón de casi treinta metros de largo, invadido de aspiradoras gigantes, hombres subidos a escaleras con escobas de nueve metros para quitar telarañas de los candelabros del techo, y lustradores de madera que disimulaban los olores de la noche anterior. No podía ser más distinto a las oficinas desiertas de mi padre. Aquello se parecía más a una estación de tren a la que cada pasajero llegaba con una intención distinta. Subí por una estrecha escalera metálica que llevaba junto a las lámparas de arco, a la espera de que las encendieran durante las horas de baile, y miré hacia abajo y los vi a todos; y en medio de aquel gran mar humano, la corpulenta figura del Polilla estaba sentada en una de las cien mesas redondas, con aquel placentero caos a su alrededor mientras rellenaba hojas de trabajo, consciente de alguna manera de dónde estaba todo el mundo o qué lugar deberían ocupar en el edificio de cinco plantas. Durante toda la mañana estuvo organizando a los lustradores de plata y a los decoradores de pasteles, a los engrasadores de las ruedas de los carritos y las puertas de los ascensores, a los limpiadores de pelusa y vómitos, a los reponedores del jabón de los lavamanos, a los reponedores de las pastillas de cloro de los urinarios y a los hombres que fregaban la acera frente a la entrada, así como a los inmigrantes que estrujaban nombres ingleses que nunca habían deletreado sobre pasteles de cumpleaños, cortaban cebollas a dados, rajaban cerdos con atroces cuchillos o preparaban cualquier otra cosa que desearan doce horas más tarde en la Sala Ivor Novello o en la Sala Miguel Invernio.

Nos retiramos discretamente del edificio a las tres en punto de la tarde, el Polilla desapareció y yo me fui a casa solo. A veces él volvía al Criterion por la noche si había alguna emergencia, pero yo no tenía forma de saber lo que mi tutor hacía desde las tres de la tarde hasta que regresaba a Ruvigny Gardens. Era un hombre de muchas teclas.

¿Había puesto un pie en otras profesiones, ni que fuera brevemente, una o dos horas? ¿En una honorable organización benéfica o en algún movimiento subversivo? Una persona que conocimos insinuó que dos tardes a la semana trabajaba para el Sindicato Internacional Semítico y Radical de Sastres, Operarios y Planchadores. Pero quizá era una invención, igual que sus actividades de vigía de incendios para las milicias populares del Home Guard durante la guerra. Con los años he descubierto que el tejado del hotel Grosvenor House era sencillamente el mejor lugar desde donde transmitir con claridad mensajes radiofónicos a las tropas aliadas que se encontraban en Europa, tras las líneas enemigas. Fue ahí donde el Polilla trabajó por primera vez con nuestra madre. Durante una época nos habíamos aferrado a estas briznas de historias sobre lo que ambos habían hecho en la guerra, pero después de que ella se marchara el Polilla se replegó y nos mantuvo alejados de esas anécdotas.

El fuego eterno

A finales de ese primer invierno, mientras vivíamos con el Polilla, Rachel me animó a que la siguiera hasta el sótano, y ahí, debajo de una lona y de varias cajas que ella había apartado, estaba el baúl de nuestra madre. No en Singapur, sino ahí. Parecía un truco de magia, como si el baúl hubiera vuelto a casa después del viaje. No dije nada. Subí la escalera y salí del sótano. Tenía miedo, supongo, de que nos encontráramos el cuerpo de mi madre ahí metido, imprimiendo su peso sobre toda aquella ropa tan cuidadosamente plegada. Se oyó un portazo en el momento en que Rachel se marchó de casa.

Yo estaba en mi cuarto cuando el Polilla volvió, bien entrada la noche. Dijo que en el Criterion se habían complicado las cosas. Normalmente no nos decía nada si estábamos en nuestros cuartos. Esta vez llamó a la puerta y entró.

—No has cenado.

—Sí he cenado —dije yo.

—No. No hay ninguna prueba. Te cocino algo.

—No, gracias.

—Déjame...

—No, gracias.

Yo no lo miraba. Se quedó donde estaba sin decir nada. Finalmente dijo: «Nathaniel», en voz baja. Solo eso. Y luego: «¿Dónde está Rachel?».

—No lo sé. Hemos encontrado su baúl.

—Sí —dijo en el mismo volumen—. ¿El baúl está aquí, verdad, Nathaniel?

Recuerdo las palabras exactas, cómo repitió mi nombre. Se hizo el silencio de nuevo; puede que en ese momento mis oídos no oyeran nada, incluso si hubiera habido algún ruido. Seguí encorvado. No sé cuánto tiempo pasó, pero lo acompañé escaleras abajo, entramos en el sótano y el Polilla abrió el baúl.

Dentro, planchados como para siempre, estaban todas las prendas de ropa y los objetos que tan teatralmente habíamos visto colocar a nuestra madre en el baúl, cada uno con una justificación de por qué iba a necesitar aquel vestido concreto a media pierna o aquel chal. Comentó que tenía que llevarse el chal porque se lo habíamos regalado para su cumpleaños. Y aquel bote también le haría falta. Y aquellos zapatos informales. Todo tenía un sentido y una utilidad. Y todo se había quedado en casa.

—Si ella no está allí, ¿él tampoco está?

—Él sí.

—¿Por qué está él si ella no está?

Silencio.

—¿Dónde está ella?

—No lo sé.

—Tienes que saberlo. Arreglasteis lo del colegio.

—Eso lo hice yo solo.

—Estás en contacto con ella. Lo dijiste.

—Sí, lo dije. Pero ahora mismo no sé dónde está.

Me agarró de la mano en aquel sótano frío hasta que me solté y volví al piso de arriba a sentarme junto a la estufa de gas en la oscuridad de la sala de estar. Oí sus pasos mientras subía la escalera, pasaba de largo de la sala donde yo estaba y seguía hasta la buhardilla. Cuando pienso en mi adolescencia, si me preguntaran por un solo recuerdo que me viniera a la cabeza, sería la casa oscura aquella noche en las horas que siguieron a la desaparición de Rachel. Y siempre que me topo con la expresión «fuego eterno», es como si hubiera encontrado una etiqueta para ponerle a ese momento, cuando me quedé en casa con el Polilla y apenas me aparté de aquella estufa de gas.

Intentó convencerme de que cenara con él. Cuando dije que no, el Polilla abrió dos latas de sardinas. Dos platos: uno para él y uno para mí. Nos sentamos junto a la estufa. Me acompañó en la oscuridad, en el tenue resplandor de la luz roja del gas. Ahora recuerdo la conversación confusamente y sin orden cronológico. Fue como si él intentara explicar o descubrirme algo que todavía no sabía.

—¿Dónde está mi padre?

—No hemos estado en contacto.

—Pero si mi madre tenía que reunirse con él.

—No —se detuvo un momento, pensando cómo seguir—. Créeme, no está con él.

—Pero es su mujer.

—Ya lo sé, Nathaniel.

—¿Está muerta?

—No.

—¿Está en peligro? ¿Dónde ha ido Rachel?

—Encontraré a Rachel. Déjala tranquila un momento.

—No me siento seguro.

—Yo me quedaré aquí contigo.

—¿Hasta que nuestra madre vuelva?

—Sí.

Hubo un silencio. Yo quería levantarme e irme.

—¿Te acuerdas del gato?

—No.

—Hace tiempo tuviste un gato.

—No.

—Sí.

Me quedé callado por educación. Nunca he tenido un gato. No me gustan.

—Huyo de ellos —dije yo.

—Ya lo sé —dijo el Polilla—. ¿Y por qué crees que es? Lo de huir de los gatos.

La estufa de gas chisporroteó y el Polilla se arrodilló y metió una moneda en el contador para reavivarla. Las llamas le iluminaron el lado izquierdo de la cara. Permaneció así, como estaba, como si supiera que cuando se inclinara hacia atrás volvería a quedar envuelto en la oscuridad, como si quisiera que yo lo viese, que nuestra conversación fuera íntima.

—Tuviste un gato —volvió a decirme—. Te encantaba. Fue la única mascota que tuviste de niño. Era pequeño. Esperaba a que volvieras a casa. Uno no se acuerda de todo. ¿Te acuerdas de la primera escuela a la que fuiste? ¿Antes de que os mudarais a Ruvigny Gardens? —negué con la cabeza y le miré a los ojos—. El gato te encantaba. De noche, cuando te dormías, parecía que cantaba para sus adentros, pero en realidad era un gemido. No era un sonido agradable, aunque le gustaba hacerlo. A tu padre le irritaba; tenía el sueño ligero. En la última guerra le entró pánico a los ruidos repentinos. El gemido de tu gato lo sacaba de quicio. Entonces vivíais en las afueras de Londres. En Tulse Hill, creo. Por ahí.

—¿Y tú cómo lo sabes?

Pareció como si no me oyera.

—Sí, Tulse Hill. ¿Qué significa ese nombre? *¿Tulse?* Tu padre te avisaba a menudo. ¿Te acuerdas? Entraba en tu cuarto, que estaba al lado del de tus padres, cogía el gato y lo dejaba fuera toda la noche. Pero era peor: todavía cantaba más alto. Desde luego, tu padre no lo consideraba un canto. Solo te lo parecía a ti. Es lo que le decías. El caso es que el gato no empezaba a gemir hasta que estabas dormido, como si no quisiera molestarte cuando estabas conciliando el sueño. Así que una noche tu padre lo mató.

No aparté la mirada del fuego. El Polilla se acercó todavía más a la luz, de modo que le miré la cara y vi que era humana, aunque parecía que estuviera ardiendo.

—Por la mañana no encontrabas al gato y él te lo contó. Dijo que lo sentía, pero que no podía aguantar el ruido.

—¿Y yo qué hice?

—Huiste de casa.

—¿Adónde? ¿Adónde fui?

—Fuiste a casa de un amigo de tus padres. Le dijiste a ese amigo que querías vivir allí.

Se hizo un silencio.

—Tu padre era genial, pero no era una persona equilibrada. Tienes que pensar que la guerra lo dejó muy tocado. Y no era solo el miedo a los ruidos repentinos. Había algo misterioso en él, y necesitaba estar solo. Tu madre lo sabía. Quizá ella debería habértelo dicho. Las guerras no son gloriosas.

—¿Cómo sabes todo esto? ¿Cómo lo sabes?

—Me lo contaron.

—¿Quién te lo contó? ¿Quién...? —y entonces me detuve.

—Fue conmigo con quien te alojaste. Tú me lo contaste.

Entonces los dos nos quedamos callados. El Polilla se levantó y se apartó del fuego hasta que apenas le veía la cara en la oscuridad. Con lo cual hablar parecía más fácil.

—¿Cuánto tiempo me alojé contigo?

—No mucho tiempo. Al final tuve que llevarte a casa. ¿Te acuerdas?

—No lo sé.

—Durante un tiempo no hablaste. Así te sentías más seguro.

Mi hermana volvió tarde, bastante después de medianoche. No parecía preocupada y apenas nos habló. El Polilla no le reprochó su ausencia, solo le preguntó si había bebido. Ella se encogió de hombros. Se la veía agotada y tenía los brazos y las piernas sucios. Después de esa noche el Polilla se esforzaría por estrechar lazos con ella. Pero a mí me dio la sensación de que Rachel había cruzado un río y estaba lejos de mí, en otra parte. Al fin y al cabo, fue ella quien descubrió el baúl que nuestra madre sencillamente se había «olvidado» cuando se embarcó en el avión para el viaje de dos días y medio a Singapur. Ni chal, ni bote, ni vestido a media pierna con el que dar vueltas sobre alguna pista de baile en una fiesta con nuestro padre, o con quienquiera que la acompañara, dondequiera que estuviese. Pero Rachel no quería hablar de ello.

Mahler escribió la palabra *schwer* al margen de algunos pasajes de sus partituras. Significa «difícil», «pesado». Nos lo contó en algún momento el Polilla, como si fuera una advertencia. Dijo que debíamos prepararnos para momentos de ese tipo y afrontarlos de forma eficaz, por si súbitamente debíamos poner las ideas en orden. Todos atravesamos épocas así, decía una y otra vez. Del mismo modo que ninguna partitura se basa en un solo tono o grado de esfuerzo de los músicos de la orquesta. A veces se basa en el silencio. Era una advertencia extraña la de aceptar que ya no había nada que fuera seguro. *«Schwer»,* decía, y con los dedos hacía el gesto de las comillas, y nosotros articulábamos la palabra y luego la traducción, o simplemente asentíamos cansados. Mi hermana y yo adquirimos la costumbre de repetirnos la palabra entre nosotros como loros: *«Schwer».*

*

Pasados los años, al escribir estas páginas, hay veces que me siento como si lo hiciera a la luz de una vela. Como si no viera lo que ocurre en la oscuridad, más allá del movimiento del lápiz. Parecen momentos sin contexto. He oído decir que de joven Picasso pintaba siempre a la luz de las velas, para incorporar el movimiento cambiante de las sombras. Yo, de niño, sentado a la mesa, dibujaba mapas detallados que conectaban con el resto del mundo. Todos los niños lo hacen. Pero yo lo hacía con tanta precisión como podía: nuestra calle en forma de U, las tiendas de Lower Richmond Road, los senderos junto al Támesis, la longitud exacta del puente de Putney (veintiún metros), la altura del muro de ladrillo del cementerio de Brompton (seis metros), y para acabar el cine Gaumont, en una esquina de Fulham Road. Lo hacía cada semana y comprobaba que no hubiera ninguna modificación, como si lo que no estuviera registrado corriera peligro. Necesitaba una zona de seguridad. Sabía que si juntaba dos de esos mapas caseros parecerían la sección del periódico en la que uno tiene que encontrar diez diferencias entre dos imágenes aparentemente idénticas: la hora del reloj, el abrigo desabrochado, aquí un gato, allá no.

Algunas noches, en la oscuridad de mi jardín tapiado, durante las tormentas de octubre, noto como si la tapia temblara al desviar el viento de la costa este hacia arriba, encima de mí, y siento que nada puede invadir o romper la soledad que he encontrado en esta oscuridad más cálida. Como si estuviera protegido del pasado, en el que todavía surge el miedo al recordar la cara del Polilla iluminada por una estufa de gas mientras yo formulaba pregunta tras pregunta, intentando forzar una puerta desconocida para que se entreabriera. O en el que despierto entre susurros a una amante de mi adolescencia. Por mucho que esa época sea un lugar rara vez visitado.

Hubo un tiempo en que los arquitectos no solo eran responsables de los edificios, sino también de los ríos. Christopher Wren construyó la catedral de Saint Paul, pero también remodeló la cuenca baja del Fleet, ensanchando sus límites de modo que se pudiera utilizar para el transporte de carbón. Sin embargo, con el tiempo el Fleet acabó como un sumidero de aguas residuales. Y cuando incluso esas alcantarillas subterráneas se secaron, sus magníficos techos y arcadas abovedados con el sello de Wren se convirtieron en lugares de encuentro ilegales donde, bajo la ciudad, la gente se reunía de noche, junto al curso ya escasamente húmedo del arroyo. Nada dura para siempre. Ni siquiera la fama literaria o artística protege los elementos materiales que nos rodean. La laguna que Constable pintó se secó y quedó sepultada por Hampstead Heath. Un pequeño afluente del río Effra, cerca de Herne Hill, descrito por Ruskin como una «acequia frecuentada por renacuajos», cuyas aguas bosquejó de maravilla, ahora seguramente solo existe en un dibujo de archivo. El antiguo Tyburn desapareció y se perdió irremediablemente, incluso para los geógrafos e historiadores. De forma parecida, yo creía que mis edificios cuidadosamente documentados a lo largo de Lower Richmond Road corrían el peligro de la provisionalidad, igual que se habían perdido grandes edificios durante la guerra, igual que perdemos a madres y padres.

¿Cómo podíamos estar aparentemente tan poco preocupados por la ausencia de nuestros padres? A mi padre, al que habíamos visto embarcar en el *Avro Tudor* hacia Singapur, apenas lo había conocido. Pero ¿dónde estaba mi madre? Solía sentarme en el piso de arriba de un lento autobús y miraba las calles vacías. Había partes de la ciudad donde no se veía a nadie, solo a unos pocos niños que caminaban solitarios, lánguidos como pequeños espectros. Era una época de espectros de guerra, de edificios grises sin luz, incluso de noche, con las ventanas hechas añicos todavía cubiertas de un material negro en lugar de cristales. A la ciudad todavía se la notaba herida, insegura de sí misma. Eso le permitía a uno saltarse las reglas. Todo había ocurrido ya, ¿no?

Hubo ocasiones, lo reconozco, en que pensé que el Polilla era peligroso. Tenía un punto de desequilibrio. No es que no fuera amable con nosotros, pero no sabía, como soltero que era, cómo decir la verdad a los niños; y a menudo daba la sensación de que el Polilla desbarataba un orden que debería haber existido sólidamente en casa. Es lo que ocurre cuando un niño oye un chiste que solo se debería contar a un adulto. Este hombre al que creíamos tranquilo y tímido parecía ahora peligroso debido a los secretos que guardaba. Así que, a pesar de que yo no quería creer las cosas que dijo aquella noche junto a la estufa de gas, me guardé aquella información en el bolsillo.

Durante nuestras primeras semanas solos con el Polilla después de que nuestra madre se marchara, la casa tuvo únicamente dos visitantes: el Dardo de Pimlico y la cantante de ópera de Bigg's Row. Al llegar a casa del colegio, a veces la veía sentada en nuestra mesa con el Polilla, hojeando páginas de partituras y trazando la línea melódica principal con un lápiz. Pero eso fue antes de que la casa estuviera abarrotada. Para Navidad se había llenado de conocidos del Polilla, la mayoría de los cuales se quedaba hasta bien entrada la noche, y las conversaciones llegaban a nuestros cuartos mientras dormíamos. A medianoche veía la escalera y la sala de estar intensamente iluminadas. Incluso a esa hora la conversación nunca era trivial. Siempre había tensión y se pedía consejo urgente. Una vez oí la pregunta: «¿Cuál es la droga menos detectable que se le puede dar a un perro de carreras?». Por algún motivo, mi hermana y yo pensábamos que las conversaciones de este tipo no eran inusuales. Nos parecían semejantes a la forma en que el Polilla y mi madre hablaban sobre sus actividades durante la guerra.

Pero ¿quiénes eran? ¿Era gente que había trabajado con el Polilla en la guerra? Al apicultor verboso, el señor Florence, aparentemente bajo sospecha por alguna fechoría pasada sin especificar, se le podía oír explicando cómo había adquirido su dudosa habilidad para las anestesias durante la campaña italiana. El Dardo afirmaba que había tanta actividad ilegal de sonares en el Támesis que el ayuntamiento de Greenwich sospechaba que había entrado una ballena en el estuario. Quedaba claro que los amigos del Polilla estaban un poco a la izquierda del nuevo Partido Laborista, unos cinco kilómetros o así. Y nuestra casa, tan ordenada y sobria cuando mis padres vivían en ella, ahora vibraba como una colmena con estas almas atareadas y discutidoras que habían cruzado legalmente algún límite durante la guerra y a las que ahora de repente se les decía que ya no podían cruzarlo en tiempos de paz.

Había un modisto, por ejemplo, cuyo nombre real nunca se pronunciaba y al que se daba el apodo de «Limoncillo», que había dado un giro a su exitosa carrera como dueño de una tienda de ropa para pasar a trabajar de espía para el gobierno durante la guerra, y que ahora había vuelto a la tranquilidad de hacer de modisto para miembros secundarios de la familia real. No teníamos ni idea de qué hacía esa gente en compañía del Polilla mientras nosotros, después de volver del colegio, tostábamos nuestros panecillos de levadura sentados junto a la estufa de gas. Parecía como si la casa hubiera chocado con el mundo exterior.

Las noches terminaban con la súbita y simultánea partida de toda la gente, y entonces se hacía el silencio. Si Rachel y yo todavía estábamos despiertos, a esas alturas ya sabíamos lo que el Polilla se disponía a hacer. Lo habíamos visto unas cuantas veces sujetando con delicadeza un disco entre los dedos, soplando para quitarle el polvo y limpiándolo suavemente con la manga. Un *crescendo* se adueñaba del piso de abajo. Ya no era la música apacible que solía venir de su habitación cuando nuestra madre estaba en casa. Esta parecía violenta y caótica, sin concesiones. Lo que ponía por la noche en el gramófono de nuestros padres producía la impresión de una tormenta, de algo que cae ruidosamente desde mucha altura. Solo después de que se terminara esta música de mal agüero, el Polilla ponía otro disco —una voz tranquila que cantaba sola— y después de aproximadamente un minuto yo casi me imaginaba que había una mujer acompañándolo, alguien que yo creía que era mi madre. Era lo que yo aguardaba, y en algún momento de esta fase me dormía.

Antes del parón de mitad de trimestre, el Polilla me dijo que, si quería ganar algo de dinero, seguramente me podía conseguir un trabajo durante esas vacaciones. Asentí con cautela.

«La siniestra benevolencia del ascensorista»

En el sótano del Criterion había nueve lavadoras gigantes que no paraban de girar. Era un mundo gris, sin ventanas, alejado de la luz del día. Yo estaba con Tim Cornford y un hombre llamado Tolroy embutiendo manteles, y cuando las máquinas terminaban los arrastrábamos por la lavandería hasta otras máquinas, que los aporreaban con vapor hasta dejarlos planos. Vistiéramos lo que vistiéramos, nuestra ropa quedaba cargada de humedad, y antes de colocar los manteles planchados en carritos para llevarlos a la sala de banquetes nos desnudábamos y pasábamos las prendas por los escurridores.

El primer día pensé que cuando volviera a casa le contaría a Rachel cómo había ido todo. Pero finalmente me lo guardé para mí; primero, estaba sencillamente la vergüenza que me daba tener los hombros y las piernas doloridos, o el súbito placer que había sentido al comer un bizcocho borracho que había birlado del carrito de los postres para esa noche. Al llegar a casa no hacía otra cosa que arrastrarme a la cama después de dejar mi ropa todavía húmeda secándose en el pasamanos. Me habían arrojado a una vida perra que me agotaba y ahora rara vez veía a mi tutor, que andaba ocupado en mil asuntos. En casa se negaba a escuchar el más mínimo amago de queja por mi parte. Mi comportamiento en el trabajo o el trato que recibía no eran cosa suya.

Me ofrecieron la oportunidad de trabajar de noche, con un aumento de la mitad del sueldo, y no la dejé pasar. Me convertí en ascensorista, aburrido e invisible en mi cabina revestida de terciopelo, y otra noche me enfundé una americana blanca y trabajé en los baños, aparentando ser imprescindible para clientes que en realidad no me necesitaban en absoluto. Se aceptaban propinas, pero en esas noches nunca caían. No llegaba a casa antes de medianoche y después me tenía que levantar a las seis. La verdad es que prefería la lavandería. Una vez, pasada la medianoche, después de que se acabara una fiesta, me dijeron que me necesitaban para echar una mano con el transporte de las obras de arte que había en el sótano. Por lo que parece, durante la guerra se habían sacado de Londres esculturas y pinturas importantes y se habían escondido en minas de pizarra galesas. Las obras menores se almacenaron en los sótanos de grandes hoteles y quedaron olvidadas un tiempo, pero ahora volvían poco a poco a ver la luz.

Ninguno de nosotros sabía realmente hasta dónde llegaban los túneles subterráneos del Criterion, quizá se extendían hasta el subsuelo de Piccadilly Circus; en cualquier caso, ahí abajo el calor era insoportable y el personal de noche trabajaba casi desnudo mientras se esforzaba en sacar de la oscuridad las estatuas igualmente desnudas. Yo era el encargado de operar el ascensor manual para llevar a estos hombres y mujeres, a algunos de los cuales les faltaban miembros mientras que otros yacían en capillas ardientes con perros a sus pies o luchaban contra un ciervo, desde nuestro laberinto de túneles hasta el vestíbulo principal, y por un rato este tuvo el mismo aspecto que durante las horas en que llegaban los clientes: una cola de santos cubiertos de polvo, algunos con flechas en las axilas, educadamente alineados, como si esperaran para registrarse. Acaricié el vientre de una diosa al alargar la mano para hacer girar el pomo de latón de modo que subiéramos un piso, sin apenas poder moverme en el limitado espacio de aquel montacargas. Entonces tiré de la reja para abrirla y todos se dispersaron a rastras hasta el Gran Salón. ¡La de santos y héroes a los que no conocí! Al amanecer ya viajaban hacia varios museos y colecciones privadas de la ciudad.

Al final de esas breves vacaciones observé detenidamente mi reflejo en el espejo del baño del colegio para ver si había cambiado o si había aprendido algo, y luego volví a las matemáticas y a la geografía de Brasil.

Rachel y yo competíamos a menudo sobre quién imitaba mejor al Dardo. Tenía, por ejemplo, una forma de andar sigilosa, como si estuviera ahorrando energía para otro momento. (Quizá esté a la espera de lo *«schwer»,* dijo Rachel.) Mi hermana, que siempre era mejor imitadora, conseguía aparentar que huía a toda prisa de la luz de un reflector. A diferencia del Polilla, el Dardo estaba entregado a la rapidez. Donde se le veía más cómodo era en un espacio limitado. Al fin y al cabo, había cosechado su primer éxito como el Dardo de Pimlico, agachado en el modesto cuadrado de un ring, y creíamos injustamente que en algún momento debía de haber pasado unos meses de su vida en los igualmente limitados tres metros por dos de la celda de una prisión.

Las cárceles nos despertaban curiosidad. Una o dos semanas antes de que nuestra madre se marchara, Rachel y yo, imitando a los rastreadores de *El último mohicano,* decidimos seguirla por Londres. Cambiamos dos veces de autobús y luego vimos horrorizados que nuestra madre hablaba con un hombre muy alto que, cogiéndola del hombro, la acompañó dentro de los muros de la cárcel de Wormwood Scrubs. Regresamos a casa, sin esperanzas de volver a verla, y nos sentamos en la sala de estar vacía sin saber qué hacer, y luego nos quedamos todavía más desconcertados cuando llegó a tiempo de preparar la cena. De hecho, después del descubrimiento del baúl, me creí a medias que mi madre hubiera ido en algún momento al Lejano Oriente, y pensé que había vuelto obedientemente a las puertas de la cárcel para cumplir una condena aplazada por algún que otro delito. En cualquier caso, si podían encarcelar a nuestra madre, entonces seguro que el Dardo, más claramente anárquico, en algún momento debía de haber acabado en aquel lugar. Pensábamos que era la clase de hombre que disfrutaría huyendo por un túnel claustrofóbico.

Durante las siguientes vacaciones conseguí otro trabajo en el Criterion, esta vez lavando platos. Lo bueno era que estaba rodeado de gente y, sobre todo, que podía escuchar las numerosas historias que se contaban o inventaban. Que si uno había entrado clandestinamente en el país entre pollos de contrabando en la bodega de un barco polaco y que luego había saltado al mar, en Southampton, cubierto de plumas; que si otro era el hijo ilegítimo de un jugador de críquet que se había acostado con su madre más allá de las fronteras, en Antigua o Puerto España... Todas estas confesiones se intercambiaban a grito pelado, completamente rodeados como estábamos del estruendo de platos, tenedores y el agua que salía a chorros de los grifos, como el propio tiempo. Por aquel entonces tenía quince años y me encantaba.

Durante el silencio de las pausas para comer, el ambiente era distinto. Uno o dos se sentaban en una silla la media hora que duraba la comida, y el resto de nosotros en el suelo. Entonces empezaban los chascarrillos de sexo, en los que se utilizaban palabras como «conejo» y en los que aparecían hermanos, hermanas o madres de amigos íntimos que seducían y educaban a muchachos y muchachas con una generosidad y un desinterés que la mayoría nunca presenciarían en la vida real. Las meticulosas y prolongadas lecciones sobre relaciones sexuales en todas sus variedades, explicadas por el señor Nkoma, un hombre excepcional que tenía una cicatriz en la mejilla, ocupaban toda la pausa para comer, y yo acababa limpiando platos y ollas durante el resto de la tarde, apenas recuperado de lo que había oído. Y si tenía la suerte de que el señor Nkoma trabajara a mi lado en el Fregadero 1 al día siguiente o al otro, la trama —como un largo y complicado serial sobre la juventud de mi flamante amigo— seguía con un episodio sexual más. El señor Nkoma describía un universo cautivador, con todo el tiempo del mundo, maridos aparentemente ausentes y ausencia de hijos. En su juventud, el señor Nkoma había disfrutado de las clases de piano de una tal señora Rafferty y, para culminar todos sus relatos supuestamente ficticios, un día a última hora de la tarde, cuando una docena de nosotros decorábamos el escenario de una sala de banquetes para el evento de esa noche, el señor Nkoma acercó una banqueta al piano y se sentó a tocar una melodía suntuosa mientras trabajábamos. Duró diez minutos y todo el mundo se quedó quieto. No cantó, eran solo sus manos expertas acariciando las teclas de una manera sensual y sabia, de modo que resultaba imposible no quedarse asombrado ante la verdad de lo que habíamos pensado que eran cuentos. Y cuando terminó permaneció sentado medio minuto y finalmente cerró con suavidad el piano, como si eso fuera en sí mismo el final de la historia, la verdad o la prueba de ella, de lo que la señora Rafferty le enseñó en el pueblo de Ti Rocher, a más de seis mil kilómetros de Piccadilly Circus.

¿Qué efecto tuvo en el chico que yo era asomarse a esas narraciones? Cuando pienso en esos episodios no veo al señor Nkoma de cuarenta y seis años con su cicatriz, sino a Harry Nkoma, que era un chico como yo entonces, cuando la señora Rafferty le preparó un vaso grande de zumo de guanábana, le dijo que se sentara y le hizo tranquilamente una serie de preguntas sobre qué quería hacer en la vida. Y es que creo que, si había algo inventado, solo eran los pasajes de sexo explícito que con tanta desenvoltura detallaba el señor Nkoma a su pequeño público de la hora de comer, momento en que con toda probabilidad los conocimientos del hombre adulto adquiridos más adelante se sobreponían a una juventud más inocente. La verdad estaba en el muchacho, con cicatriz o quizá sin ella, que llegó con dos chicos repartidores más a casa de la señora

Rafferty, donde ella le dijo: «Vas al mismo colegio que mi hijo, ¿verdad?», y Harry Nkoma respondió: «Sí, señora».

«¿Y qué quieres hacer en la vida?» Él miraba por la ventana y en realidad no le prestaba atención. «Me gustaría formar parte de un grupo. Tocar la batería.»

«Bueno —dijo ella—, cualquiera puede tocar la batería. Deberías aprender piano».

—Era tan guapa —recuerdo que decía Harry Nkoma, describiéndonos a todos, con una habilidad novelesca, su vestido colorido, sus delgados pies desnudos, de dedos finos y morenos, y el pálido esmalte de las uñas. Tantos años después se acordaba de la línea clara del músculo de su brazo. De modo que me enamoré, lleno de ingenuidad, como Harry Nkoma, de esa mujer que sencillamente sabía cómo hablar a un chico joven, que se paraba a escuchar y a pensar en lo que él había dicho, o en lo que ella iba a decir, que hacía pausas y traía algo de la nevera, todo lo cual sentó la base que, según el relato adulto de Harry, iba a llevar a aquellas historias sexuales que no nos podríamos haber imaginado y que nos cogieron desprevenidos, sentados en el suelo junto a los fregaderos del Criterion, con el señor Nkoma sentado más arriba, en una de las dos sillas disponibles.

Él decía que las manos de ella le parecían hojas cuando lo tocaba. Después de que se corriera dentro de ella —ese curioso y sorprendente acto de magia—, ella le peinó hacia atrás con las palmas de las manos el pelo que le caía sobre la frente hasta que a él el corazón le dejó de latir tan rápido. Daba la sensación de que todos los nervios se habían calmado. Se dio cuenta de que ella estaba casi completamente vestida. Al final todo había sido apresurado, no había habido incertidumbre ni tormento. Entonces ella se desnudó lentamente y se inclinó hacia un lado para lamer su última gota. Se bañaron con un grifo del exterior. Ella le tiró tres o cuatro cubos de agua en la cabeza, el agua corrió hacia abajo y, súbitamente, su cuerpo se aflojó. Ella levantó el cubo, el agua cayó por su cuerpo y deslizó la mano dentro del chorro para lavarse. «Puedes dar conciertos en otras partes del mundo —dijo más adelante, durante otra tarde—. ¿Te gustaría?».

«Sí.»

«Entonces te enseñaré.»

Me senté callado en el suelo, escuchando este bello compartir que ya sabía que no existía en ningún otro lugar del mundo, que solo podía aparecer en sueños.

En el pasillo de los carritos, entre la cocina y los montacargas que subían al piso de los banquetes, jugábamos partidas de *scratch ball.* Sin importar el punto en el que se hubiera quedado la anécdota, ni el cansancio que pudiera aquejar al personal, los diez últimos minutos de la comida nos dividíamos en dos equipos de cinco, que cargaban el uno contra el otro en el rectángulo de cemento desprovisto de moqueta, de metro ochenta de ancho. El *scratch ball* no tenía tanto que ver con la habilidad de pasar o correr, sino con el equilibrio y la fuerza bruta; uno empujaba hacia delante la melé de su equipo, con una furia que parecía más furiosa porque había que hacerlo en silencio. Nada de improperios, gruñidos ni gritos de dolor que delataran la anarquía de lo que pasaba en el pasillo de los carritos, como en un antiguo metraje mudo de unos disturbios. El crujido de los zapatos y el ruido de los cuerpos al caer eran lo único que revelaba nuestra transgresión. Después nos tendíamos en el suelo resoplando, nos levantábamos y volvíamos al trabajo. El señor Nkoma y yo regresábamos a los grandes fregaderos, metíamos las frágiles copas entre las cerdas giratorias y las soltábamos medio segundo después en agua hirviente, de manera que la persona encargada de secar las sacaba cuando volvían a subir y las guardaba. Podíamos limpiar más de cien copas en quince minutos. Los platos y los cubiertos llevaban más tiempo, pero de momento se encargaba de ellos otra gente, y ahí solo estábamos Harry Nkoma y yo, con nuestros chascarrillos de la hora de comer y a punto de ceder a un merecido sueño con el que encajaban de forma natural. Solo nos llenaban los oídos el estruendo de la cocina, los grifos de los que salía agua a chorros y los enormes cepillos húmedos que zumbaban delante de nosotros.

¿Por qué me acuerdo todavía de aquellos días y noches del Criterion, ese fragmento primaveral de la juventud de un chico, un momento aparentemente poco importante? Los hombres y mujeres que conocí en Ruvigny Gardens eran más incendiarios y tuvieron más importancia en el camino de mi vida. Quizá porque fue la única vez en la que ese chico estuvo solo, un desconocido entre desconocidos; en la que él mismo pudo escoger a sus aliados y adversarios entre los que trabajaban a su lado en los fregaderos o jugaban en los equipos de *scratch ball*. Cuando le rompí sin querer la nariz a Tim Cornford, tuvo que disimularlo para poder seguir trabajando el resto de la tarde y no perder la paga. Se quedó aturdido en la silla, se levantó, limpió la sangre de su camisa bajo el grifo y volvió al trabajo, a repintar una tabla del suelo para que estuviera seca cuando llegaran los invitados. Y es que a las seis de la tarde la mayor parte del personal de la planta baja había abandonado el edificio, como humildes zapateros que debían desaparecer antes de que los verdaderos dueños volvieran.

A estas alturas estaba contento de que el Polilla no se interesara por cómo aguantaba en el trabajo o en qué líos me metía. Oculté lo que aprendía, no solo a él, sino también a mi hermana, con la que antes lo había compartido todo. Las fábulas sexuales del señor Nkoma ya no siguieron, pero las tardes con la señora Rafferty pervivieron, y había un vínculo breve y vacilante que me unía a Harry. Recuerdo cómo gritamos en un par de partidos de fútbol a los que fuimos, o que al final de un día agotador comparamos nuestras manos hinchadas y las ampollas en todos los dedos, incluso en aquellos que habían tocado el piano con habilidad de forma tan sorprendente, hasta el punto de reducir al silencio a una sala de trabajadores del Criterion. ¿Qué hizo el señor Nkoma con esa aptitud? Ya entonces era un hombre maduro. Por lo que yo sabía, seguro que Harry seguiría abordando a los demás con sus historias. Pero ¿dónde estaba el futuro que le había prometido la señora Rafferty? No lo sabría nunca. Le perdí la pista. Los dos solíamos caminar hasta la parada de autobús si acabábamos a la misma hora. Yo tardaba menos de treinta minutos en llegar a casa. Él tenía que coger dos autobuses y tardaba hora y media. A ninguno de los dos se nos ocurrió ir a visitar al otro a su casa.

*

De vez en cuando alguien se refería al Polilla como «Walter», pero a Rachel y a mí nos parecía que la vaguedad del nombre que le habíamos puesto era más apropiada. Todavía no teníamos una imagen estable de él. ¿Realmente nos protegía? Yo debía de ansiar algo de verdad y seguridad, de forma muy parecida al niño de seis años que un día corrió a su casa huyendo de un padre peligroso.

Por ejemplo, ¿cuál era la criba con la que el Polilla escogía a esos individuos concretos que atestaban nuestra casa? Rachel y yo nos deleitábamos emocionados con su presencia, aunque intuíamos que no era apropiada. Si a nuestra madre se le hubiera ocurrido llamarnos desde dondequiera que estuviese, sin duda habríamos mentido cautelosamente y habríamos dicho que todo iba bien, sin mencionar a los desconocidos que abarrotaban la casa en aquel momento. No se parecían en absoluto a una familia normal, ni siquiera a una naufragada familia suiza de Robinsones. La casa daba más la sensación de ser un zoo nocturno, con topos, grajillas y bestias desgarbadas que resultaban ser ajedrecistas, un jardinero, un presunto ladrón de galgos y una parsimoniosa cantante de ópera. Si ahora intento acordarme de las actividades de uno o dos de ellos, lo que me viene a la cabeza son momentos surrealistas sin orden cronológico. Como, por ejemplo, el día en que el señor Florence le echó el «ahumador», que normalmente utilizaba para calmar y atontar a las abejas, en la cara a un vigilante del Museo de Pintura de Dulwich, obligándole a inhalar el humo de quemar madera combinado con un carbón somnífero. El uniformado tenía las manos agarradas detrás de la silla cuando esto ocurrió, y pasó un rato hasta que la cabeza se le cayó hacia delante, tranquilo como una abeja durmiente, de modo que pudimos salir del museo con dos o tres acuarelas mientras el señor Florence echaba una última bocanada de humo en su cara inconsciente. «¡Bien!», soltó en voz baja, satisfecho, como si hubiera pintado una línea recta impecable, y me pasó el ahumador todavía caliente para que lo guardara en un lugar seguro. He conservado muchos momentos incompletos e inconfesables como este; insignificantes, como los objetos sin utilizar de la maleta de mi madre. Y la cronología de los acontecimientos se ha desdibujado, por la razón defensiva que sea.

Todos los días Rachel y yo cogíamos un autobús y luego el tren desde la estación de Victoria hasta nuestros respectivos colegios, y durante unos quince minutos antes de que sonara la campana yo daba vueltas con los demás chicos y hablábamos emocionados sobre programas de radio que ellos habían escuchado la noche anterior, un *Mystery Hour* o una de esas comedias de media hora en las que el humor dependía casi exclusivamente de la repetición de frases hechas. Pero por aquel entonces yo rara vez oía esos programas, ya que nuestra escucha de radio se veía continuamente interrumpida por las visitas que pasaban a ver al Polilla, o él nos llevaba por la ciudad y yo volvía demasiado cansado para que me apeteciera otro *Mystery Hour*. Estoy seguro de que Rachel, como yo, nunca reveló en qué se había acabado convirtiendo realmente nuestra vida hogareña; tampoco la existencia del Dardo, el apicultor todavía bajo sospecha por una fechoría pasada, y sobre todo el hecho de que nuestros padres se hubieran «marchado». Sospecho que simulaba, como yo, que había escuchado todos esos programas y que asentía, reía y aseguraba que había pasado miedo con uno de suspense que ninguno de los dos había escuchado.

A veces el Polilla se iba dos o tres días, a menudo sin avisar. Cenábamos solos y caminábamos fatigosamente hasta el colegio a la mañana siguiente. Más adelante el Polilla dejaba caer que el Dardo había pasado en coche para asegurarse de que «no se había declarado un gran incendio en el lugar», de manera que habíamos estado completamente a salvo, aunque la idea de la presencia cercana del Dardo en esas noches no nos diera sensación de seguridad. Le habíamos oído otras noches, revolucionando el motor de su Morris —pisando a la vez el acelerador y el freno—, cuando dejaba a nuestro tutor a medianoche, y reconocíamos su risotada de borracho, que llenaba la calle mientras el coche se alejaba.

El melómano Polilla parecía ciego ante la evidente anarquía del Dardo. Todo lo que el exboxeador hacía tenía un equilibrio precario, a punto de venirse abajo. Y todavía eran peores los abarrotados viajes en coche en que los dos se sentaban delante, mientras Rachel y yo y a veces tres galgos nos peleábamos en los asientos de atrás camino a Whitechapel. Ni siquiera estábamos seguros de que los perros fueran suyos. El Dardo rara vez se acordaba del nombre de los canes, que tiritaban sentados, tensos, clavándonos las rodillas huesudas en el regazo. Había uno que prefería repantigarse alrededor de mi cuello como una bufanda, con la barriga tibia contra mí, y una vez, en algún lugar cerca de Clapham, se puso a orinar en mi camisa, por miedo o necesidad. Se suponía que después de las carreras de perros yo iba a casa de un amigo del colegio, y cuando me quejé, el Dardo se rio de una forma tan exagerada que tuvo que esforzarse para no chocar contra una señal luminosa. No, no nos sentíamos seguros a su lado. Estaba claro que simplemente nos aguantaba y que habría preferido que nos hubiéramos quedado en «casa de Walter», que es como se refería a la casa de nuestros padres. E incluso el coche, ¿era suyo? Me lo preguntaba porque me di cuenta de que las matrículas del Morris azul cambiaban a menudo. Pero al Polilla le parecía bien moverse en la estela del Dardo. Los tímidos se sienten atraídos por esos perfiles para quedar camuflados. En cualquier caso, la tensión que sentíamos siempre que el Polilla se iba de casa no era resultado de la ausencia de nuestro tutor, sino de la conciencia de que el Dardo tenía permiso para encargarse de nosotros con aquel interés reticente y desganado.

Un día me peleé con Rachel por un libro que yo no encontraba. Ella negó que lo hubiera cogido y luego lo descubrí en su cuarto. Rachel agitó los brazos contra mi cara. La agarré del cuello y se quedó paralizada, se me escapó y cayó, y empezó a temblar y a dar golpes con la cabeza y los talones contra el suelo de madera. Luego, sin dejar de agitar los brazos, soltó un ruido gatuno y las pupilas se le escondieron, sustituidas por el blanco de los ojos. Se abrió la puerta, se oyó el ruido de la gente reunida abajo y entró el Dardo. Debía de estar pasando por delante de la habitación de Rachel. «¡Vete!», grité. Cerró la puerta tras de sí, se arrodilló, cogió el libro, el robado, *Las andorinas y las amazonas,* y se lo metió en la boca a Rachel en el momento en que esta la abrió para tomar aire. La cubrió con una manta que estaba sobre la cama y entonces se echó a su lado y la rodeó con los brazos. Hasta que solo se oyó el ruido de su respiración.

—Me había robado el libro —susurré nervioso.

—Trae agua fría. Pásasela por la cara, refréscala.

Lo hice. Al cabo de veinte minutos todavía estábamos juntos los tres en el suelo. Oíamos a los conocidos del Polilla en el piso de abajo.

—¿Había pasado antes?

—No.

—Yo tuve un perro —dijo de pasada— que era epiléptico. De vez en cuando estallaba como un petardo.

El Dardo se apoyó en la cama, me guiñó el ojo y se encendió un cigarrillo. Sabía que Rachel odiaba que fumara a su lado. Ahora solo lo miraba en silencio.

—Este libro es una chorrada —sentenció él, pasando los dedos por las marcas de mordedura de Rachel en la cubierta—. Tienes que cuidar de tu hermana, Nathaniel. Te enseñaré lo que hay que hacer.

Qué sorprendente podía llegar a ser el Dardo cuando mostraba esa otra cara. Qué bueno fue esa noche, mientras la juerga del Polilla continuaba en el piso de abajo.

En aquel tiempo se temían más los efectos de la epilepsia, y se suponía que si uno sufría ataques frecuentes la memoria quedaba afectada. Rachel mencionó estas limitaciones después de leer sobre ellas en la biblioteca. Supongo que escogemos la vida con la que nos sentimos más seguros; en mi caso es un pueblo lejano y un jardín tapiado. Pero Rachel apartaba ese tipo de preocupaciones. «Sencillamente es *"schwer"*», me decía, utilizando los dedos para subrayar las comillas.

*

Una mujer que salía con el Dardo empezó a pasearse por la casa de mis padres, acompañándolo o llegando a cualquier hora en que podía encontrarlo allí. En su primera visita, el Dardo llegó demasiado tarde para explicarnos quién era ella, de modo que mi hermana y yo, recién llegados del colegio, tuvimos que presentarnos en el vacío creado por su ausencia. Lo que significó que pudimos verla bien. Procuramos no mencionar a otras hembras que el Dardo ya había llevado a casa, así que respondimos a sus preguntas sobre él con cierta estupidez, como si no pudiéramos acordarnos demasiado de sus socios o incluso de lo que hacía o de dónde podía estar. Sabíamos que a él no le gustaba enseñar las cartas.

En cualquier caso, Olive Lawrence era toda una sorpresa. Alguien como el Dardo, que era tan parcial en sus opiniones sobre el papel que las mujeres debían jugar en el mundo, parecía tener una tendencia casi suicida a salir con mujeres muy independientes. Las ponía a prueba de inmediato al llevarlas a eventos deportivos multitudinarios y ruidosos en Whitechapel o en el estadio de Wembley, donde la posibilidad de tener una conversación privada era nula. Se suponía que las apuestas a tres galgos ya eran lo bastante emocionantes. Además, para el Dardo no había otros lugares públicos de interés que visitar. En toda su vida no había pisado un teatro. La idea de mirar a alguien que finge ser real, o a alguien que dice unas réplicas sobre el escenario que proceden de un diálogo ya escrito, se le antojaba poco fidedigna, y como hombre que se movía en la frontera de la ley necesitaba estar seguro de la fiabilidad de la verdad que escuchaba. Solo le gustaban los cines; por algún motivo creía que en ellos sí se captaba la verdad. Sin embargo, las mujeres por las que se sentía atraído no parecían en modo alguno doncellas humildes o fáciles de convencer que vivirían contentas bajo sus normas. Una era una pintora de murales. Otra, después de que Olive Lawrence se marchara, era una rusa discutidora.

Olive Lawrence, que apareció sola esa primera tarde, por lo que los tres tuvimos que presentarnos, era geógrafa y etnógrafa. Nos contó que a menudo iba a las islas Hébridas a llevar registros de corrientes de aire, y que otras veces viajaba sola al Lejano Oriente. Había algo en esas mujeres profesionales que sugería que no era el Dardo el que las escogía a ellas, sino que las mujeres lo seleccionaban a él; como si Olive Lawrence, una especialista en culturas lejanas, se hubiera topado súbitamente con un hombre que le recordaba una especie medieval casi extinguida, una persona que todavía desconocía las cortesías principales introducidas en los últimos cien años. He aquí alguien que no había oído hablar de gente que solo comía verdura o de abrir la puerta a una mujer para que entrara antes que él en un edificio. Quién podría haber hechizado a una persona como Olive Lawrence sino este hombre que parecía congelado en el tiempo, o quizá liberado de una secta recién descubierta y ahora milagrosamente presente en su ciudad. Sin embargo, parecía que había poco margen de decisión en la forma de relacionarse con el Dardo. Las únicas normas que se seguían eran las suyas.

La hora que Olive Lawrence pasó con nosotros mientras esperaba a su nuevo galán la dedicó a contarnos en un tono algo asombrado la primera vez que habían cenado juntos. Él la había conocido en el grupo de amigos del Polilla y luego la llevó a un restaurante griego, un lugar que era un rectángulo estrecho con cinco mesas y una iluminación estridente, y luego le propuso que sellaran su recién estrenada intimidad (que de hecho no había ocurrido, aunque pronto lo haría) compartiendo una comida a base de cabra y una botella de vino tinto. ¿Le pasó por la cabeza algo a ella entonces, algún aviso de temporal o alguna otra cosa? El caso es que aceptó.

«Y tráiganos la cabeza cocida», le pidió al camarero. Dijo la sombría y espantosa frase tan de pasada que podría haber estado pidiendo un ramito de hinojo. Ella empalideció al mentarse la cabeza de la cabra, y los clientes cercanos pasaron a comer más despacio para presenciar la inminente contienda doméstica. Puede que al Dardo no le gustara el teatro, pero lo que siguió fue una representación a lo Strindberg que duró una hora y media, con cinco o seis parejas mirando. Sabíamos que el Dardo zampaba a buen ritmo, porque siempre que viajábamos con él durante la temporada de carreras de perros rompía y engullía un par de huevos duros mientras conducía su Morris, y luego tiraba las cáscaras al asiento de atrás. Pero en el Star of Argiropulos se lo tomó con calma. Olive Lawrence estaba sentada delante de nosotros, en una silla de cocina de respaldo duro, y recreó el momento con toda la insistencia y todas las negativas de cuando hubo que convencerla, persuadirla o intimidarla, y quizá también cautivarla —no sabía cuál de estas cosas, ya no lo sabía, fue todo tan desconcertante como una pesadilla—, para que comiera el cadáver de una cabra a la que habían matado, estaba segura de ello, en un sótano cerca de Paddington.

Y entonces llegó la cabeza.

Parecía que el Dardo había ganado. Y la intimidad que él esperaba ocurrió pocas horas después en su piso. El par de botellas de vino ayudaron, nos contó todavía alicaída. O quizá fue porque él creía con tanto convencimiento que tenía razón, que no estaba discutiendo sobre comerse la cabeza de la cabra y el ojo que ella tuvo que tragarse en un gesto vengativo. El ojo tenía una textura como de moco. De hecho, es la palabra que ella utilizó. Y la cabeza tenía una textura de... de..., no sabía de qué. Se la comió porque se dio cuenta de que él creía en ello. Nunca lo olvidaría.

Cuando el Dardo llegó a casa, envuelto en excusas no demasiado convincentes para su tardanza, ya habíamos decidido que ella nos caía bien.

Nos habló de Asia y del fin del mundo como si fueran distritos de las afueras de Londres, de fácil acceso. Habló de esos lugares con una voz distinta de la voz atribulada con la que había descrito su comida griega. Cuando le preguntamos qué hacía en su trabajo, nos contó exactamente lo que hacía. «Et-no-gra-fí-a», dijo, articulando despacio las sílabas como si tuviéramos que escribir la palabra fragmento a fragmento. Habló del placer de viajar, nos contó que en los deltas fluviales del sur de la India había ido a la deriva en una barca con un precario motor de dos tiempos en algún lugar de sus entrañas. Nos ilustró sobre la velocidad de los monzones: uno estaba empapado hasta los huesos y al cabo de cinco minutos el sol le había secado la ropa. Habló de una tienda iluminada de rosa que albergaba una estatuilla de un dios menor que disfrutaba de la sombra mientras el calor asolaba el mundo exterior. Nos esbozó descripciones que nuestra madre nos podría haber enviado por carta desde la lejanía. Había recorrido la región del río Chiloango en Angola, donde veneraban a los ancestros hasta el punto de que sus espectros habían sustituido a los dioses. Tenía una conversación chispeante.

Era alta y delgada como el Dardo, con un destello de pelo despeinado al que estoy seguro de que el clima iba dando distintas formas. Era una criatura independiente y sospecho que se habría comido una cabra si la hubiera matado ella misma en un prado turco. El mundo de interiores de Londres debía de ponerla nerviosa. Volviendo la vista atrás, probablemente fue la diferencia extrema entre ella y el Dardo la que permitió que su relación durara más de lo que esperábamos. Sin embargo, independientemente de su fascinación por Olive, ella también parecía suspirar por seguir su propio camino. Quizá estaba en un receso y debía quedarse en Londres para escribir sus informes, después de lo cual se marcharía de nuevo. Había que volver a visitar a ese pequeño dios en su tienda rosa. Eso significaba dejar atrás cualquier vínculo y cualquier utensilio doméstico.

Sin embargo, era la relación del Polilla con ella la que encontrábamos más curiosa. Atrapado entre las opiniones divergentes del Dardo y de Olive Lawrence sobre prácticamente todo cada vez que chocaban en nuestra sala de estar, o peor todavía, en los confines retumbantes del coche del Dardo, el Polilla se negaba a tomar partido. Era obvio que dependía del Dardo desde un punto de vista profesional, por el motivo que fuera, y no obstante veíamos que a pesar de que con toda probabilidad ella solo era una presencia temporal, al Polilla le intrigaba. Nos encantaba estar con los tres y presenciar sus peleas. El Dardo parecía ahora más complejo y con más matices, como ese gran defecto suyo de preferir la compañía de una mujer que le llevara la contraria. Sin que eso significara que su opinión fuera a cambiar, claro. Y por otro lado nos apasionaba el dilema en el que se encontraba el Polilla, su torpeza cuando el Dardo y Olive Lawrence se tiraban los trastos a la cabeza. Súbitamente recordaba al jefe de comedor que solo puede apartar los cristales rotos.

Olive era la única persona que venía a casa que parecía capaz de juzgar con ecuanimidad. Era constante en sus opiniones sobre el Dardo. Reconocía que era un poco pesado a la vez que tenía un encanto especial, y nos contó que estaba horrorizada y fascinada a partes iguales por el gusto exageradamente masculino evidente en su destartalado piso de Pelican Stairs. Por otro lado, yo también la había visto observar al Polilla como si no estuviera del todo segura de si era una influencia positiva o negativa. ¿Qué control ejercía él sobre el Dardo, su amante del momento? ¿Y era un buen tutor de los chicos medio huérfanos que había conocido? Siempre se centraba en las posibilidades de un carácter. Ponderaba el carácter y podía descubrir el de alguien con unas pocas migajas, incluso en el silencio evasivo.

«La mitad de la vida de las ciudades ocurre de noche —nos advirtió Olive Lawrence—. Entonces hay una moralidad más incierta. Por la noche están los que comen carne por necesidad; puede que coman un ave o un perro pequeño». Cuando Olive Lawrence hablaba parecía que barajara sus pensamientos en privado, un soliloquio desde algún lugar de las sombras de sus conocimientos, una idea de la que todavía no estaba segura. Una noche insistió en que cogiéramos un autobús con ella a Streatham Common y que camináramos por la leve cuesta hasta The Rookery. Rachel se sentía insegura en aquella oscuridad exterior, quería volver a casa y dijo que hacía frío. Pero los tres seguimos avanzando, hasta que estuvimos rodeados de árboles y la ciudad se evaporó detrás de nosotros.

A nuestro alrededor había sonidos intraducibles, algo que volaba, una serie de pasos. Oía la respiración de Rachel, pero nada de Olive Lawrence. Entonces empezó a hablar en la oscuridad, a distinguir los ruidos que apenas habíamos oído. «La noche es cálida... y el tono de estos grillos es en re... Sueltan ese silbido melodioso y sosegado, pero lo hacen frotando las alas, no al respirar, y toda esta conversación significa que va a llover. Por eso ahora está tan oscuro, entre nosotros y la luna hay nubes. Escuchad.» Vimos que su mano pálida señalaba algo cerca de nosotros, hacia la izquierda. «Ese chirrido es un tejón. No está excavando, solo está moviendo las patas. En realidad es algo tierno. Quizá el final de un sueño aterrador. Solo los restos de una pequeña pesadilla. Todos tenemos pesadillas. En tu caso, Rachel, puede que sea imaginar el miedo a un ataque. Pero no tiene por qué haber miedo en un sueño, igual que la lluvia no representa ningún peligro mientras estemos debajo de los árboles. En este mes rara vez caen rayos, podemos estar tranquilos. Sigamos. Puede que los grillos se muevan con nosotros, parece que las ramas y el sotobosque están llenos de ellos, llenos de dos y res. Pueden llegar a un tono tan agudo como un fa a finales del verano, cuando desovan. Parece que sus chillidos cayeran encima de uno desde arriba, ¿no? Da la sensación de que para ellos es una noche importante. Acordaos. Vuestra historia solo es una historia, y quizá no es la importante. El yo no es lo principal.»

Su voz fue la más calmada que oí de chico. En ella no había nada que se prestara a discutir. Olive simplemente tenía una curiosidad inmediata por lo que le interesaba, y esa calma le permitía a uno entrar en su esfera íntima. De día siempre miraba a los ojos cuando hablaba o escuchaba, estaba plenamente con uno. Como lo estuvo con nosotros dos aquella noche. Una noche que quería que recordáramos, como en efecto he hecho. Rachel y yo no habríamos atravesado la oscuridad de ese bosque solos. Pero confiábamos en que Olive Lawrence tenía algún esquema en la cabeza a partir de una tenue luz a lo lejos o un cambio en la dirección del viento que le revelaba exactamente dónde estaba y hacia dónde iba.

Sin embargo, había otras ocasiones en que la dominaba otro tipo de relajación y se quedaba tranquilamente dormida en el sillón de cuero de mi padre en Ruvigny Gardens, sentada sobre sus pies, aunque la sala estuviera llena de los amigos del Polilla, pero con la mirada en la cara todavía penetrante, concentrada, como si continuara recibiendo información. Fue la primera mujer, de hecho la primera persona, a la que vi hacer eso, dormir tranquilamente en presencia de otras personas sin asomo de culpabilidad. Y luego despertarse fresca al cabo de media hora, cuando otros empezaban a estar cansados, y salir a grandes zancadas en plena noche, rechazando la oferta no demasiado convincente del Dardo de llevarla a casa en coche; como si quisiera caminar por la ciudad sola, con un pensamiento nuevo. Yo iba arriba y desde la ventana de mi cuarto la veía pasar por el haz de cada farola. La oía silbando vagamente como si intentara acordarse de una canción, una que yo no conocía.

A pesar de nuestros viajes nocturnos, sabía que la profesión de Olive a menudo implicaba trabajo diurno, midiendo los efectos de la naturaleza en las costas. Al parecer había trabajado en el Ministerio de Marina estudiando corrientes y mareas, recién salida de la adolescencia, en las primeras etapas de la guerra. (Lo reconocía modestamente solo cuando alguien del grupo del Polilla lo daba a entender.) Llevaba en su interior todos esos paisajes. Sabía leer el ruido de los bosques y había cronometrado el ritmo de la marea a lo largo del espolón del puente de Battersea. Siempre me pregunto por qué Rachel y yo no nos aventuramos nunca a una vida como la suya, con su claro ejemplo de independencia, así como de empatía por todo lo que la rodeaba. Pero hay que tener presente que no tratamos tanto tiempo a Olive Lawrence. Aunque las caminatas nocturnas —acompañándola por la zona portuaria bombardeada o por el túnel peatonal de Greenwich mientras cantábamos a tres voces una letra que nos estaba enseñando: «Bajo las estrellas que el invierno hiela, bajo la luna de agosto...»— no las olvidaré.

Era alta. Ágil. Supongo que debía de ser ágil cuando fue la amante del Dardo durante el breve periodo de esa relación improbable. No lo sé. No lo sé. ¿Qué sabe un adolescente? Durante esa época yo siempre la vi muy independiente, por ejemplo cuando se durmió en nuestra sala de estar medio llena de gente en un estado de apartamiento de todos los demás. ¿Responde esto a la censura o al tacto de los jóvenes? Me cuesta menos imaginármela abrazando a un perro, echada en el suelo a su lado, con el peso de la cabeza del animal en su cuello, de forma que apenas puede respirar, pero contenta de que el perro se quede ahí, de esa manera. Pero, en cambio, ¿un hombre bailando a su lado? Me imagino una reacción de claustrofobia por su parte. Le entusiasmaban las noches de meteorología al aire libre, como si en ellas no se la pudiera contener o no se la pudiera descubrir del todo. Y sin embargo, de todos los conocidos y desconocidos que entraron y salieron de Ruvigny Gardens, ella era la más distinta. Parecía el accidente, la extraña en nuestra mesa que el Dardo había descubierto en casa de mis padres y con la que sorprendentemente había iniciado una relación, de forma que pronto se la conoció como «la chica del Dardo».

«Os enviaré una postal», dijo Olive Lawrence cuando finalmente se fue de Londres. Y luego desapareció de nuestras vidas.

Con todo, desde algún lugar a orillas del mar Negro o desde una oficina de correos de un pueblito cercano a Alejandría, efectivamente nos mandaba cartas de amor platónico sobre un sistema nuboso de las montañas que sugería un mundo distinto, su otra vida. Las postales se convirtieron en nuestros tesoros, especialmente cuando sabíamos que entonces no había ninguna comunicación entre ella y el Dardo. Olive había salido de su vida sin volver la vista atrás. La idea de una mujer que envía una postal porque se lo ha prometido a dos chavales que están lejos indicaba un carácter sociable, pero también soledad, una necesidad oculta suya. Era un síntoma de dos estados muy distintos. Aunque quizá no. Qué sabía aquel chaval…

Hay momentos después de escribir estas reflexiones sobre Olive Lawrence en los que casi creo que compongo una versión posible de mi madre, mientras esta estaba lejos haciendo algo que yo ignoraba por completo. Ambas mujeres se encontraban en lugares desconocidos, aunque desde luego solo Olive Lawrence nos enviaba postales, cortésmente y sin ningún tipo de obligación, desde donde estuviera.

Y luego está la tercera punta del triángulo que formaban esas dos mujeres, que ahora también considero. Se trata de Rachel, que en esa época necesitaba una relación estrecha con una madre que la protegiera como lo haría una madre. Aquella noche caminó entre Olive y yo subiendo la leve cuesta hacia el bosque de Streatham, y ella le dijo a Rachel que si estaba con nosotros en la oscuridad no habría peligro, que no había peligro ni siquiera en sueños ni durante el tumulto inestable de sus ataques. Encima de nosotros solo había grillos que cantaban, solo el cavar de un tejón que resulta que estaba tranquilo, solo silencio y luego el súbito murmullo de la lluvia inminente.

¿Qué había supuesto nuestra madre que nos pasaría en su ausencia? ¿Pensaba que nuestras vidas serían como aquella exitosa obra de teatro de la época, *El admirable Crichton* —que nos había llevado a ver al West End, nuestra primera obra de teatro—, en la que un mayordomo (en nuestro caso, me imagino que el equivalente del Polilla) mantenía disciplinada y por lo tanto segura a una familia aristocrática en una isla desierta que era una especie de mundo al revés? ¿Realmente pensaba que la cáscara de nuestro mundo no se rompería?

A veces, influido por lo que estuviera bebiendo, el Polilla se volvía alegremente incomprensible para nosotros, a pesar del hecho de que parecía seguro de lo que creía que decía, incluso si lo que decía incluía algunas oraciones que se alejaban del camino de la frase anterior. Una noche en la que Rachel no conseguía dormirse, él cogió un libro titulado *La copa dorada* de la estantería de mi madre y se puso a leérnoslo. El estilo de los párrafos, en el que las frases se paseaban por caminos laberínticos hasta evaporarse, se nos antojó parecido al estilo del Polilla cuando nos impartía sus etílicas clases magistrales. Era como si el lenguaje se hubiera separado cortésmente de su cuerpo. Había otras noches en que se comportaba de forma extraña. Una noche informaron en la radio del acto maniaco de un hombre que había hecho salir a los pasajeros de un Hillman Minx delante del Savoy y que luego había prendido fuego al coche. Hacía solo una hora que el Polilla había vuelto y mientras escuchaba atentamente la noticia gruñó: «¡Dios mío, espero que no fuera yo!». Se miró las manos como si pudiera encontrar restos de queroseno en ellas y al ver nuestra preocupación descartó la posibilidad con un guiño. Quedaba claro que ahora ni siquiera entendíamos sus bromas. En cambio, el Dardo, si bien era más exagerado en sus invenciones, no tenía sentido del humor, como cualquier persona que no es plenamente legal.

En todo caso, el Polilla era de un impasible que casi nunca defraudaba. Y quizá al fin y al cabo fuese nuestro Admirable Crichton, incluso cuando metía aquel líquido turbio sacado de una botella de colirio en su copita azul de cristal y se lo bebía de un trago como si fuera jerez. No nos importaba esa costumbre. Era la única vez que estaba tranquilamente abierto a nuestros deseos, y en aquellos momentos Rachel siempre lograba convencerlo de que nos llevara a partes de la ciudad que parecía conocer bien.

Al Polilla le interesaban las estructuras abandonadas, como un hospital del siglo XIX en Southwark que había abierto sus puertas mucho antes de la época de la anestesia. De alguna forma consiguió que entráramos en aquel lugar y encendió las lámparas de sodio, que temblaban contra las paredes de la oscura sala de operaciones. Conocía muchos sitios en la ciudad que no se utilizaban, iluminados por luces del siglo XIX, ensombrecidos y de mal agüero. Me pregunto si la posterior vida teatral de Rachel surgió a partir de esas noches a media luz. Ella debió de darse cuenta de que uno podía oscurecer y hacer invisible o como mínimo distante lo infeliz o peligroso de la vida; creo que su posterior habilidad con el público y el estruendo de la ficción le permitieron aclarar lo que era verdadero y lo que era falso, lo que era seguro y lo que era inseguro.

A estas alturas el Dardo le hacía la corte a la rusa, que tenía un carácter tan explosivo que él saltó de la relación antes de que ella supiera su dirección. Esto significó, desde luego, que ella también se presentara en Ruvigny Gardens a horas intempestivas, husmeando el aire en busca de su rastro. Él se volvió prudente y ya nunca aparcaba el coche en nuestra calle.

La presencia de las distintas parejas del Dardo significó que súbitamente tuve más contacto que nunca con mujeres que no fueran mi madre o mi hermana. El colegio al que iba solo admitía chicos. Era una época en que mis pensamientos y amistades deberían haberse dirigido a ellos. Pero la facilidad de Olive Lawrence para la conversación íntima, la forma tan directa que tenía de hablar de sus deseos, incluso de sus deseos más profundos, me llevó a un universo que era distinto de cualquier otro que hubiera conocido. Sentí curiosidad por mujeres que estaban fuera de mi reino, sin motivos de sangre ni sexuales. No era yo el que controlaba esas amistades, que iban a ser pasajeras y breves. Sustituían a la vida familiar, pero podía mantenerme a distancia, que es mi defecto. El caso es que me encantaba la verdad que descubría a través de desconocidos. Incluso en aquellas semanas dramáticas con la novia rusa desdeñada, me quedaba en casa más tiempo del necesario y me apresuraba a volver desde el colegio solo para verla caminar de un lado a otro de la sala de estar con aquella mirada de frustración en la cara. Yo pasaba a su lado y le rozaba el brazo para acordarme del momento. Una vez le ofrecí acompañarla al canódromo de Whitechapel, supuestamente para ayudarla a encontrar al Dardo, pero rechazó mi oferta con un gesto, sospechando quizá que podía tener un motivo distinto para hacerla salir de casa. No era consciente, en efecto, de lo cerca que se encontraba del Dardo, que estaba escondido en mi cuarto leyendo las historietas de *The Beano*. Sea como fuere, yo descubrí el curioso placer de la compañía femenina.

La calle Agnes

Ese verano encontré un trabajo en un restaurante de mucho movimiento en World's End. Volví a lavar platos y a hacer de camarero cuando alguien estaba enfermo. Tenía la esperanza de encontrarme al señor Nkoma, el pianista y fabulista, pero allí no conocía a nadie. El personal estaba mayoritariamente formado por camareras espabiladas —del norte de Londres y del campo— y yo no podía quitarles la vista de encima por la forma en que respondían a los jefes, por cómo se reían y cómo insistían en que se lo pasaban bien a pesar de lo duro del trabajo. Tenían un estatus superior que los que estábamos en la cocina, así que apenas nos hablaban. No importaba. Podía mirarlas y saber cosas sobre ellas desde la distancia. Yo trabajaba ahí, tímido, en el centro de aquel restaurante concurrido y en continuo movimiento, y la velocidad de la discusión y la risa me tenía entretenido. Pasaban al lado de uno cargadas con tres bandejas, le hacían proposiciones deshonestas y se largaban dejándolo con sus tartamudeos. Se arremangaban para mostrar sus músculos fibrosos. Eran descaradas y luego súbitamente distantes. Una chica con una cinta verde que le recogía el pelo se encontró conmigo en una esquina durante mi descanso para comer y me preguntó si le podía «prestar» el pedacito de jamón de mi bocadillo. No supe qué decirle. Debí de dárselo en silencio. Le pregunté cómo se llamaba y pareció escandalizada por mi atrevimiento, se fue corriendo y organizó un grupo de tres o cuatro camareras que me rodearon y cantaron sobre los peligros del deseo. Estaba a punto de entrar a un territorio sin delimitar entre la adolescencia y la edad adulta.

Cuando algunas semanas después me quité la ropa en compañía de aquella chica sobre una moqueta raída de una casa vacía, el camino hacia ella me pareció invisible. Lo que sabía sobre la pasión todavía era abstracto, con capas de obstáculos y normas que aún no conocía. ¿Qué era justo y qué era injustificado? Ella se echó a mi lado y no hubo sumisión. ¿Estaba tan nerviosa como yo? Además, lo verdaderamente arriesgado del episodio no tenía que ver con nosotros sino con la situación, con el hecho de entrar ilegalmente en una casa de la calle Agnes con las llaves que ella había tomado prestadas de su hermano, que trabajaba para una inmobiliaria. Fuera había un cartel de EN VENTA y dentro no había muebles, únicamente la moqueta. Anochecía y solo podía interpretar sus reacciones con la ayuda de una farola o a partir de una serie de cerillas colocadas sobre una parte de la moqueta en la que luego buscamos manchas de sangre, como si allí pudiera haber ocurrido un asesinato. No lo viví como un romance. Un romance era la energía y la chispa de Olive Lawrence, era la furia sexual incandescente de la rusa desdeñada por el Dardo, cuya belleza se veía realzada por sus fuertes sospechas hacia él.

Otra noche de mediados de verano nos bañamos con agua fría en la casa de la calle Agnes. No hay toallas con las que secarnos, ni siquiera una cortina con la que frotarse. Ella se echa hacia atrás el pelo rubio oscuro, luego sacude la cabeza y el pelo se le suelta como si fuera un aura.

—Seguramente todos los demás ahora se están tomando un cóctel —dice ella.

Nos secamos caminando por las habitaciones vacías. Es la máxima intimidad a la que hemos llegado desde que hemos entrado en la casa, hacia las seis. Ya no pesa la trama de sexo o de deseo concentrado, solo estamos nosotros desnudos y también invisibles el uno para el otro en la oscuridad. Capto, debido al viraje brusco de las luces de un coche, una sonrisa suya de reconocimiento de este instante. Una pequeña conciencia entre los dos.

—Mira —dice ella, y hace el pino hacia la oscuridad.

—No lo he visto. Vuélvelo a hacer.

Y la chica que al principio me había parecido antipática hace volteretas hacia mí, diciendo: «A ver si ahora me coges los pies». Y luego «Gracias» mientras la bajo lentamente.

Se sienta en el suelo.

—Ojalá pudiéramos abrir una ventana o correr por la calle.

—Ya no sé ni en qué calle estamos.

—Es la calle Agnes. ¡El jardín! Ven...

En el recibidor del piso de abajo me empuja para que vaya más deprisa, y me doy la vuelta y la agarro de la mano. Forcejeamos contra la escalera, sin que ninguno pueda ver al otro. Ella se inclina hacia delante, me muerde el cuello y huye de mi abrazo.

—¡Venga! —dice ella—. ¡Aquí! —y se da un golpe contra la pared.

Es como si ninguno de los dos pensara en nada excepto en escapar de esta intimidad, y es solo la intimidad la que nos ayudará a escapar. Estamos en el suelo besando lo que tenemos cerca. Sus manos me golpean los hombros mientras follamos. No es hacer el amor.

—No te sueltes. No lo hagas.

—¡No!

Al escaparme de la presión de su brazo me doy con la cabeza contra algo, una pared, el pasamano, y luego caigo sobre su pecho, súbitamente consciente de lo menuda que es. En algún momento perdemos la conciencia del otro y descubrimos simplemente la alegría del placer. Algunas personas nunca la encuentran o no vuelven a encontrarla. Entonces nos dormimos en la oscuridad.

—Hola. ¿Dónde estamos? —dice ella.

Me doy la vuelta para ponerme boca arriba y me la llevo conmigo, por lo que ahora ella está arriba. Abre mis labios con sus manos diminutas.

—Eg ja jalle Jagnes —digo yo.

—¿Cómo dices que te llamas? —se ríe ella.

—Nathaniel.

—¡Oh, qué elegante! Te quiero, Nathaniel.

Apenas somos capaces de vestirnos. Nos cogemos de las manos como si pudiéramos perdernos mientras atravesamos lentamente la oscuridad hasta la puerta de entrada.

El Polilla estaba fuera a menudo, pero su ausencia, igual que su presencia, rara vez importaba. A estas alturas mi hermana y yo nos buscábamos la vida, cada vez más autónomos, y por las noches Rachel desaparecía. No decía adónde iba, del mismo modo que yo callaba sobre mi vida en la calle Agnes. A ambos el colegio nos parecía irrelevante. En mis conversaciones con otros chicos, que deberían haber sido los amigos con los que normalmente me habría relacionado, nunca hablé de lo que pasaba en casa. Era algo que estaba en un bolsillo mientras que mi vida escolar se guardaba en el otro. En la juventud no vivimos tan avergonzados de la realidad de nuestra situación, sino que tememos que los demás la descubran y la juzguen.

Una tarde Rachel y yo fuimos al pase de las siete de una película en el Gaumont y nos sentamos en la fila de delante. En algún momento caía en picado el avión del protagonista, que tenía el pie atrapado entre los mandos y no podía soltarse. Una música tensa llenó la sala junto al alarido del motor del avión. Atrapado por el momento, no era consciente de lo que ocurría a mi alrededor.

—*¿Qué pasa?*

Miré a mi derecha. Entre la voz que había dicho «¿Qué pasa?» y yo estaba sentada Rachel, temblando y soltando un gemido, un ruido parecido al de una vaca que yo sabía que se iba a volver cada vez más fuerte. Rachel se agitaba de un lado a otro. Abrí su bolso y saqué la regla de madera para ponérsela entre los dientes, pero era demasiado tarde. Tenía que abrirle la boca con los dedos, y ella apretaba los dientes pequeños y finos. Le di una bofetada y aprovechando su sorpresa metí la regla de madera y tiré de mi hermana hasta dejarla en el suelo. Encima de nosotros el avión se estrelló.

Los ojos extraviados de Rachel me miraban en busca de seguridad, en busca del camino seguro de salida del lugar donde se encontraba. El hombre también se inclinó sobre ella.

—¿Quién es?

—Mi hermana. Es un ataque. Necesita comer.

El hombre tenía un helado en la mano y me lo dio. Lo cogí y se lo apreté contra los labios. Ella apartó la cabeza y luego, al darse cuenta de lo que era, lo comió golosamente. Los dos estábamos agachados en la oscuridad sobre la moqueta mugrienta del Gaumont. Intenté levantarla para sacarla de ahí, pero no pude con su peso, de modo que me eché en el suelo y la abracé como lo había hecho el Dardo. A la luz de la pantalla, Rachel parecía seguir presenciando algo terrible. Lo que desde luego era verdad, ya que siempre que ocurrían estos episodios después ella me explicaba tranquilamente lo que había visto. Las voces de la pantalla llenaban la sala, hacían avanzar la trama, y nosotros nos quedamos en el suelo durante diez minutos, con mi abrigo encima de ella para que se sintiera a salvo. Hoy en día hay medicamentos que desvían el cuerpo de este tipo de choque, pero entonces no había. O en cualquier caso no los conocíamos.

Nos escapamos por una salida lateral y atravesamos la oscura cortina hacia el mundo iluminado. La acompañé a una cafetería Lyons. Apenas tenía energía. Le hice comer algo. Bebió leche. Luego volvimos a casa caminando. No comentó nada acerca de lo que había pasado, como si entonces ya fuera irrelevante, una tierra mortífera que acababa de dejar atrás. Siempre era al día siguiente cuando sentía la necesidad de hablar de ello; no de la vergüenza o del caos que sentía, sino con un deseo de intentar definir la emoción que generaba lo que iba a pasar antes de que todo se desmoronara. Después no se acordaba de nada más, con el cerebro ya despreocupado del recuerdo. Pero yo sabía que había habido un breve instante en el Gaumont en que, viendo al piloto luchando por escaparse, ella misma, medio emocionada, se había movido al mismo ritmo que él.

Si en esta historia no hablo mucho de mi hermana es porque tenemos recuerdos dispares. Los dos descubrimos pistas del otro que no seguimos. Su pintalabios secreto, aquella vez que vi a un chico que iba en moto, las veces que volvía tarde a casa con una risa atolondrada o la sorprendente afición que desarrolló a hablar con el Polilla. Supongo que debió de encontrar en él a un confesor, pero yo guardaba mis secretos, mantenía la distancia. En cualquier caso, la versión de Rachel de nuestra época en Ruvigny Gardens, aunque en cierto sentido podría coincidir con la mía, se expresaría en un tono distinto, con énfasis en cosas distintas. Al fin y al cabo, solo íbamos a tener una relación cercana en esa primera época en la que compartimos una doble vida. Pero ahora, al cabo de todos estos años, hay un distanciamiento entre nosotros, y cada uno se las arregla solo.

En la moqueta hay comida envuelta en papel de estraza marrón —pan y queso, lonchas de jamón y una botella de sidra—, toda robada del restaurante donde trabajamos. Estamos en otra habitación, en otra casa sin muebles y con las paredes lisas. Los truenos retumban en el edificio deshabitado. Según la lista de su hermano, esta propiedad va a tardar en venderse, así que nos hemos acostumbrado a acampar aquí a última hora del día, cuando es improbable que aparezcan los clientes.

—¿Y si abrimos una ventana?

—No, no podemos.

Es estricta con las reglas de su hermano. Incluso él tuvo que examinarme; me miró de arriba abajo y me dijo que le parecía un poco joven. Una prueba bastante extraña. Se llamaba Max.

Follamos en lo que debía de haber sido el comedor. Toco con los dedos las huellas que han dejado las patas de la mesa en la moqueta. Estaríamos debajo de la mesa, normalmente encima de nosotros habría habido una comida o una cena. Lo digo mientras miro hacia arriba sin ver nada debido a la oscuridad.

—Tú eres un poco rarito, ¿no? Solo a ti se te ocurriría pensar en eso ahora.

La tormenta se desata sobre nosotros y hace añicos las soperas y tira cucharas al suelo. Todavía no han reconstruido una pared trasera dañada por una bomba, y un trueno, que no va acompañado de lluvia, retumba tratando de descubrir nuestra desnudez. Estamos echados en el suelo, indefensos, sin muebles, sin siquiera una excusa sobre qué hacemos ahí; lo único que tenemos es papel de estraza a modo de plato y un viejo comedero de perro para el agua.

—El fin de semana soñé que follábamos —dice ella—, y había algo en la habitación, cerca de nosotros.

No estoy acostumbrado a hablar de sexo. Pero Agnes —ahora se hace llamar así— sí, y lo hace con gracia. Le sale de forma natural. Cuál es la mejor manera de proporcionarle un orgasmo, exactamente dónde tocarla, cómo de suave o cómo de fuerte.

—Es aquí, déjame que te lo enseñe. Dame la mano... —y medio se burla de mi reacción callada y sonríe ante mi timidez—. Chico, te quedan muchos pero que muchos años para acostumbrarte, para aprender. Tiene su intríngulis —se detiene y luego añade—: Bueno..., también me podrías enseñar tú a mí.

A estas alturas nos gustamos tanto como nos deseamos. Ella habla de sus experiencias sexuales.

—Me habían prestado un vestido de noche para una cita. Me emborraché, era la primera vez. Me desperté en una habitación y no había nadie. Y no llevaba puesto el vestido. Fui caminando al metro y llegué a casa enfundada solo en un impermeable —se detiene y espera a que yo diga algo—. ¿Te ha pasado algo parecido? Me lo puedes contar en francés si quieres. ¿Te costaría menos?

—Suspendí francés —miento.

—No te creo.

Además de lo atrevido de su conversación, me encantaba su voz, la densidad que tenía y las rimas que prodigaba, un cambio radical respecto a la manera de hablar de los chicos del colegio. Pero había algo más que hacía que Agnes fuera distinta del resto. La Agnes que conocí ese verano no era la Agnes que vendría después. Ya entonces lo sabía. ¿Estaba esa mujer futura que yo imaginaba alineada con las ilusiones que se hacía sobre sí misma? ¿Puede que ella también creyera que yo apuntaba a algo más? Con las demás personas que conocía en aquel momento de mi vida la cosa era distinta. Durante esa época los adolescentes estábamos encerrados en lo que pensábamos que ya éramos y que por lo tanto siempre seríamos. Era una costumbre inglesa, la enfermedad del momento.

La noche de aquella primera tormenta de verano —bajo la cual nos abrazamos desesperadamente— me encontré un regalo en el bolsillo del pantalón cuando finalmente volví a casa. Al desdoblar una parte del arrugado papel de estraza marrón que nos había servido de plato, me topé con un dibujo al carboncillo de nosotros dos echados boca arriba, cogidos de la mano, y encima de nosotros la gran tormenta invisible: nubes negras, relámpagos y un cielo amenazador. Le encantaba dibujar. En algún punto del camino de la vida perdí ese dibujo, aunque mi intención era conservarlo. Todavía me acuerdo de cómo era y de vez en cuando he buscado una versión, con la esperanza de hallar un eco de aquel primer esbozo en alguna galería. Pero nunca he encontrado nada de eso. Durante mucho tiempo no supe nada más de ella que «la calle Agnes», donde estaba la primera casa en la que entramos juntos. A lo largo de nuestros días y noches ilegales en varias casas desnudas insistió con un humor defensivo en aprovechar esa dirección para su pseudónimo. «Pseudónimo —lo pronunció con solemnidad—. Sabes lo que significa, ¿no?».

Salimos discretamente de la casa. Teníamos que estar pronto en el trabajo. Un hombre que caminaba de un lado para otro junto a la parada del autobús nos miró mientras nos acercábamos a él y entonces se volvió para mirar la casa, como si se preguntara por qué habíamos salido de ella. También subió al autobús y se sentó detrás de nosotros. ¿Era solo una coincidencia? ¿Era un fantasma de la guerra que habitaba el edificio que habíamos invadido? Sentíamos culpabilidad, pero no miedo. Agnes estaba preocupada por el trabajo de su hermano. Sin embargo, cuando nos pusimos en pie para bajar, él también se levantó y nos siguió. El autobús se detuvo. Nos quedamos en la puerta. Cuando el autobús arrancó y fue cogiendo velocidad, Agnes saltó, se tambaleó y se despidió de mí con la mano. Le devolví el saludo y regresé al asiento pasando por delante del hombre, y después, en algún lugar del centro de Londres, me apeé de un salto y no me pudo atrapar.

La barca mejillonera

En nuestro primer día en el Támesis, el Dardo, Rachel y yo navegamos hacia el oeste hasta que casi dejamos atrás la ciudad. Necesitaría un buen mapa fluvial para mostrar los lugares por los que pasamos o en los que paramos, cuyos nombres me aprendí de memoria durante esas semanas, junto a las tablas de mareas, la red de pasos elevados, las antiguas aduanas, las gradas en las que entramos y salimos, las obras y los puntos de reunión que aprendimos a reconocer desde la barca: Ship Lane, Bulls Alley, Mortlake, el almacén de Harrods, varias centrales eléctricas y la veintena de canales con o sin nombre que se habían abierto hacía un siglo o dos como radios que se extendían al norte del Támesis. Echado en la cama, yo solía repetir todas las declinaciones del río para memorizarlas y acordarme de ellas. Y todavía las recuerdo. Parecía la lista de los reyes de Inglaterra, y para mí llegó a ser más emocionante que los equipos de fútbol o las tablas matemáticas. A veces navegábamos hacia el este más allá de Woolwich y Barking, e incluso a oscuras sabíamos dónde estábamos solo por el ruido del río o la fuerza de la marea. Pasado Barking venían Caspian Wharf, Erith Reach, Tilbury Cut, Lower Hope Reach, Blyth Sands, Isle of Grain, el estuario y luego el mar.

También había lugares ocultos a lo largo del Támesis en los que parábamos para encontrarnos con barcos que iban al mar y que soltaban su sorprendente carga, y luego paseábamos a los varios animales que habían desembarcado, vacilantes, todos atados a una larga cuerda. Así defecaban y se desahogaban después del viaje de cuatro o cinco horas desde Calais, antes de que los engatusáramos para que subieran a nuestra barca mejillonera para otro viaje corto, después del cual los recogían personas a las que solo veíamos brevemente y cuyos nombres nunca supimos.

Nuestra participación en estas actividades fluviales empezó una tarde en que el Dardo nos oyó charlar sobre qué íbamos a hacer el fin de semana. Casi de pasada, hablando como si Rachel y yo no estuviéramos en la habitación, preguntó al Polilla si acaso estábamos disponibles para ayudarlo en una cosa.

—¿Es un trabajo de día o de noche?

—Seguramente día y noche.

—¿Y es seguro?

Esto lo dijo el Polilla en voz baja, como si no debiéramos oírlo.

—Completamente seguro —respondió el Dardo en voz alta, mirando hacia nosotros dos, con una sonrisa falsa en los labios y sugiriendo una seguridad total con un gesto brusco de la mano. La cuestión de la legalidad no se planteó.

—Sabéis nadar, ¿no? —murmuró el Polilla.

Asentimos.

—Les gustan los perros, ¿verdad? —añadió el Dardo.

Y esta vez fue el Polilla quien asintió, sin tener ni idea de si nos gustaban.

*

—Espléndido —exclamó el Dardo aquel primer fin de semana, con una mano en el timón y la otra intentando sacarse un bocadillo del bolsillo.

No se le veía del todo concentrado en llevar el timón de la barcaza. Un viento frío festoneaba el agua, soplaba contra nosotros y nos sacudía por todos lados. Supongo que estábamos en buenas manos. Yo no sabía nada de barcos, pero enseguida me encantaron los olores despojados de tierra, el gasóleo en el agua, el agua salada y el humo que escupía la popa, y me acabaron encantando los mil y un ruidos del río que nos rodeaba, que nos dejaba estar callados como si estuviéramos en un universo súbitamente pensativo en el seno de este mundo apresurado. Realmente era espléndido. Casi rozamos el arco de un puente, y el Dardo apartó el cuerpo en el último momento como si con eso consiguera que la barca fuera a hacer lo mismo. Y luego por poco chocamos con un cuarteto de remeros a los que nuestra estela sacudió de lo lindo. Los oímos gritar y presenciamos el gesto del Dardo hacia ellos, como si aquello hubiera sido cosa del destino y no fuese culpa de nadie. Esa tarde íbamos a recoger veinte galgos de una barcaza silenciosa cerca de Church Ferry Stairs para entregarlos en silencio en otro lugar río abajo. No nos constaba la existencia de este tipo de mercancía móvil y desconocíamos las estrictas leyes que se oponían a la importación ilegal de animales a Gran Bretaña. Pero daba la sensación de que el Dardo lo sabía todo.

Nuestras teorías sobre el modo agachado de andar del Dardo cambiaron completamente cuando nos llevó a aquella barca mejillonera. Rachel y yo nos movimos cautelosamente por la rampa resbaladiza, mientras que el Dardo apenas miraba lo que hacía, medio volviéndose para asegurarse de que Rachel no perdiera el equilibrio al mismo tiempo que tiraba el cigarrillo en el hueco de diez centímetros entre el espolón y el vaivén de la barca. Pasos que a nosotros nos parecían peligrosos para él eran un paseo por la pista de baile, y aquel cauteloso andar agachado era sustituido por la despreocupación al tiempo que se desplazaba por las bordas de treinta centímetros de ancho cubiertas de lluvia y grasa. Más adelante afirmó que lo habían concebido en el río durante una tormenta de veinticuatro horas. Entre sus ancestros se contaban generaciones de gabarreros y por eso tenía un cuerpo de río al que solo se le notaba que tenía acento en tierra. Conocía todos los canales de marea entre Twickenham y la punta de Lower Hope y era capaz de reconocer los muelles por el olor o el ruido al cargar la mercancía. Alardeaba de que su padre había sido «un ciudadano del río»; y esto a pesar de que también hablaba de él como un hombre cruel que lo había forzado a dedicarse profesionalmente al boxeo en su adolescencia.

El Dardo también ejecutaba una serie de silbidos, ya que cada barcaza, nos contó, poseía su propia señal. Uno la aprendía cuando empezaba a trabajar en una barca nueva. Era la única señal que se tenía permiso para utilizar en el agua como reconocimiento o advertencia, y cada silbido se basaba en el reclamo de un ave. Dijo que había conocido a gentes del río que mientras caminaban por un bosque de tierra adentro habían oído de repente el silbido de su propia barca, aunque no hubiera ningún río a la vista. Resultaba que era un cernícalo protegiendo su nido, una especie de ave que debió de vivir junto a un río cien años antes y cuyo sonido habían tomado prestado y aprendido generaciones de barqueros.

Después de ese fin de semana, quise seguir ayudando al Dardo con los perros, mientras que Rachel empezó a pasar más tiempo con el Polilla. Sospecho que quería dárselas de adulta. En cualquier caso, cuando el Dardo aparecía en su coche, yo lo estaba esperando con mi abrigo impermeable. Apenas se había fijado en mí las primeras veces que coincidimos en Ruvigny Gardens, cuando yo solo era un chico que corría por una casa en la que él estaba de visita. Pero ahora descubrí que el Dardo era un hombre del que se podía aprender fácilmente. Se preocupaba menos de ti que el Polilla, pero te decía exactamente lo que tenías que hacer, así como qué aspectos de él había que ocultar a los demás. «No enseñes las cartas, Nathaniel —decía—, no enseñes nunca las cartas». Al parecer necesitaba a alguien como yo, una persona de cierta confianza que le echara una mano recogiendo galgos dos o tres veces por semana de uno de esos barcos europeos silenciosos, así que me convenció de que dejara mi trabajo en el restaurante para que lo ayudara a transportarlos a oscuras en la barca mejillonera a varios lugares donde una furgoneta se llevaría a la mercancía viva más lejos.

Lográbamos embarcar a una veintena de esos asustadizos viajeros en cada porte. Durante los viajes, que a veces no terminaban hasta medianoche, tiritaban sentados en la cubierta, y se asustaban fácilmente con cualquier ruido fuerte o con los faros de las lanchas que aparecían a nuestro lado. El Dardo estaba preocupado por «los de la prevención», como los llamaba, y eso significaba que yo tenía que acurrucarme en medio de los perros, debajo de unas mantas, y calmarlos entre el fétido olor que desprendían mientras la policía fluvial pasaba de largo. «Buscan cosas más serias», afirmaba el Dardo, justificando su criminalidad de bajo nivel.

Me quedó claro que los animales que entregábamos en realidad no tenían ninguna garantía de éxito financiero. Como perros de carreras, no contaban con ninguna referencia ni se sabía si eran rápidos o lentos. El valor que tenían era que proporcionaban «el elemento desconocido» y, como el público no estaba seguro de su valía, garantizaban apuestas insensatas, apuestas hechas por extraños que confiaban en el aspecto de los perros en lugar de en líneas de sangre auténticas que los pudieran avalar o que revelaran su escaso valor. Una apuesta insensata significaba dinero activo. Uno se juega billetes en un perro sin pasado por una mirada aparentemente astuta de la criatura atada o por la línea del muslo, o por los susurros de terceros que uno ha oído y que espera que sean de fiar cuando en realidad no lo son. Los perros que teníamos eran gandules sin un pasado documentado, secuestrados de un *château* o salvados de una planta de productos cárnicos para darles una segunda oportunidad. Eran tan anónimos como gallos.

En el río, bajo una noche sin luna, los calmaba simplemente levantando mi cabeza de adolescente con un gesto de severidad siempre que intentaban ladrar. Me daba la sensación de que hacía callar a una orquesta, y me deleitaba con el novedoso encanto del poder. El Dardo nos guiaba a través de la noche desde la timonera, tarareando «But Not for Me». Siempre sonaba como un suspiro, la forma como la cantaba para sí mismo, con la mente en otra parte, apenas consciente de las palabras que pronunciaba. Además, yo sabía que la tristeza de esa canción no reflejaba en absoluto el estricto control al que sometía sus relaciones con las mujeres. Lo sabía porque algunas noches había tenido que buscarle excusas o transmitir mensajes falsos desde una cabina telefónica que justificaran su ausencia. Las mujeres nunca acababan de saber su horario exacto de trabajo, y ya no digamos en qué consistía realmente este.

Aquellos días y noches, a medida que entraba en la misteriosa agenda de la vida del Dardo, me encontré en un marco irreal que reunía a contrabandistas que llevaban barcazas, veterinarios, falsificadores y canódromos en los condados de los alrededores de Londres. Los veterinarios sobornados proporcionaban a estos inmigrantes inyecciones contra el moquillo. A veces necesitábamos residencias caninas provisionales. Los falsificadores escribían a máquina certificados de nacimiento para demostrar la existencia de unos propietarios en Gloucestershire y Dorset, donde se suponía que los perros, que no habían oído ni una palabra de inglés hasta ese momento, habían llegado al mundo.

Ese primer verano mágico de mi vida introdujimos a más de cuarenta y cinco perros por semana durante el apogeo de la temporada de carreras: recogíamos a los animales, temerosos de las escopetas, en un muelle cerca de Limehouse, los embarcábamos en la barca mejillonera y navegábamos por el río a oscuras hasta el corazón de Londres rumbo a la calle Lower Thames. Luego volvíamos río abajo por el mismo camino por el que habíamos venido, y esos regresos por el río a última hora de la noche, con la barca ya vacía de perros, eran los únicos momentos en los que no había interrupciones y el Dardo se olvidaba del ajetreo del día. Empecé a sentir curiosidad por el mundo del Dardo.

Y durante esas noches hablaba abiertamente sobre él y sobre las complejidades de las carreras de perros, y a veces me hacía preguntas. «Conociste a Walter cuando eras muy pequeño, ¿no?», me preguntó en una ocasión. Y cuando lo miré, sorprendido, retiró la frase como una mano demasiado atrevida sobre un muslo. «Ah, vale», dijo él.

Cuando le pregunté cómo había conocido a Olive Lawrence, reconocí a modo de introducción que ella me caía bien. «Ya me he dado cuenta», dijo él. Lo cual me sorprendió, ya que siempre me había parecido que el Dardo no estaba atento ni interesado en mis reacciones.

—¿Cómo la conociste entonces?

Señaló el cielo sin nubes.

—Necesitaba consejo y ella es una experta... geógrafa y *et-nó-gra-fa* —subrayó la palabra igual que lo había hecho ella—. ¿Quién iba a saber que había gente así? Que todavía adivinan el tiempo que va a hacer por el tipo de luna o por la forma de una nube. El caso es que ella me ayudó con un asunto mío, y me gustan las mujeres que son más listas que yo. Eso sí, es..., bueno, te sorprende. ¡Esos tobillos! No pensaba que saldría conmigo. Es de Mayfair, ¿sabes? Le gusta la seda y pintarse los labios. Es hija de un abogado, pero no creo que su padre me ayude si me encuentro en algún lío. El caso es que ella no paraba de hablar sobre nubes lenticulares y nubes yunque y cómo interpretar un cielo azul. Aunque yo sentía más inclinación hacia sus tobillos. Tiene esas curvas de galgo que me gustan, pero con ella nunca puedes ganar. Solo puedes hacerte con un rinconcito de su vida. Porque, claro, ¿dónde está ahora? No ha dicho ni mu. Pero aquella noche con la cabra creo que le gustó. Ella no lo reconocería, desde luego, pero fue como firmar un tratado de paz durante la cena. Una mujer de armas tomar..., aunque no es mi tipo.

Me encantaba cuando el Dardo hablaba de esta forma, como si yo fuera un igual que pudiera entender aquellas sutilezas inconstantes de las mujeres. Además, oír otra versión del incidente de la cabra aportaba una capa más en el mundo en el que entraba. Me sentía como una oruga que cambia de color, en equilibrio precario, desplazándome de una especie de hoja a otra.

Continuamos por las aguas oscuras y silenciosas del río, sintiendo que nos pertenecía, hasta el estuario. Pasamos frente a edificios industriales, con las luces tenues, débiles como estrellas, como si nos encontráramos en una cápsula del tiempo de los años de la guerra, cuando los oscurecimientos y los toques de queda estaban en vigor, cuando solo había luz de guerra y solo tenían permiso para navegar por este tramo del río barcazas sin faros. Observé cómo el boxeador de peso medio que antes me había parecido duro y hostil se volvía y me miraba, hablando amablemente mientras buscaba las palabras exactas sobre los tobillos de Olive Lawrence y sobre el conocimiento que esta tenía de los mapas turquesas y los sistemas eólicos. Me di cuenta de que probablemente él había guardado esa información para algún aspecto de su trabajo, aunque también le había distraído de la lenta pulsación azul del cuello de ella.

Me agarró del brazo, me puso al timón y caminó hasta el borde para desahogarse en el Támesis. Soltó un gruñido. Sus acciones siempre iban acompañadas de una banda sonora, y sospecho que tampoco faltaba en los momentos amorosos en que la pulsación del cuello de Olive Lawrence latía bajo una fina capa de sudor. Me acordé de la primera vez que vi orinar al Dardo, en el Museo de Pintura de Dulwich durante un reconocimiento, silbando, sujetando con los dedos de la mano derecha un cigarrillo además de su pene, que apuntaba al borde del urinario. «Cambiando el agua a las aceitunas», como lo llamaba él. Ahora, mientras yo llevaba el timón de la barcaza, oía su inevitable soliloquio. «Me he encontrado más nubes grises / de las que podría garantizar / una obra de teatro rusa.» Lo murmuraba en la intimidad, sin mujeres que lo acompañaran en aquella hora tardía.

La barcaza aminoró la marcha. La amarramos bien apretada contra las defensas del muelle y desembarcamos. Era la una de la mañana. Caminamos hasta el Morris y nos quedamos un momento sentados, parados, como si ahora conectáramos con otro elemento. Entonces el Dardo pisó el embrague, giró la llave y el ruido del coche rompió el silencio que nos rodeaba. Siempre conducía rápido, casi peligrosamente, a través del entramado de calles estrechas sin iluminar. Desde la guerra, esta parte de la ciudad solo estaba parcialmente habitada. Pasamos por calles llenas de escombros, con alguna hoguera de vez en cuando. El Dardo encendió un cigarrillo y dejó abiertas las ventanas. Nunca seguía un camino recto de vuelta a casa, zigzagueaba a izquierda y derecha, sabía cuándo reducir la velocidad, y giraba de repente hacia un callejón apenas entrevisto como si estuviera ensayando una ruta de huida. ¿O es que necesitaba asumir riesgos para mantenerse despierto a esas horas? *¿Y es seguro?* Articulé la pregunta del Polilla en silencio, dirigiéndola al aire de fuera de mi ventana. Una o dos veces, si el Dardo pensaba que yo no estaba cansado, se apeaba con falso agotamiento, ocupaba mi lugar en el asiento del pasajero y me dejaba conducir. Me miraba de reojo mientras lidiaba con el embrague y pasaba por el puente de Cobbins Brook. Luego nos metíamos en los barrios residenciales más cercanos a la ciudad, con nuestra conversación ya terminada.

A menudo me quedaba agotado por la amplitud de las tareas que se me encomendaban. Había que inventarse análisis óseos y de sangre. Teníamos que falsificar sellos de la Asociación del Galgo del Gran Londres, de forma que nuestros inmigrantes pudieran entrar en cualquiera de los ciento cincuenta canódromos del país, como si todos se prepararan para reunirse en el baile del conde de Montecristo con identidades falsas. Estaba teniendo lugar un enorme mestizaje de perros con pedigrí, y la industria del galgo nunca se iba a recuperar de ello. Antes de que se marchara, Olive Lawrence, al descubrir las actividades del Dardo, puso los ojos en blanco y se preguntó:

—¿Qué será lo siguiente? ¿La importación de perros raposeros? ¿De un niño robado de la región de Burdeos?

—Desde luego que sería de Burdeos —respondió el Dardo.

Con todo, me encantaban nuestras noches en la barca mejillonera. La barca, que en un principio era un velero tipo cúter, ahora estaba equipada con un motor diésel moderno. Al Dardo se la prestaba «un respetable comerciante de la zona portuaria» que solo la necesitaba tres días por semana; a no ser, nos advertía, que de repente se anunciara una boda real, lo que significaría la importación apresurada de vajilla barata decorada con una imagen real y enviada desde una fábrica satánica* de Le Havre. En ese caso, el trasporte de perros debería aplazarse. Era una barca larga y gris, construida en Holanda, según decía el Dardo, que solía bordear la costa a poca profundidad sobre criaderos de mejillones. Era distinta de otras barcazas y un objeto extraño en el Támesis. El tanque de lastre de la bodega se podía abrir y se llenaba con agua de mar, de modo que los mejillones recogidos se mantuvieran frescos hasta llegar a puerto. Pero para nosotros la principal virtud del cúter era su calado poco profundo, que nos permitía viajar a lo largo del Támesis, desde el estuario hasta un punto tan occidental como Richmond, o incluso hasta Teddington, donde el río era demasiado superficial para la mayoría de los remolcadores y barcazas. El Dardo también la utilizaba para otros negocios cuando se metía en los canales que llevaban desde el Támesis al norte y al este, hacia Newton's Pool y la abadía de Waltham.

Todavía me acuerdo de aquellos nombres... Erith Reach, Caspian Wharf, así como de las calles por las que condu-

---

* En Reino Unido, el concepto de «fábrica satánica» (*satanic mill* o *dark satanic mill*), que tiene su origen en un poema de William Blake, se refiere habitualmente a las fábricas surgidas durante el periodo de la Revolución Industrial. *(N. del T.)*

cíamos con el Dardo, de vuelta a la ciudad bastante pasada la medianoche. Acabábamos de completar uno de nuestros portes en barcaza y él intentaba mantenerme despierto contándome la trama de sus películas preferidas. Su voz adquiría un tono aristocrático cuando recordaba frases del diálogo de *Un ladrón en la alcoba:* «¿Se acuerda del hombre que entró en el Banco de Constantinopla y salió con el Banco de Constantinopla? ¡Aquel hombre soy yo!». El coche iba disparado por los caminos sin iluminación, y él se volvía hacia mí para entretenerme con las costumbres de Olive Lawrence cuando discutían, o para recitar los nombres de las principales calles por las que conducíamos —Crooked Mile, la calle Sewardstone o un cementerio por el que pasábamos—, y me decía: «Apréndetelas de memoria, Nathaniel, por si una noche tengo que enviarte a ti solo». Íbamos a tal velocidad que a menudo llegábamos a la ciudad en menos de media hora. De vez en cuando el Dardo cantaba en voz alta alguna letra sobre «la novia / con el tipo que la agobia» o «la dama / a la que apodan la llama». Lo hacía con desenvoltura, gesticulando con el brazo como si tuviera que detenerse para acordarse de otro ejemplo más de pasión engañosa que se le acababa de ocurrir.

Las carreras de galgos ya eran una profesión alegremente ilegal. Millones de libras esterlinas cambiaban de manos. Grandes muchedumbres se desplazaban al estadio de White City o al Bridge de Fulham, o visitaban las pistas provisionales que habían aparecido por todo el país. El Dardo no se metió enseguida en el negocio. Primero investigó el territorio. Era un deporte que se consideraba de parias y él sabía que en algún momento el gobierno introduciría controles. El *Daily Herald* publicaba editoriales severos que advertían al público de que en las carreras de galgos se daba «una decadencia moral que derivaba del ocio pasivo». Pero al Dardo no le parecía que el ocio del público fuera pasivo. Había estado en Harringay cuando descalificaron a un favorito con las apuestas tres a uno a su favor y la multitud redujo a cenizas las casetas de salida, y la manguera de agua que manejaba la policía lo había tumbado al suelo como a tantos otros. Intuía que pronto habría permisos para perros, líneas de sangre documentadas, cronómetros e incluso reglas relativas a la velocidad oficial de la liebre mecánica. Las posibilidades del azar se reducirían y las apuestas se basarían en la razón. Tenía que identificar o inventar una entrada rápida y sutil en el negocio, algo que hasta ahora no estuviera a la vista, y colarse en el margen entre aquello en lo que se había pensado y lo que todavía no había sido planteado. Y lo que el Dardo veía en los canódromos era un talento imposible de valorar entre animales difíciles de distinguir.

En la época en que nos topamos con él en Ruvigny Gardens, el Dardo importaba una dudosa población de perros extranjeros indocumentados. Ya había pasado algunos años en el vaivén del estraperlo. Había perfeccionado el arte del dopaje, no tanto para proporcionar fuerza y resistencia a los perros, sino para provocarles una lentitud hipnótica con Luminal, un tranquilizante utilizado para los ataques epilépticos. El procedimiento exigía ser muy cuidadoso con el cálculo del tiempo. Si se les daba demasiado cerca del principio de la carrera, los animales se caían dormidos en las casetas de salida y tenía que llevárselos algún asistente tocado con un bombín. Pero con un intervalo de dos horas entre la ingesta y la carrera corrían de forma convincente y luego se mareaban al coger las curvas. A un determinado grupo de perros —por ejemplo, a los perros con manchas o a los perros machos— se les suministraba hígado aliñado con Luminal y así ya se les podía descartar en las apuestas.

También se probaron otros brebajes inventados en el juego de química que alguien tenía en casa. Los perros a los que se les había hecho ingerir líquidos obtenidos de genitales humanos infectados con una enfermedad venérea se distraían súbitamente por culpa de picores o se veían asaltados por erecciones insospechadas y aflojaban la velocidad en los últimos cien metros. Después el Dardo empezó a utilizar pastillas de clorobutanol, compradas en grandes cantidades a un dentista y disueltas en agua caliente. De nuevo, la consecuencia era un trance hipnótico. Él decía que los guardaparques norteamericanos lo utilizaban para anestesiar a las truchas durante el proceso de marcaje.

¿Dónde y en qué momento del pasado había aprendido el Dardo ese tipo de conocimientos químicos y médicos? Yo sabía que era un hombre curioso y que podía sacar información de cualquiera, incluso de un inocente químico sentado a su lado en el autobús. De una forma parecida había obtenido de Olive Lawrence datos sobre los sistemas climáticos. Aunque él no solía mostrarse abiertamente. Un rasgo que quizá le venía de sus días como boxeador de Pimlico, cuando era ligero de pies a la vez que solemne de palabra, enigmático pero curioso ante el lenguaje corporal del otro; un contraatacador, un observador minucioso que luego se burlaba de la manera de ser de los demás. No fue hasta mucho después cuando relacioné su familiaridad con esos medicamentos y sus conocimientos sobre la epilepsia de mi hermana.

Cuando empecé a trabajar con él, la época dorada del dopaje casi había terminado. Treinta y cuatro millones de personas asistían al año a carreras de galgos. Pero ahora los clubs de carreras estaban introduciendo análisis de saliva y orina, de modo que el Dardo tenía que encontrar una solución que permitiera que las apuestas de perros no dependieran solo de la lógica y el talento. Así fue como el Dardo recurrió a impostores o dobles para devolver la confusión y el azar a los canódromos, y yo me vi completamente atrapado en sus planes y lo acompañaba tan a menudo como podía en su barcaza, hacia el centro de Londres o alejándonos de la ciudad, según dónde nos llevara la pleamar en aquellos transportes nocturnos que a veces todavía añoro.

Fue un verano tórrido. No siempre estábamos encerrados en la barca mejillonera. A veces recogíamos cuatro o cinco perros de un refugio antiaéreo muy apartado de Ealing Park Gardens y salíamos de Londres con los animales en los asientos de atrás del coche, mirando inexpresivos afuera del Morris como si se tratara de miembros de la realeza. En la yincana de un pueblo los hicimos correr contra los perros del lugar, los vimos salir disparados como mariposas de la col por el campo que habíamos acondicionado, y luego volvimos a Londres con más dinero en los bolsillos del Dardo y los perros despatarrados detrás de nosotros. Estos siempre tenían grandes deseos de correr, a menudo en cualquier dirección.

Nunca sabíamos si nuestros dobles importados serían corredores natos o si se desplomarían por culpa del moquillo. Pero tampoco lo sabía nadie, y ahí radicaba su atractivo financiero. Lo único que sabíamos sobre los perros que estaban repantingados detrás de nosotros mientras conducíamos a Somerset o a Cheshire era que estaban recién desembarcados. El Dardo nunca apostaba por ellos. Sencillamente estaban ahí como cartas inútiles en una baraja para camuflar a un favorito. Los canódromos *amateurs* aparecían por todas partes y seguíamos todos los rumores sobre ellos. Yo batallaba con enormes mapas locales desplegables, buscando un pueblo o un campo de refugiados que tenía un canódromo no oficial de tercera fila. En algunos, los perros perseguían un manojo de plumas de paloma atadas a una rama que un coche arrastraba campo a través. Un canódromo que visitamos utilizaba una rata mecánica.

Recuerdo que en esos viajes en coche, siempre que parábamos en un semáforo, el Dardo se inclinaba hacia atrás para acariciar con delicadeza a los animales asustados. No creo que fuera porque quisiera a los perros. Pero sabía que habían pisado tierra inglesa hacía solo un día aproximadamente. Quizá creía que los calmaría, que les haría sentir que le debían algo cuando corrieran para él en esos canódromos lejanos al cabo de pocas horas. Pasaban con él solo un rato, y a última hora del día había menos perros de vuelta a Londres. Algunos sencillamente no paraban de correr y desaparecían en el bosque sin que se volviera a saber de ellos. El Dardo vendió uno o dos a un párroco de Yeovil o quizá a alguien del campo de refugiados polacos de Doddington Park. El Dardo no era sentimental con la herencia o la propiedad. Desdeñaba las líneas de sangre tanto entre perros como entre humanos. «El problema nunca es la familia de uno —proclamaba, como si citara un versículo del Libro de Job sorprendentemente pasado por alto—, ¡son los malditos parientes! ¡Olvídate de ellos! Averigua quién puede ser un padre valioso. Es importante que los sustitutos alteren las líneas de sangre excepcionales». El Dardo no había mantenido el contacto con su familia. Al fin y al cabo, prácticamente lo habían vendido a los cuadriláteros de Pimlico con dieciséis años.

Una noche el Dardo entró en el número 13 de Ruvigny Gardens con un libro grueso que le había costado sacar de una oficina de correos del barrio, donde había estado encadenado a la ventanilla. Era un registro publicado por la Asociación del Galgo, interesada en advertir al público de los «chanchullos de canódromo», que hacía una lista de todas las personas sospechosas de haber cometido delitos en ese ámbito. Al lado de fotos policiales —algunas borrosas y otras inútiles— se incluía un listado de incidentes que abarcaban desde la falsificación hasta la impresión de boletos, pasando por dopaje, amaño de carreras, robo de monederos e incluso la advertencia sobre aquellos que se paseaban entre el gentío con la intención de seducir. El Dardo nos pidió a Rachel y a mí que hojeáramos la lista de trescientas páginas de delincuentes a ver si lo encontrábamos. Pero evidentemente no lo encontramos. «¡No tienen ni idea de quién soy!», exclamó orgulloso.

A estas alturas era sofisticado en sus métodos para sortear las reglas de las carreras de perros. Una vez nos confesó con algo de timidez su primera contravención de las normas. Arrojó un gato vivo a la pista durante una carrera. El perro en el que había puesto el dinero —fue su primera y última apuesta— se había dado de bruces contra una valla en la primera curva. Entonces apareció un gato delante de los demás perros, que se distrajeron tanto que el único objeto que siguió con la carrera fue la liebre mecánica, ayudada por un motor de dos caballos que funcionaba a mil quinientas revoluciones por minuto. Se anuló la carrera y el gato desapareció, igual que el Dardo una vez recuperada la apuesta inicial.

Ninguna novia del Dardo quiso acompañarlo nunca en esas excursiones fuera de la ciudad, pero a pesar de no haber tenido un perro en mi vida yo prefería sentarme detrás y los canes estiraban los hocicos para descansarlos sobre mis hombros, en busca de calor. Para un chico solitario como yo, eran una compañía accesible y entretenida.

Volvimos a entrar en la ciudad hacia el anochecer, con los perros dormidos los unos sobre los otros. Ni siquiera los despertaba el resplandor de las luces de la ciudad, ni siquiera un mendrugo de un bocadillo que el Dardo había tirado por encima del hombro hacía media hora. Resultó que el Dardo tenía una cena a la que quería llegar, y me convenció para que me pusiera al volante del Morris y devolviera los perros al refugio antiaéreo de Ealing Park Gardens. Me lo agradecería toda la vida. Lo dejé en una estación de metro para que se encontrara con una nueva amante, con la ropa todavía impregnada de olor a galgo. Yo no tenía carné de conducir, pero tenía un coche. Me quedé con los perros y me alejé de las profundidades de la ciudad hacia Mill Hill.

Me iba a encontrar con Agnes en otra casa vacía y bajé las ventanas al llegar para que los perros respiraran mejor. Caminé hacia la casa, me volví y los vi mirándome con un aire trágico, como espectros de decepción. Agnes abrió la puerta. «Un segundo», le dije yo. Volví al coche corriendo y acompañé a los perros al jardincito de delante para que se desahogaran. Los estaba arreando de vuelta al Morris cuando Agnes propuso que entráramos todos. Sin esperar ni un segundo, salieron disparados delante de mí y entraron de un salto en la oscuridad de la casa.

Dejamos las llaves al pie de la puerta principal y seguimos los ladridos de excitación. Era un edificio de tres plantas donde tampoco era posible encender las luces. Era la casa más grande en la que cualquiera de los dos hubiera estado, y no había sufrido daños. El hermano de Agnes iba prosperando en el mundo inmobiliario de posguerra. Calentamos dos latas de sopa en el círculo azul de gas y luego nos instalamos en el segundo piso para poder vernos y hablar al resplandor de una farola. Ahora estábamos más cómodos, había menos tensión sobre lo que pasaría, lo que podría pasar o no debería pasar entre nosotros. Nos tomamos la sopa. Los perros entraron y salieron corriendo. Hacía tiempo que no nos veíamos, y si esperábamos que la noche fuera apasionada, lo iba a ser, pero no de la forma que nos imaginábamos. Sobre el pasado de Agnes no sabía tanto, pero, como dije, en las habitaciones de mi infancia no había entrado ningún perro, y ahora en las grandes habitaciones a media luz de esa casa prestada forcejeábamos con ellos y los derribábamos, y notábamos sus bocas cálidas contra nuestros pechos desnudos. Corríamos de una habitación a otra, esquivando las ventanas por las que entraba luz de la calle, localizándonos con silbidos. Un perro quedó atrapado al mismo tiempo por sus brazos y los míos. Ella levantó la cabeza hacia el techo y, como si pudiera atravesarlo, aulló a la luna. En la luz tenue, los perros eran como osos hormigueros pálidos. Los seguimos hasta habitaciones apartadas. Nos los encontramos cuando bajaban por la oscuridad estrecha de las escaleras.

—¿Dónde estás?

—Detrás de ti.

La luz de los coches llenó una ventana y vi a Agnes desnuda hasta la cintura, con un perro apoyado en la cadera para llevarlo al rellano inferior, el galgo que habíamos descubierto que tenía miedo a las escaleras: un momento sagrado de mi vida que conservo a buen recaudo entre los pocos recuerdos de esa época, archivados y etiquetados a medias. Agnes con perro. A diferencia de otros recuerdos, tiene un lugar y una fecha —fue durante los últimos días de aquel verano tórrido— y desearía saber si aquella vieja amiga de adolescencia todavía se acuerda y piensa en ese conjunto de casas prestadas del este y el norte de Londres y en la casa de tres pisos de Mill Hill en la que nuestros cuerpos chocaron con perros en pleno goce caótico después de haberse contenido durante horas en los asientos traseros de un coche, y que paseaban sus garras de carreras como tacones altos arriba y abajo de las escaleras sin moqueta. Era como si Agnes y yo hubiéramos renunciado a todos los deseos excepto a correr junto a sus ladridos agudos y su vana virilidad.

Nos vimos reducidos a sirvientes, a mayordomos, a tener que proporcionarles cuencos de agua fresca que sorbían sin elegancia o a tirar restos de nuestros bocadillos robados al aire, de modo que ellos saltaran a la altura de nuestras cabezas. No prestaban atención a los truenos cuando había, pero cuando se ponía a llover se quedaban parados, se acercaban a las grandes ventanas y escuchaban los chasquidos con la cabeza inclinada.

—Pasemos la noche aquí —dijo ella.

Y cuando ellos se acurrucaron para dormir nosotros dormimos en el suelo a su lado, como si aquellos animales fueran la vida que echábamos de menos, la compañía que deseábamos, un momento humano salvaje, innecesario, esencial e inolvidable en Londres y en aquellos años. Cuando me desperté, tenía al lado la cara delgada de un perro dormido, respirando tranquilamente sobre la mía, ocupado en sus sueños. Oyó el cambio de mi respiración al despertarme y abrió los ojos. Luego cambió de postura y posó suavemente la pata en mi frente, en un gesto de compasión cuidadosa o de superioridad. Lo percibí como sabiduría.

—¿De dónde eres? —le pregunté—. ¿De qué país? ¿Me lo dices?

Me volví y vi a Agnes de pie, ya vestida, con las manos en los bolsillos, mirándome y escuchándome.

Agnes del fin del mundo. De la calle Agnes, de Mill Hill y de Limeburner's Yard, donde perdió aquel vestido de noche. Ya entonces sabía que tenía que mantener esa parte de mi vida alejada del Dardo y el Polilla. De ellos era el mundo en el que vivía tras la desaparición de mis padres. Y el mundo de Agnes era adonde ahora escapaba solo.

*

Era otoño. Estaban cerrando los canódromos y las yincanas. Sin embargo, yo era un intermediario tan implicado y esencial en el mundo del Dardo que cuando empezó el trimestre me convenció fácilmente de que me saltara el colegio. Al principio faltaba dos días a la semana, pero no tardé en excusarme con una gran cantidad de enfermedades: desde paperas, sobre las que acababa de leer un texto, hasta cualquier infección que rondara por ahí, y gracias a mis nuevos contactos podía proporcionar cartas falsificadas sobre mi salud. Rachel se enteró, especialmente cuando mis ausencias aumentaron a tres días a la semana, pero el Dardo me advirtió de que no dijera nada al Polilla e hizo uno de sus complejos gestos con la mano que a esas alturas yo ya sabía interpretar. En cualquier caso, era un trabajo más interesante que dedicarme a preparar los exámenes de acceso al bachillerato.

La barca mejillonera del Dardo empezó a navegar con un nuevo objetivo. Esos días transportaba porcelana europea para «el respetable comerciante de la zona portuaria».

La mercancía en cajas era más manejable que los galgos, pero él dijo que le dolía la espalda, y que por lo tanto necesitaba ayuda; «demasiado sexo de pie en un callejón o en una calle sin salida...». Soltó la frase como si fuera una ocurrencia espectacular. El caso es que convenció a Rachel para que volviera a la barca los fines de semana por uno o dos chelines más, y acabamos navegando por estrechos canales que discurrían al norte del Támesis, en los que no nos habíamos fijado hasta ese momento. Nuestros puntos de partida y los destinos siempre variaban. Podía ser la entrada trasera de la aduana de Canning Town, o podían llevarnos los arroyos superficiales a la altura de Rotherhithe Mill. Ya no había que mantener callados a veinte perros, y era un trabajo a la luz del día y en el silencio del otoño. Cada día hacía más frío.

Al pasar tanto tiempo en compañía del Dardo, ahora ya me encontraba a gusto con él. Los domingos por la mañana, mientras la barcaza navegaba bajo los árboles, se sentaba en una caja, buscaba escándalos de la clase alta en los periódicos y nos leía las perlas. «Nathaniel: el conde de Wiltshire se ha asfixiado accidentalmente atándose semidesnudo una cuerda al cuello y atando el otro cabo a un rodillo para césped...» Se negó a explicarme por qué una persona de la nobleza haría tal cosa. En cualquier caso, la ligera pendiente del césped hizo que el rodillo siguiera tranquilamente cuesta abajo tirando del cuerpo desvestido del conde y estrangulándolo. Hacía tres generaciones que el rodillo para césped, concluía el *News of the World,* pertenecía a la familia del conde. Mi hermana, más seria, no prestaba atención a este tipo de historias y se dedicaba a memorizar las réplicas de *Julio César,* ya que ese trimestre iba a hacer de Marco Antonio en la obra de teatro del colegio. A estas alturas yo simplemente esperaba suspender los exámenes de acceso al bachillerato y dejé de releer *Las andorinas y las amazonas,* esa «chorrada de libro», como lo había llamado el Dardo.

De vez en cuando inclinaba la cabeza hacia atrás e intentaba entablar una conversación conmigo, mostrándose interesado en cómo me iba en el colegio.

—Bien —decía yo.

—¿Y las matemáticas? ¿Sabes qué es un triángulo isósceles?

—Claro que sí.

—Fenomenal.

De jóvenes no nos enternecen cosas como el interés, aunque sea falso. Pero ahora, con la distancia del tiempo, me enternece.

Navegamos por un canal que se estrechaba. Ahora había otro ambiente: la luz del sol se abría camino entre las hojas amarillentas y el olor a tierra mojada se elevaba de las orillas. Habíamos cargado la barcaza con cajas en Limehouse Reach, donde el Dardo dijo que siglos atrás se fabricaba cal viva. Los inmigrantes desembarcaban ahí procedentes de los barcos de las Indias Orientales y entraban en el nuevo país sin una lengua común. Le conté al Dardo que había oído un episodio de Sherlock Holmes en la radio titulado «El hombre del labio torcido» que transcurría donde habíamos cargado la porcelana aquella mañana, pero movió la cabeza con recelo, como si la literatura no tuviera nada que ver con su mundo. Los únicos libros que le había visto leer eran novelas del Oeste y eróticas, concretamente una que fusionaba ambos géneros titulada *El gran coñón del Colorado.*

Una tarde intentamos que la barcaza avanzara entre las estrechas orillas del canal de Romford, y mi hermana y yo estábamos colocados cada uno a un lado de la cubierta gritándole instrucciones al Dardo, que llevaba el timón. Los últimos cien metros del canal estaban casi completamente cubiertos de vegetación. Al final había un camión esperando, y dos hombres se acercaron a la barca y descargaron las cajas sin mediar palabra. El Dardo apenas se fijó en ellos. Luego, como si la barcaza fuera un perro acorralado, dimos marcha atrás unos cuatrocientos metros hasta que el canal se volvió más ancho.

El canal de Romford era solo uno de nuestros destinos. Otro porte nos llevó por el canal de los Molinos de Pólvora. Antaño solo lo navegaban barcas de poco calado que transportaban pólvora y barcazas que cargaban municiones. El canal, de aspecto inocente, se había utilizado para ese objetivo durante casi doscientos años porque al final se encontraba la abadía de Waltham, un noble edificio habitado por monjes desde el siglo XII. Durante la última guerra, miles de personas trabajaron en las dependencias de la abadía, y los explosivos se transportaban por esos mismos canales y afluentes hasta el Támesis. Desde luego, era menos peligroso transportar municiones por tranquilas vías navegables que por carreteras concurridas. A veces de las barcazas tiraban caballos y otras, grupos de hombres a cada lado del canal.

Pero ahora habían desmantelado las fábricas de municiones y los canales en desuso se encenagaban y estrechaban entre las orillas llenas de maleza. Y allí era donde los fines de semana Rachel y yo, los adláteres del Dardo, navegábamos en el silencio de los canales, escuchando una nueva generación de cantos de ave. Lo que cargábamos probablemente no fuera peligroso, pero no lo sabíamos a ciencia cierta. Y vistas nuestras rutas y destinos siempre cambiantes, Rachel y yo no nos creíamos del todo las historias del Dardo sobre que el reparto de porcelana europea era para pagar al comerciante que le había dejado utilizar su barcaza durante la temporada de carreras de perros.

En cualquier caso, hasta que el tiempo lo permitió, nos movimos por aquellas vías navegables apenas utilizadas, gobernando la barca por ríos cada vez más estrechos. El Dardo sin camisa, con el pecho blanco desnudo al sol de octubre, y mi hermana memorizando sus entradas y salidas en *Julio César*. Hasta que aparecían las piedras marrones de la abadía de Waltham.

Nos acercábamos sigilosamente a la orilla y de nuevo oíamos silbidos y aparecían hombres que cargaban nuestras cajas en un camión cercano. De nuevo no mediaba palabra entre nosotros. El Dardo se quedaba de pie a medio vestir y los miraba sin saludarlos ni dedicarles una leve inclinación de cabeza. Me ponía la mano en el hombro, lo que me comprometía con él, o a él conmigo, y me hacía sentir a salvo. Los hombres se iban y el camión se alejaba bajo las ramas que cubrían el camino de tierra. La estampa de dos adolescentes en una barca, una volcada en sus deberes y el otro tocado con una gorra desenfadada, debía de parecer bastante inocente.

¿De qué tipo de familia formábamos parte ahora? Volviendo la vista atrás, Rachel y yo no éramos tan distintos en nuestra condición anónima de los perros y sus papeles ficticios. Igual que ellos, nos habíamos liberado y nos adaptábamos a menos reglas y menos orden. Pero ¿en qué nos habíamos convertido? Cuando uno no está seguro de qué camino tomar de joven, a veces acaba no tanto reprimido, como podría esperarse, sino ilegal, fácilmente invisible, y el mundo termina por no reconocerlo. ¿Quién era ahora Dedal? ¿Quién era Gorrión? ¿Las citas con Agnes introdujeron la astucia del ladrón en mi forma de ser? ¿O fueron mis escapadas del colegio para pasar tiempo con el Dardo? No lo digo por el placer o el descaro, sino por la tensión y el riesgo. Cuando llegaron las notas puse agua a hervir en una tetera y con el vapor abrí el sobre oficial para ver los resultados. Los comentarios de los profesores eran tan desdeñosos que me dio vergüenza entregarle las notas al Polilla, que debía guardarlas para cuando mis padres volvieran. Quemé las páginas en la cocina de gas. Simplemente había demasiada información. Los días que había faltado al colegio eran innumerables. Y palabras como «mediocre» aparecían en casi todas las observaciones como una letanía. Metí las cenizas debajo de la alfombra de uno de los peldaños de la escalera, como si volvieran a un sobre, y durante el resto de la semana me quejé de que las notas de Rachel habían llegado, pero las mías no.

La mayoría de las leyes que infringí durante esa época de mi vida fueron menores. Agnes robaba comida de los restaurantes en los que trabajaba, hasta que una noche, antes de salir del trabajo, se metió una loncha gruesa de jamón congelado debajo de la axila. Retenida por recados de última hora, la hipotermia la venció, se desmayó en la entrada y el jamón se deslizó por debajo de su blusa hasta el linóleo. De algún modo, la preocupación por su estado —era apreciada en el trabajo— hizo que los dueños ignoraran el delito.

El Polilla seguía recordándonos lo *schwer* y que debíamos prepararnos para tiempos difíciles. Pero yo no entraba al trapo y hacía caso omiso de lo que podía ser pesado o indigesto. El mundo ilegal me parecía más mágico que peligroso. Incluso que el Dardo me presentara a alguien como el gran falsificador de Letchworth era una gran emoción, igual que las reglas cambiantes de Agnes.

Nuestros padres seguían fuera pasado el año prometido, y para Rachel seguramente fue la gota que colmó el vaso. Ahora era una persona noctámbula, y el Polilla la recomendó a su amiga, la cantante de ópera, para que le consiguiera un trabajo a tiempo parcial por las noches en el Covent Garden. Cualquier cosa relacionada con el trabajo en escena fascinaba a Rachel: la lámina flexible de metal que producía el sonido del trueno, los escotillones, el humo que invadía el escenario o los reflejos azules de los focos. Igual que yo había cambiado por influencia del Dardo, Rachel entró en el mundo del teatro y se convirtió en apuntadora, no para animar a los tenores en sus arias italianas o francesas, sino para la sección de atrezo, que necesitaba que alguien diera la señal para entrar corriendo al escenario con ríos de tela encima o desmontar una muralla de ciudad en sesenta segundos y a oscuras. De modo que nuestros días y noches no nos parecían los tiempos *schwer* de los que nos había advertido el Polilla. Para nosotros eran maravillosas puertas de entrada al mundo.

Una noche volvía a casa en metro después de pasar una larga tarde con Agnes. Tenía que hacer muchos transbordos para llegar al centro de Londres y me pesaba el sueño. Bajé de la línea de Piccadilly en Aldwych y cogí un ascensor que siempre daba sacudidas y traqueteaba en los tres pisos que subía desde las profundidades de la estación de metro. En el espacio desierto de aquel ascensor lento podían caber cincuenta viajeros en hora punta, pero ahora solo estaba yo. Del centro del ascensor colgaba una tenue lámpara esférica. Después de mí entró un hombre que llevaba un bastón. Detrás de él apareció otro hombre. La puerta plegable se cerró y el ascensor empezó a subir lentamente en la oscuridad. Cada diez segundos, al pasar por cada piso, los veía mirándome. Uno era el hombre que hacía unas semanas nos había seguido a Agnes y a mí en el autobús. Blandió el bastón e hizo añicos la bombilla mientras el otro tiraba de la palanca de emergencia. Saltó una alarma. Hubo un frenazo. Súbitamente nos encontramos en el aire y rebotamos sobre las plantas de los pies, intentando mantener el equilibrio en aquella oscura jaula colgante.

Mis tardes aburridas en el Criterion me salvaron. Sabía que la mayoría de los ascensores tenían un interruptor a la altura del hombro o del tobillo para liberar el freno. O en un lugar o en el otro. Retrocedí hasta una esquina de la jaula mientras los dos hombres se me acercaban. Noté el interruptor a la altura del tobillo, liberé el freno de una patada y se soltó. En la jaula vibraron unas luces rojas. El ascensor volvió a moverse y las puertas plegables se abrieron al nivel de la calle. Los dos hombres dieron unos pasos atrás y el del bastón lo tiró en medio del suelo. Salí corriendo envuelto en la noche.

Llegué a casa asustado, medio riendo. El Polilla estaba y le conté mi astuta huida; en aquel ascensor del Criterion había aprendido algo. Debían de pensar que llevaba dinero, le dije.

*

Al día siguiente entró en casa un hombre llamado Arthur McCash, y el Polilla nos hizo saber que era un amigo al que había invitado a cenar. Era alto y escuálido. Gafas. Una mata de pelo castaño. Se veía que siempre iba a tener el aspecto de un chico de último curso de carrera. Un poco delicado para los deportes en grupo. Quizá le encajara más el *squash*. Pero esa imagen inicial de él no era exacta. Recuerdo que esa primera noche fue la única persona de la mesa capaz de desenroscar la tapa de una vieja botella de mostaza. La abrió tranquilamente de una vuelta y la dejó sobre la mesa. Al arremangarse, vi la fuerte ristra de músculos de sus brazos.

¿Qué llegamos a saber o a descubrir sobre Arthur McCash? Hablaba francés y también otras lenguas, aunque nunca mencionaba esas aptitudes. Quizá suponía que se burlarían de él. Incluso corría el rumor, aunque tal vez era una broma, de que sabía esperanto, la lengua supuestamente universal que nadie hablaba. Olive Lawrence, que hablaba arameo, habría apreciado esos conocimientos, pero por entonces ya se había marchado. McCash sostenía que recientemente lo habían destinado al extranjero para realizar estudios de cultivos en Oriente Medio. Más adelante me dijeron que el personaje de Simon Boulderstone en *Fortunes of War*, de Olivia Manning, puede que esté basado en él. Volviendo la vista atrás, casi parece creíble; realmente daba la sensación de formar parte de otra época, uno de esos ingleses que son más felices en climas desérticos.

A diferencia de otros invitados, McCash era tranquilo y discreto. De algún modo, siempre se ponía al lado de quien discutiera acaloradamente, así no se esperaba que él intercediese. Asentía ante un chiste de dudoso gusto, aunque él nunca los contaba; excepto una noche sorprendente en la que, seguramente embriagado, recitó una quintilla jocosa sobre Alfred Lunt y Noël Coward que sobresaltó a la sala. Los que estaban a su lado no se acordaban exactamente del poema ni al día siguiente.

Arthur McCash hizo que dudara de mi comprensión de las actividades del Polilla. ¿Qué hacía él en esa cofradía? Parecía distinto a los demás miembros de ese grupo obstinado, y se comportaba como si no tuviera ningún poder ni autoestima, o quizá como si tuviera tanta que no quería exponerla. Solo ahora reconozco que puede que tuviera una timidez que seguramente disimulaba otra identidad. Rachel y yo no éramos los únicos jóvenes.

Todavía soy incapaz de atribuir edades exactas a los individuos que se habían apoderado de casa de nuestros padres. No hay registro fidedigno de edades cuando se ven con los ojos de la juventud, y supongo que además la guerra había complicado la forma en que leíamos la edad o las jerarquías de clase. Creía que el Polilla tenía la misma edad que mis padres. Que el Dardo era unos años más joven, pero solo porque parecía menos controlable. Que Olive Lawrence todavía era más joven. Creo que lo aparentaba porque siempre miraba hacia qué objetivo podía dirigirse, qué podía cautivarla y cambiarle la vida. Estaba abierta al cambio. Al cabo de diez años podía tener un sentido del humor distinto, mientras que el Dardo, aunque lleno de sorpresas sombrías, se encontraba claramente en un camino que había pisado y recorrido durante años. Era incorregible, ese era su atractivo. Esa era la seguridad que nos transmitía.

Al día siguiente por la tarde bajé del tren en la estación de Victoria y noté una mano en el hombro.

—Ven conmigo, Nathaniel. Tomemos un té juntos. Venga, deja que te coja la cartera. Parece que pesa —Arthur McCash agarró mi mochila y se dirigió a una de las cafeterías de la estación—. ¿Qué lees? —me dijo por encima del hombro, pero siguió caminando.

Compró dos *scones* y té. Nos sentamos. Limpió el hule de la mesa con una servilleta de papel antes de apoyar los codos. Yo pensaba todo el rato en que él había venido por detrás de mí, me había tocado el hombro y me había cogido la cartera. No eran gestos habituales en alguien que en esencia era un desconocido. Los avisos de los trenes, fuertes e incomprensibles, seguían resonando encima de nosotros.

—Mis escritores preferidos son franceses —dijo él—. ¿Tú hablas francés?

Negué con la cabeza.

—Mi madre habla francés —dije yo—. Pero no sé dónde está —me sorprendí a mí mismo al mencionarlo con tanta facilidad.

Se quedó mirando un lado de su taza. Después de un momento la levantó y bebió lentamente el té caliente, observándome por encima del borde. Yo también lo miré fijamente. Era un conocido del Polilla, había estado en casa.

—Tengo que pasarte alguno de Sherlock Holmes —dijo él—. Creo que te gustará.

—Los he escuchado en la radio.

—Pero también está bien leerlos —y entonces empezó a citar un pasaje como si estuviera en trance, entonándolo con una voz aguda y entrecortada—: «Desde luego que me sorprendió encontrarte ahí, Holmes». «Pero no más de lo que a mí me sorprendió encontrarte a ti.» «Fui para encontrarme con un amigo.» «Y yo para encontrarme con un enemigo.»

El tranquilo McCash parecía animarse con su propia actuación, lo que hacía que las réplicas resultaran graciosas.

—Me han dicho que te salvaste por los pelos en un ascensor del metro... Me lo contó Walter.

Y pasó a preguntarme sobre ello en detalle, exactamente dónde había pasado y qué aspecto tenían los hombres. Luego, después de una pausa, dijo:

—Tu madre seguramente esté preocupada, ¿no crees? Eso de andar por ahí tan tarde...

Lo miré fijamente.

—¿Dónde está mi madre?

—Tu madre está lejos de aquí, haciendo una cosa importante.

—¿Dónde está? ¿Es una cosa peligrosa?

Hizo un gesto como si sellara los labios y se levantó.

Yo me puse nervioso.

—¿Se lo digo a mi hermana?

—Ya he hablado con Rachel —dijo él—. Tu madre está bien. Ándate con cuidado, solo es eso.

Y lo vi desaparecer entre la muchedumbre de la estación.

Me pareció como un sueño que se iba desplegando ante mí. Sin embargo, al día siguiente, al volver a Ruvigny Gardens, McCash me pasó un libro en rústica de los relatos de Conan Doyle y me puse a leerlos. Pero aunque yo tenía una gran curiosidad por hallar respuestas a lo que pasaba en nuestras vidas, en mi caso no había calles ni callejones neblinosos donde pudiera encontrar pistas sobre el paradero de mi madre o sobre qué hacía en nuestra casa Arthur McCash.

*

—A menudo pasaba toda la noche en vela y suspiraba por una perla grande.

Yo estaba casi dormido.

—¿Qué?

—Lo leí en un libro. Era el deseo de un viejo. Todavía me acuerdo. Me lo repito cada noche —la cabeza de Agnes sobre mi hombro y sus ojos mirándome a través de la oscuridad—. Cuéntame algo —suspiró—. Algo de lo que te acuerdes..., algo así.

—No... no se me ocurre nada.

—Cualquier cosa. Alguien que te guste. Algo que te guste.

—Supongo que mi hermana.

—¿Qué te gusta de ella?

Me encogí de hombros y Agnes lo notó.

—No lo sé. Ahora apenas la veo. Supongo que nos daba seguridad estar juntos.

—¿Quieres decir que no te sientes seguro, que normalmente no te sientes seguro?

—No lo sé.

—¿Por qué no te sientes seguro? No te encojas de hombros.

Miré hacia arriba en la oscuridad de la gran habitación vacía en la que dormíamos.

—¿Cómo son tus padres, Nathaniel?

—Buena gente. Él trabaja en el centro.

—Quizá puedes invitarme un día a tu casa.

—Vale.

—¿Cuándo?

—No sé. No creo que te gusten.

—O sea que son buena gente, pero no me gustarían.

Me reí.

—Es que no son interesantes —le dije.

—¿Como yo?

—No. Tú eres interesante.

—¿En qué sentido?

—No estoy seguro.

Se quedó callada.

—Me da la sensación de que contigo puede pasar cualquier cosa —dije yo.

—Soy una chica trabajadora. Hablo con acento. Seguramente no quieres que conozca a tus padres.

—No lo entiendes, ahora mismo el ambiente en casa es raro. Muy raro.

—¿Por qué?

—Siempre está esa gente. Gente rara.

—Entonces encajaré —más silencio, a la espera de que yo le contestara algo—. ¿Vendrás a mi piso? ¿A conocer a mis padres?

—Sí.

—¿Sí?

—Sí. Me gustaría.

—Es curioso. No quieres que vaya a tu casa, pero vienes a la mía.

Yo no dije nada. Y luego:

—Me encanta tu voz.

—Vete a la mierda.

Su cabeza se alejó en la oscuridad.

¿Dónde estábamos aquella noche? ¿En qué casa? ¿En qué parte de Londres? Podría haber sido en cualquier lugar. No había nadie a quien me gustara tanto tener al lado. Y al mismo tiempo, el hecho de que seguramente lo nuestro se hubiera terminado tuvo algo de alivio. Porque, aunque yo me sintiera muy cómodo con esa chica que me había hecho entrar, deambular y salir de aquellas casas, las preguntas que formulaba con tanta naturalidad hacían que explicar mi doble vida se volviera muy difícil. En cierto sentido me gustaba el hecho de no saber nada de ella. No sabía cómo se llamaban sus padres. No le había preguntado a qué se dedicaban. Solo sentía curiosidad por ella, aunque Agnes no fuera su nombre, sino simplemente la calle de la primera casa a la que fuimos en algún distrito que he olvidado. Una vez me dijo a regañadientes cómo se llamaba de verdad mientras trabajábamos codo a codo en el restaurante. No le gustaba, me dijo, y quería un nombre mejor, sobre todo después de saber el mío. Al principio se burló de la elegancia de «Nathaniel», de su pretenciosidad, e incluso lo alargó a cuatro sílabas. Y luego, después de burlarse de mi nombre delante de los demás, se cruzó conmigo en el descanso para comer y me preguntó si le podía «prestar» aquel trozo de jamón de mi bocadillo. Y yo no supe qué decir.

Con ella nunca sabía qué decir. Era ella la que hablaba, pero yo sabía que también deseaba escuchar, por la forma en que quería abarcar todo lo que ocurría a su alrededor. Como cuando había insistido en que los galgos entraran en casa aquella noche en la que aparecí con el coche del Dardo, y los perros saltaron entre sus piernas y más adelante inclinaron y enfocaron las caras, que parecían flechas, hacia el ruido de nuestra respiración cuando estábamos abrazados.

Finalmente cené con sus padres. Tuve que presentarme en su restaurante y volver a la cocina varias veces hasta que realmente me creyó. Le debió de parecer que solo intentaba ser educado. No habíamos estado a solas desde la noche en que ella me lo había propuesto en medio de la oscuridad. Vivían en un piso de protección oficial de una habitación y media, de modo que aquella noche ella se llevó su colchón a la sala de estar. Pude ver su delicadeza con sus circunspectos padres, cómo calmaba la incomodidad de estos ante mi presencia. La extravagancia y el gusto por la aventura de Agnes que yo conocía del trabajo y de las casas en las que nos encontramos aquí brillaban por su ausencia. En lugar de ello, me di cuenta de su determinación de huir de su mundo, trabajando ocho horas al día y mintiendo sobre su edad para poder entrar en el turno de noche tan pronto como fuera posible.

Absorbía el mundo que la rodeaba. Quería entender todas las habilidades profesionales, todo aquello de lo que la gente hablaba. Probablemente yo, con mi silencio, era una pesadilla para ella. Debía de pensar que había nacido distante, reservado sobre lo que temía y reservado sobre mi familia. Luego un día se topó conmigo y el Dardo y se lo presenté como mi padre.

El Dardo era el único miembro de ese grupo improvisado que frecuentaba Ruvigny Gardens al que Agnes iba a conocer. Tenía que inventarme una situación que justificara que mi madre viajaba mucho. Me había vuelto un mentiroso, no tanto para confundirla sino para quitarle la pena que sentía porque yo no compartía con ella la situación inexplicable de mi vida, que quizá tampoco compartía conmigo mismo. Pero conocer al Dardo bastó para que Agnes se sintiera aceptada. Ahora le había aclarado un poco mi vida a ella, si bien a mí mismo me la había complicado.

El Dardo, en este repentino papel de mi padre, adoptó un aire protector y paternal con Agnes. Ella, sorprendida por su actitud, pensó que él era «muy salado». La invitó un sábado a un canódromo, y esto finalmente le proporcionó una explicación de por qué había aparecido aquella noche en Mill Hill con cuatro galgos. «De momento, la mejor noche de mi vida», le susurró. Le encantaba discutir con el Dardo. Y enseguida me di cuenta de por qué encontraba agradable Olive Lawrence su compañía. Si se permitía un comentario de dudoso gusto, dejaba que Agnes lo agarrara del cuello e intentara estrangularlo. Me invitaron a otra cena en casa de los tímidos padres de Agnes, esta vez con mi padre, y él llevó una botella de alcohol extranjero en un intento de impresionarles. Casi nadie lo hacía en aquella época. La mayoría de la gente ni siquiera tenía sacacorchos, de modo que sacó la botella al balcón e hizo añicos el cuello contra una reja. «Cuidado con el cristal», advirtió alegremente. Preguntó si alguien de la mesa había comido cabra alguna vez. «A la madre de Nathaniel le encanta», proclamó. Propuso cambiar la emisora de radio de la BBC Home Service a música más animada para poder bailar con la madre de Agnes, que soltó una risa aterrada y se aferró a la silla. Yo escuché atentamente todo lo que dijo aquella noche y me aseguré de que acertara con el nombre del colegio, el de mi madre y el resto del guion que habíamos preparado; por ejemplo, que mi madre estaba en las islas Hébridas por razones profesionales. El Dardo disfrutaba de aquel papel verboso y patriarcal, aunque siempre prefería hacer que hablaran los demás.

El Dardo se llevó bien con los padres, pero adoraba a Agnes, y por lo tanto yo también acabé adorándola. Empecé a reconocer aspectos de ella a través de la mirada del Dardo. Él tenía una gran facilidad para captar a la gente al vuelo. Después de la cena, ella bajó con nosotros las escaleras del edificio de protección oficial y nos acompañó al coche. «¡Claro! ¡El Morris donde llevaba a los perros!», dijo ella. Si yo estaba nervioso porque el Dardo sustituía a mi verdadero padre, se me pasó. Después de ese día, Agnes y yo nos reímos sobre las maneras excesivas de mi padre. De modo que cuando estaba con mi hermana y ese supuesto padre navegando por el río Lee en la barcaza prestada, casi empezaba a considerarnos a los tres como una unidad familiar creíble.

Un fin de semana, el Polilla insistió en llevar a mi hermana a algún sitio, así que propuse que Agnes la sustituyera en la barcaza. El Dardo dudó, pero le gustó la idea de que viniera con nosotros «la bala», como la llamaba. Puede que ella tuviera una idea confusa sobre la profesión del Dardo, pero se quedó anonadada con el lugar adonde la llevó. Era una Inglaterra que ella no conocía. Apenas habíamos recorrido un centenar de metros junto a Newton's Pool cuando se tiró de la barcaza con su vestido de algodón. Luego se encaramó desde el agua a la orilla, blanca como la porcelana y cubierta de barro. «Ese perro lleva demasiado tiempo encerrado», oí que el Dardo decía a mi espalda. Yo me limité a mirar. Nos hizo señas para que nos acercáramos, volvió a subir a la barca y se quedó ahí de pie, presa del frío aunque soleado otoño y con charcos de agua a los pies. «Dame tu camisa», me dijo. Cuando amarramos en Newton's Pool nos comimos los bocadillos que llevábamos.

Hay otro mapa que me aprendí de memoria y que todavía recuerdo con claridad, que distingue los ríos y los canales entre las vías navegables al norte del Támesis. También marcaba dónde había tres esclusas y había que detenerse veinte minutos mientras el agua del río entraba o salía de cámaras oscuras en las que quedábamos suspendidos, de modo que pudiéramos elevarnos o bajar a otra altura, y Agnes se quedaba sobrecogida mientras aquella vieja maquinaria industrial giraba y trepaba a nuestro alrededor. Para ella —una chica de diecisiete años que normalmente estaba atada a lo que se le permitía por clase y falta de dinero, un mundo que probablemente nunca abandonaría, y que había recitado con tristeza aquel sueño de la perla— aquel era un viejo mundo feliz y desconocido. Aquellos veranos eran sus primeras incursiones en el mundo rural, y supe que siempre le estaría agradecida al Dardo por llevarla en la que ella suponía que era su barca. Temblando todavía, con mi camisa puesta, me dio un abrazo por haberla invitado a esta excursión fluvial. Avanzamos bajo una panoplia de árboles que iban pasando, reflejados al mismo tiempo en el agua que teníamos debajo. Entramos en la sombra de un puente estrecho, en silencio, porque el Dardo insistía en que traía mala suerte hablar, silbar o incluso suspirar bajo un puente. Estas reglas que nos inculcó —caminar debajo de una escalera no traía mala suerte, pero recoger un naipe de la calle daba una suerte tremenda— me han acompañado la mayor parte de mi vida, y quizá también hayan acompañado a Agnes.

Siempre que el Dardo leía un periódico o una revista de carreras, lo extendía sobre un muslo que cruzaba encima del otro, y descansaba la cabeza en la mano como si estuviera cansado. Siempre la misma postura. En una de esas tardes en el río vi que Agnes hacía un boceto de él mientras estaba absorto en las intrigas del periódico del domingo. Me levanté y caminé por detrás de ella sin detenerme, solo eché un vistazo rápido para ver qué había hecho. Iba a ser el único dibujo suyo que vería aparte del que había hecho sobre papel de estraza y me había dado después de aquella tormenta nocturna. Pero a quien dibujaba no era al Dardo, como yo pensaba, sino a mí. Era simplemente un muchacho mirando algo o a alguien. Como si eso fuera lo que realmente era yo o quizá aquello en lo que me convertiría, alguien que no se proponía conocerse a sí mismo, sino que se preocupaba por los demás. Incluso entonces reconocí que era verdad. No era un dibujo de mí, sino sobre mí. Era demasiado tímido para pedir que me dejara mirarlo bien y no tengo ni idea de qué pasó con él. Quizá se lo dio a «mi padre», aunque ella no creía que tuviera un talento especial. Había trabajado desde los catorce años, no terminó la escuela, se apuntó a una clase de arte en una escuela politécnica los miércoles por la noche que le pudo ofrecer una pequeña válvula de escape. Volvía a trabajar al día siguiente por la mañana revitalizada por ese otro mundo. Era el único placer independiente de su existencia, en la que todo encajaba desde varios puntos de vista. Durante nuestras noches en edificios prestados, se despertaba súbitamente de un sueño profundo, me veía mirándola y esbozaba una deliciosa sonrisa de culpabilidad. Supongo que ese era el momento en que me sentía más unido a ella.

Las excursiones otoñales en barca debieron de ser para ella un vislumbre de una infancia inalcanzable: fines de semana con un novio y su padre. Agnes gritaba: «¡Me encanta tu papá! ¡A ti también te tiene que encantar!». Entonces volvía a entrarle curiosidad sobre mi madre. El Dardo, que no la había conocido, tenía tendencia a cargar las tintas al describir su vestuario y sus peinados. Cuando quedó claro que el modelo que utilizaba para mi madre era Olive Lawrence, me puse a añadir más detalles a los que él daba. Con la ayuda de esa información falsa nuestra vida en la barcaza se volvió todavía más hogareña. A pesar de su parquedad, en la barca había más muebles que en los lugares donde Agnes y yo solíamos reunirnos. Y ahora había escluseros a los que ella reconocía y saludaba al pasar. Trajo unos cuantos folletos sobre los árboles y la vida animal de las lagunas, anónimos para ella hasta ese momento. Luego uno sobre la abadía de Waltham, que le permitía recitarnos la lección sobre lo que se había fabricado allí: algodón pólvora en la década de 1860, luego fusiles de cerrojo, carabinas, metralletas, lanzabengalas y proyectiles de mortero, todo hecho en aquel monasterio pocos kilómetros al norte del Támesis. Agnes absorbía la información como una esponja, y después de una o dos excursiones sabía más sobre lo que había pasado en la abadía que los escluseros que íbamos dejando atrás. Fue un monje, nos contó, ¡un monje del siglo XIII!, el que escribió la composición de la pólvora, aunque, como estaba temeroso de su descubrimiento, dejó los detalles escritos en latín.

En ocasiones deseo entregar esos momentos que pasamos en los canales al norte del Támesis a otras manos, con el fin de entender qué nos ocurría. Yo había vivido una vida en buena parte protegida. Ahora mis padres me habían dejado a mi aire y absorbía todo lo que me rodeaba. Hiciera lo que hiciera nuestra madre y estuviera donde estuviera, yo me encontraba extrañamente contento. Aunque se nos ocultaban cosas.

Me acuerdo de una noche de baile con Agnes en un club de jazz de Bromley, el White Heart. La pista estaba abarrotada, y en algún lugar de la periferia me pareció ver a mi madre. Di unas cuantas vueltas, pero había desaparecido. Lo único que conservo de ese momento es el recuerdo vago de una cara que me miraba llena de curiosidad.

—¿Qué pasa? ¿Qué pasa?

—Nada.
—Dime qué pasa.
—Me ha parecido ver a mi madre.
—Pensaba que estaba lejos de la ciudad.
—Sí, también lo pensaba yo.
Me quedé muy quieto, tieso en la atestada pista de baile.

¿Es así como descubrimos la verdad y evolucionamos? ¿Reuniendo fragmentos sin confirmar de ese tipo? No solo de mi madre, sino también de Agnes, Rachel y el señor Nkoma (por cierto, ¿dónde estará ahora?). De entre ellos, ¿todos los que me han quedado incompletos o que he perdido pasarán a ser claros y evidentes cuando vuelva la mirada atrás? Si no es así, ¿cómo sobrevivimos a los sesenta kilómetros de mal camino de la adolescencia, que atravesamos sin una conciencia sincera de nosotros mismos? «El yo no es lo principal», me murmuró una vez Olive Lawrence con una sabiduría a medias.

Ahora pienso en aquellos misteriosos camiones que se detenían para encontrarse con nosotros y recoger en silencio las cajas sin etiquetar, en la mujer que miraba cómo bailábamos Agnes y yo, yo diría —pasado el tiempo— que con mucha curiosidad y deleite. Y en la marcha de Olive Lawrence, la aparición de Arthur McCash, la gama de silencios del Polilla... Uno vuelve a esa primera época armado con el presente y, por muy oscuro que fuera ese mundo, no lo deja sin iluminar. Uno se lleva consigo el yo adulto. No se trata de revivir, sino de volver a presenciar. A no ser que uno desee, como mi hermana, condenar a toda la panda y vengarse de ella.

Schwer

Casi era Navidad y Rachel estaba conmigo en los asientos traseros del Morris. El Polilla nos llevaba en el coche del Dardo a un pequeño teatro llamado The Bark donde teníamos que encontrarnos con él. El Polilla había aparcado en un callejón junto al teatro cuando un hombre se metió en el asiento de delante, a su lado, le puso la mano detrás de la cabeza y la empujó hacia delante, golpeándola contra el volante y luego contra la puerta, la echó hacia atrás y volvió a hacerlo, momento en que otra persona se deslizó al lado de Rachel y le cubrió la cara con un trapo, aguantándolo en esa posición mientras ella forcejeaba, sin dejar de mirarme mientras tanto. «Nathaniel Williams, ¿verdad?» Era el hombre que había visto en el autobús aquella vez que yo iba con Agnes y el de la noche del ascensor. El cuerpo de Rachel se derrumbó en su regazo. Extendió el brazo, me cogió del pelo, me puso el mismo trapo en la cara y dijo: «Nathaniel y Rachel, ¿verdad?». Ya sabía que debía de ser cloroformo y no respiré hasta que tuve que inhalarlo. He aquí lo *schwer*, habría pensado si hubiera estado consciente.

Me desperté en una habitación grande que apenas estaba iluminada. Oí que alguien cantaba. Daba la sensación de que a kilómetros de distancia. Intenté articular «el hombre del autobús» para mis adentros de modo que lo recordara. ¿Dónde estaba mi hermana? Luego debí de dormirme otra vez. Una mano me tocó en la oscuridad para despertarme.

—Hola, Dedal.

Reconocí la voz de mi madre y la oí alejarse caminando. Levanté la cabeza. Vi que arrastraba una silla por el suelo. En una mesa larga, al otro lado de la habitación, vi sentado a Arthur McCash, encorvado y con sangre en la camisa blanca. Mi madre se sentó a su lado.

—La sangre —dijo mi madre—. ¿De quién es?

—Mía. Quizá también de Walter. Cuando lo recogí, tenía la cabeza...

—¿De Rachel no?

—No.

—¿Estás seguro? —dijo ella.

—Es mi sangre, Rose —me sorprendió que supiera el nombre de mi madre—. Rachel está a salvo en algún lugar del teatro. Vi cómo la llevaban adentro. Y ahora tenemos al chico.

Ella miró atrás y se fijó en mí, encima del sofá. Creo que no sabía que estaba despierto. Se volvió hacia McCash y bajó la voz.

—Porque si Rachel no lo está, me pondré públicamente en contra de todos vosotros, ninguno se salvará. Era vuestra responsabilidad. El trato era ese. ¿Cómo pudieron acercarse tanto a mis hijos?

McCash juntó los lados de la chaqueta como para mantenerse a salvo.

—Sabíamos que seguían a Nathaniel. Un grupo de Yugoslavia. Quizá italianos. Todavía no estamos seguros.

Luego hablaron de lugares que yo no conocía. Ella se quitó la bufanda del cuello y se la envolvió en la muñeca como si fuera un vendaje.

—¿Dónde más?

Él se señaló el pecho.

—Sobre todo aquí —le dijo.

Ella se acercó.

—Vale. Ya, vale... Vale.

No paraba de decir esas palabras mientras le desabrochaba la camisa, apartándola de la sangre medio seca.

Cogió un jarrón de encima de la mesa, tiró las pocas flores que había y echó el agua sobre su pecho desnudo para verle mejor los cortes.

—Siempre cuchillos —murmuró—. Felon decía a menudo que nos perseguirían. Venganza. Si no eran los supervivientes, los parientes o sus hijos —le limpiaba los cortes de la barriga. Me di cuenta de que se los habían hecho por protegernos a Rachel y a mí—. La gente no se olvida de las cosas. Ni siquiera los niños. Para qué iban a... —se la notaba resentida.

McCash no decía nada.

—¿Y Walter?

—Puede que no salga de esta. Tienes que llevarte a los chicos de aquí. Podrían ser más.

—Sí... Vale. Vale... —mi madre se acercó a mí y se agachó. Me puso la mano en la cara y luego se tumbó a mi lado un momento en el sofá—. Hola.

—Hola. ¿Dónde estabas?

—Ahora he vuelto.

—Qué sueño tan curioso...

Ahora no me acuerdo de quién de los dos dijo eso, quién de nosotros lo murmuró en los brazos del otro. Oí que Arthur McCash se levantaba.

—Encontraré a Rachel.

Pasó junto a nosotros y desapareció. Después oí que subía todos los pisos del estrecho edificio en busca de mi hermana, escondida en algún sitio con el Dardo. Al principio no los encontró. Caminó por los oscuros pasillos sin estar seguro de si todavía había personas peligrosas en el edificio. Entraba en las habitaciones y susurraba «Gorrión», que es lo que mi madre le contó que tenía que decir. Si había una puerta cerrada, la rompía y entraba. Volvía a sangrar. Escuchó a ver si oía una respiración, dijo «Gorrión» de nuevo, como si fuera una contraseña, dándole tiempo para que ella le creyera. «Gorrión.» «Gorrión.» Una y otra vez, hasta que ella respondió «Sí», sin estar del todo segura, y él la encontró agachada detrás del decorado de un paisaje que estaba apoyado en la pared, entre los brazos del Dardo.

Al cabo de un rato Rachel y yo bajamos juntos por las escaleras alfombradas. En el vestíbulo había un pequeño grupo. Nuestra madre, media docena de hombres de civil que ella dijo que estaban ahí para protegernos, McCash y el Dardo. En el suelo había dos hombres esposados, y un tercero más apartado, parcialmente cubierto con una manta, que nos miraba con una cara sangrienta e irreconocible. Rachel cogió aire. «¿Quién es?» Un policía se agachó y tiró de la manta hasta taparle la cara. Rachel se puso a gritar. Entonces alguien cubrió la cabeza de mi hermana y la mía con abrigos para que no se nos pudiera reconocer mientras nos sacaban a la calle. Oí el llanto apagado de Rachel mientras nos metían en dos furgonetas distintas, para llevarnos a dos destinos distintos.

¿Adónde íbamos? Hacia otra vida.

Segunda parte

La herencia

En noviembre de 1959, a los veintiocho años, después de algunos años que sentí como salvajes, me compré una casa en un pueblo de Suffolk a pocas horas en tren desde Londres. Era una casa modesta con un jardín tapiado. La compré sin negociar el precio con la propietaria, una tal señora Malakite. No quería discutir con una persona a la que era evidente que le daba pena tener que vender la casa en la que había vivido la mayor parte de su vida. Tampoco quería arriesgarme a perder aquel immueble. Me encantaba la casa.

No se acordaba de mí cuando abrió la puerta.

—Soy Nathaniel —dije, y le recordé nuestra cita.

Nos quedamos un momento junto a la puerta y luego entramos en el salón.

—Tiene un jardín tapiado —dije, y ella se paró en seco.

—¿Cómo lo sabe?

Negó con la cabeza y siguió adelante. Quizá había planeado sorprenderme con la belleza del jardín, comparada con la casa propiamente dicha. Yo había echado a perder la revelación.

No tardé en comunicarle que estaba de acuerdo con el precio propuesto. Y como sabía que tenía planes de mudarse pronto a una residencia, quedamos en que regresaría y daría una vuelta por el jardín con ella. Entonces me podría enseñar sus detalles invisibles y darme algunas ideas sobre cómo cuidarlo.

Volví al cabo de unos días y de nuevo pude comprobar que apenas se acordaba de mí. Yo llevaba un bloc de dibujo y le expliqué que quería que me ayudara a localizar dónde estaban enterradas determinadas semillas de plantas y hortalizas. Le gustó la idea. Puede que para ella fuera la primera cosa inteligente que yo decía. Así que juntos trazamos un mapa del jardín, basado en su memoria, y escribimos notas rápidas sobre cuándo salían determinadas plantas y en qué arriates. Hice una lista de las hortalizas que rodeaban el invernadero y bordeé la tapia de ladrillo. Sus conocimientos eran detallados, claramente precisos. Era el segmento de su memoria vinculado al pasado lejano al que todavía podía acceder. También quedó claro que había seguido con el mantenimiento del jardín desde la muerte de su marido, el señor Malakite, dos años antes. Solo los recuerdos recientes, que ahora no compartía con nadie, habían empezado a evaporarse.

Caminamos entre las colmenas pintadas de blanco y ella se sacó del bolsillo del delantal una cuña para levantar las alzas de madera empapadas, de modo que pudiéramos mirar el nivel inferior de la colmena, y las abejas se vieron asaltadas súbitamente por la luz del sol. Habían matado a la vieja abeja reina, me contó como si nada. La colmena necesitaba otra. La vi rellenar el ahumador con un trozo de trapo y encenderlo, y pronto las abejas sin reina se agitaron bajo el humo que las echó. Entonces revisó los dos niveles de abejas medio conscientes. Era extraño pensar que una mujer que cada vez recordaba menos su propio universo organizaba su mundo como si fuera un dios. En cualquier caso, al verla y escucharla quedaba claro que los detalles sobre el cuidado del jardín, las tres colmenas y la calefacción del invernadero angular iban a ser lo último que olvidaría.

—¿Adónde van las abejas cuando se las deja sueltas?

—Uy... —se limitó a hacer un gesto hacia las colinas—. A ese juncar de ahí. Incluso hasta Halesworth, no me sorprendería —parecía segura de los gustos e impulsos habituales en las abejas.

Se llamaba Linette y tenía setenta y seis años. Eso ya lo sabía.

—Tenga claro que siempre puede volver, señora Malakite, para ver el jardín, sus abejas...

Se apartó sin decir nada. Sin siquiera negar con la cabeza, dejó claro que volver a donde había vivido todos esos años con su marido era una sugerencia estúpida. Yo podría haber dicho muchas cosas, pero todavía la habría ofendido más. Y ya había sido demasiado sentimental.

—¿Usted es de Estados Unidos? —contraatacó ella.

—Estuve allí hace tiempo, pero me crie en Londres. Durante un tiempo viví cerca de este pueblo.

Esto la sorprendió y no se lo acabó de creer.

—¿A qué se dedica?

—Trabajo en Londres. Tres días a la semana.

—¿De qué? Algo de dinero, supongo.

—No, es más bien trabajo para el gobierno.

—¿Y qué hace?

—Ah, ya. Varias cosas... —hice una pausa. Sonaba ridículo. Le dije—: Siempre me ha confortado la seguridad de un jardín tapiado, desde la adolescencia.

Busqué alguna señal de interés por su parte, pero lo único que advertí era que no le estaba dando una buena impresión, parecía haber perdido la confianza en mí, ese desconocido que le había comprado la casa con toda la tranquilidad. Arranqué una ramita de romero de un arbusto, la froté entre los dedos, la olí y me la puse en el bolsillo de la camisa. La vi observando mis acciones, como intentando acordarse de algo. Yo tenía en la mano el esquema del jardín que había dibujado apresuradamente y que mostraba dónde había plantado puerros, campanillas de invierno, margaritas y polemonios. Del otro lado de la tapia veía la gran extensión de su morera.

El sol de la tarde colmaba el jardín tapiado, construido para resguardar de los vientos alisios que venían de la costa este. Había pensado muy a menudo en ese lugar. La calidez entre sus muros, su luz tamizada o la sensación de seguridad que siempre encontré allí. Ella no dejaba de observarme, como si fuera un desconocido en su jardín, aunque, de hecho, yo habría podido escribir su vida. Sabía mucho de sus años con su marido en ese pueblecito de Suffolk. Podría haber entrado y deambulado por la historia de su matrimonio con tanta facilidad como habría podido hacerlo por las vidas de otras personas que me habían rodeado en mi juventud y que formaban parte de mi autorretrato, compuesto a partir de la manera como ellos me habían visto fugazmente. Igual que ahora yo reflexionaba sobre la señora Malakite desde su cuidado jardín en uno de los últimos días en que le pertenecía.

Me maravillaba lo cariñoso y estrecho que era el vínculo entre los Malakite. Fueron, al fin y al cabo, la única pareja a la que vi con frecuencia al final de mi adolescencia, durante las vacaciones escolares en las que me quedaba con mi madre. No tenía otros modelos. ¿Su relación estaba basada en la satisfacción? ¿Se molestaban el uno al otro? Nunca lo supe a ciencia cierta, ya que yo solía estar solo con el señor Malakite, trabajando en sus campos o en lo que antes habían sido huertos de guerra. Él tenía su terreno, sus certezas sobre la tierra y el tiempo, y de alguna manera estaba más cómodo cuando trabajaba solo, era más versátil. A menudo lo oía conversar con mi madre y la voz con la que le hablaba era distinta. Le proponía enérgicamente que quitara un seto del lado este del césped de ella y a menudo se reía de su ingenuidad sobre el mundo natural. Mientras que con su señora tendía a dejar los planes para la tarde y los temas de conversación para ella.

Para mí Sam Malakite siguió siendo un misterio. Nadie entiende realmente la vida de otra persona; ni tan solo su muerte. Yo conocía a una veterinaria que tenía dos loros. Las aves habían vivido juntas durante años, incluso antes de que las heredara. Las plumas eran de una mezcla de verde y marrón oscuro que a mí me parecía bonita. No me gustan los loros, pero me gustaba el aspecto de aquellos dos. Finalmente, uno murió. Mandé una nota de pésame a la veterinaria. Y al cabo de una semana, al verla, le pregunté si el ave superviviente estaba deprimida o como mínimo desorientada. «Uy, ¡qué va! —me dijo—. ¡Está encantada!».

En cualquier caso, dos años después de que muriera el señor Malakite, compré su casita de madera, resguardada por aquel jardín tapiado, y me mudé allí. Hacía mucho que no la frecuentaba, pero casi enseguida empecé a recuperar un pasado que creía completamente borrado. Y tenía un hambre de él que nunca tuve cuando los días transcurrían en un abrir y cerrar de ojos. Estaba en el Morris del Dardo y era verano y el techo de tela de su coche se estiró hacia arriba y se fue plegando lentamente. Estaba en un partido de fútbol con el señor Nkoma. Estaba en el curso medio del río, comiendo bocadillos con Sam Malakite. «Escucha —me dice Sam Malakite—. Un tordo». Y Agnes, desnuda, para sentirse completamente desvestida, se quitó una cinta verde del pelo.

Aquel tordo no olvidado. Aquella cinta inolvidable.

*

Después del ataque de Londres, mi madre inscribió a Rachel a toda prisa en un internado en la frontera con Gales, y a mí me mandaron por motivos de seguridad a un colegio en Estados Unidos, donde todo me pareció distinto. Me vi bruscamente alejado de mi mundo, poblado por el Dardo, Agnes y el siempre misterioso Polilla. En cierto sentido lo viví como una pérdida mayor que cuando mi madre se marchó. Había perdido mi juventud, estaba sin amarras. Al cabo de un mes me escapé del colegio sin una idea clara de adónde ir, ya que allí no conocía a casi nadie. Me encontraron y me trasladaron urgentemente a otro colegio, esta vez en el norte de Inglaterra, donde continué en un aislamiento parecido. Cuando se terminó el trimestre de primavera, un hombre corpulento me recogió en el colegio y condujo seis horas hacia el sur, desde Northumberland hasta Suffolk, sin apenas invadir mi silencio desconfiado. Me llevaba con mi madre, que vivía en White Paint, la casa que había sido de sus padres, en la región que se conoce como The Saints. La casa estaba en un campo abierto y soleado, a kilómetro y medio aproximadamente del pueblo más próximo, donde, ese verano, yo conseguiría un trabajo con el hombre corpulento que me había recogido en el colegio y cuyo apellido era Malakite.

Era una época en la que mi madre y yo estábamos alejados. La tranquilidad doméstica de las semanas anteriores a que nos abandonara a mi hermana y a mí, que nos encantaba, ya no existía. Yo no podía eliminar mi desconfianza después de su engañosa partida. Fue mucho más tarde cuando descubrí que una, o seguramente dos veces, al volver a Inglaterra para recibir nuevas órdenes, se había despejado la agenda para ir a verme bailar, caótico y dionisiaco, en un club de jazz de Bromley con una chica a la que ella no conocía y que se acercaba y alejaba de mis brazos entre saltos.

Dicen que siempre tratamos de descubrir la secuencia que falta en una vida. Pero durante los últimos años de mi adolescencia, cuando vivía con mi madre en White Paint, no descubrí ninguna pista. Hasta que un día volví pronto a casa del trabajo y entré en la cocina, donde ella, en mangas de camisa, fregaba una olla. Debió de suponer que estaba sola y a su aire. Casi siempre llevaba una chaqueta azul de punto. Yo pensaba que le servía para ocultar su delgadez. Pero entonces vi una hilera de cicatrices amoratadas como las que se graban en la corteza de un árbol con una herramienta mecánica de jardinería, que terminaban bruscamente, con pretendida inocencia, en los guantes de goma que llevaba para protegerse las manos del lavavajillas. Nunca iba a saber cuántas cicatrices más tenía, pero allí estaban, en la blandura de su brazo, esas de color rojo pizarra, una prueba de esa época perdida. «No es nada —masculló—. Es solo la calle de las pequeñas dagas...».

No dijo nada más sobre cómo se había hecho aquellas heridas. En esa época yo no sabía que mi madre, Rose Williams, había roto todo contacto con los servicios de inteligencia tras el ataque que sufrimos. Aunque las autoridades enseguida corrieron un tupido velo sobre el altercado del teatro Bark, los periódicos deslizaron alusiones a las actividades de mi madre durante la guerra que le dieron una breve aunque anónima fama. La prensa solo consiguió su nombre en clave, Viola. Según la inclinación política del periódico, se referían a la mujer no identificada como una heroína inglesa o como un mal ejemplo de intriga gubernamental de posguerra en el extranjero. No lograron establecer ninguna relación con mi madre. Su condición anónima era lo bastante segura como para que, cuando volvió a White Paint, los lugareños todavía se refirieran a la casa familiar por su pertenencia a su difunto padre, que había servido en el Ministerio de Marina. La desconocida Viola pronto cayó en el olvido.

*

Una década después de la muerte de mi madre, recibí una invitación para solicitar empleo en el Ministerio de Asuntos Exteriores. Al principio me pareció raro que me ofrecieran ese tipo de trabajo. Hice varias entrevistas el primer día. Una conversación fue con un «cuerpo de recopilación de inteligencia» y otra con un «equipo de análisis de inteligencia»; me informaron de que eran cuerpos separados que estaban en la cúspide de los servicios de inteligencia británicos. Nadie me explicó por qué se habían dirigido a mí, y yo no conocía a nadie entre los que me hicieron un amplio abanico de preguntas aparentando informalidad. Mi mediocre trayectoria académica no les preocupó tanto como me esperaba. Supuse que el nepotismo y mis orígenes familiares se habrían considerado un aval suficiente en una profesión que confiaba en el linaje y en el posible carácter hereditario de la discreción. Y quedaron impresionados por mis conocimientos de lenguas. No mencionaron a mi madre en las entrevistas y tampoco lo hice yo.

El trabajo que me ofrecían consistía en revisar distintas carpetas de los archivos que abarcaban la guerra y los años de posguerra. Todo lo que descubriera a lo largo de mi investigación y todas las conclusiones a las que llegara se mantendrían en la confidencialidad. Debía entregar mis resultados únicamente a mi superior inmediato, que los evaluaría. Los superiores tenían dos sellos en su escritorio. Uno decía *Mejorar,* y el otro, *Incorporado*. Si el trabajo de uno se «incorporaba», pasaba a un nivel superior. No tenía ni idea de adónde, ya que mi pequeño paisaje laboral se limitaba a la maraña de archivos del segundo piso de un edificio anónimo cercano a Hyde Park.

Parecía un trabajo pesado. Pero aceptar un puesto que incluía pasar por el tamiz los detalles de la guerra podía ser una forma de descubrir qué había hecho mi madre durante el periodo en que nos dejó bajo la tutela del Polilla. Solo sabíamos las historias de sus mensajes de radio desde el Nido del Ave en el tejado del hotel Grosvenor House durante las primeras fases de la guerra, o de cómo condujo hasta la costa una noche en la que lo único que la mantuvo despierta fue el chocolate y el frío aire nocturno. No sabíamos más que eso. Quizá ahora se presentaba una oportunidad de descubrir la secuencia que faltaba en su vida. Era la posibilidad de una herencia. En cualquier caso, ese era el trabajo para el gobierno al que me había referido enigmáticamente aquella tarde en el jardín de la señora Malakite, mientras las abejas se movían con aire vacilante en las colmenas y ella se olvidaba de quién era yo.

Leí montones de carpetas que me traían directamente de los archivos. En su mayor parte contenían informes de hombres y mujeres que se habían movido en la periferia de la guerra, itinerarios que cruzaban Europa y más adelante Oriente Medio, así como varias escaramuzas de posguerra, sobre todo entre 1945 y principios de 1947. Empecé a darme cuenta de que una guerra no autorizada y todavía violenta había continuado después del armisticio, una época en que las reglas y las negociaciones aún no estaban asentadas y en que los actos de guerra siguieron lejos de la atención pública. En Europa, las guerrillas y los partisanos salieron de sus escondites y se negaron a aceptar la derrota. Los partidarios de los fascistas y de los alemanes fueron perseguidos por personas que habían sufrido durante cinco o más años. Las sucesivas represalias y actos de venganza asolaron pueblos pequeños y dejaron más dolor en su estela. Los cometieron tantos bandos como grupos étnicos había a lo largo y ancho del mapa recién liberado de Europa.

Junto a unos cuantos más, pasé por el tamiz las carpetas y expedientes que todavía quedaban y evalué qué se había conseguido con éxito y en qué no se había acertado tanto, con el objetivo de hacer recomendaciones sobre lo que habría que volver a archivar o descartar. A esto lo llamábamos «la corrección silenciosa».

De hecho, éramos la segunda fase de «corrección». Descubrí que en las etapas finales de la guerra, y con la llegada de la paz, había tenido lugar una censura decidida, casi apocalíptica. Al fin y al cabo, había habido millares de operaciones que era más sensato que la sociedad no conociera, y por lo tanto las pruebas más comprometedoras se destruyeron enseguida hasta donde era posible en todo el mundo, tanto en las sedes centrales de inteligencia aliadas como en las del Eje. Un ejemplo famoso fue el incendio fulminante en las oficinas de la calle Baker del Comité Ejecutivo de Operaciones Especiales. Hubo incendios intencionados de este tipo en todo el mundo. Cuando los británicos por fin abandonaron Delhi, los «oficiales de quema», como se llamaban a sí mismos, emprendieron la tarea de reducir a cenizas todos los documentos comprometedores, a los que prendieron fuego día y noche en el patio central del Fuerte Rojo.

Los británicos no eran los únicos que sentían ese impulso de ocultar ciertas verdades de la guerra. En Italia, los nazis destruyeron las chimeneas de la Risiera di San Sabba de Trieste, una fábrica arrocera que habían convertido en un campo de concentración donde miles de judíos, eslovenos, croatas y prisioneros políticos antifascistas fueron torturados y asesinados. Tampoco se conservaron los documentos sobre las fosas comunes en los hoyos kársticos de las colinas que dominan Trieste, donde los partisanos yugoslavos se deshicieron de los cadáveres de aquellos que se habían opuesto a la toma del poder comunista, ni sobre los miles de deportados que fallecieron en los campos de detención yugoslavos. Hubo una decidida y apresurada destrucción de pruebas en todos los bandos. Millares de manos quemaron o hicieron trizas cualquier cosa que fuera cuestionable. Así podían echar a andar las historias revisionistas.

Sin embargo, se conservaron fragmentos de verdad en familias o en pueblos que casi fueron borrados del mapa. Todos los pueblos de los Balcanes, como una vez oí que mi madre le decía a Arthur McCash, tenían razones para vengarse de sus vecinos o de quienquiera que creyeran que había sido su enemigo: los partisanos, los fascistas o nosotros, los aliados. Eran las consecuencias de la paz.

De modo que, en los años cincuenta, la tarea de nuestra generación consistía en descubrir las pruebas que pudieran conservarse de acciones que la historia pudiese considerar indignas y que todavía se encontraban en informes sueltos y papeles oficiosos. En ese mundo de posguerra, doce años después, a algunos de los que nos sumergíamos en las carpetas que nos traían a diario nos parecía que ya no era posible distinguir quién defendía una postura moral correcta. Y, de hecho, muchas personas que trabajaban en aquella conejera del gobierno se marcharían en el plazo de un año.

The Saints

Le compré la casa a la señora Malakite, y en mi primer día como propietario caminé por los campos hacia White Paint, donde mi madre se había criado y que ahora había sido vendido a unos desconocidos. Me detuve en una cuesta en el perímetro de lo que había sido su tierra, con el lento meandro de un río a lo lejos. Y decidí escribir lo poco que sabía del tiempo que ella había pasado en ese lugar, aunque la casa y el paisaje que pertenecieron a su familia nunca fueron el verdadero mapa de su vida. La niña que se había criado junto a un pueblecito de Suffolk fue una adulta viajada.

Dicen que cuando uno intenta escribir unas memorias debe estar en un estado de orfandad. De modo que lo que le falta y las cosas que le ponen en guardia o le generan dudas le lleguen con facilidad. Uno se da cuenta de que «unas memorias son la herencia perdida», así que durante ese tiempo tiene que aprender cómo y adónde mirar. Todo encajará en el autorretrato resultante, porque se habrá reflejado todo. Si un gesto se desperdició en el pasado, ahora uno lo ve en posesión de otra persona. De modo que yo creía que algo de mi madre tenía que resonar en mí. Ella en su pequeño salón de espejos y yo en el mío.

*

Eran una familia del campo que llevaba una vida modesta y sin pretensiones, en aquella época característica captada por las películas hechas durante la guerra. Por algún tiempo así es como imaginé a mis abuelos y a mi madre, tal como se les habría representado en aquellas películas, aunque últimamente, al ver la sexualidad contenida de aquellas heroínas recatadas, me acordaba de las estatuas que se habían desplazado con el chico que yo era entonces, subiendo y bajando en el ascensor del Criterion.

A mi abuelo, al haber nacido en una familia de hermanas mayores, le parecía bien estar rodeado de mujeres. Incluso cuando finalmente llegó al rango de almirante, sin duda con un estricto control de los hombres que obedecían sus rigurosas exigencias en el mar, disfrutaba de las temporadas que pasaba en Suffolk y estaba cómodo con las rutinas domésticas de su mujer y su hija. Me pregunté si esta combinación de una «vida hogareña» y una «vida fuera» fue lo que llevó a mi madre a aceptar primero y luego cambiar el camino de su vida. Y es que ella misma acabaría por insistir en algo más, de modo que en su vida conyugal y profesional resonaban los dos mundos que su padre habitaba al mismo tiempo.

Sabiendo que pasaría la mayor parte de su vida activa en la Marina, mi abuelo había comprado adrede una casa en Suffolk que no estaba al lado de un «río navegable». Así que mi madre aprendió a pescar de adolescente en un arroyo ancho pero calmado. Nunca había nada que se pareciera a un torrente. Las praderas anegadas descendían hacia el río desde la casa. De vez en cuando, a lo lejos, uno oía la campana de una de las iglesias románicas anglonormandas, el mismo tañido que las generaciones anteriores habían oído desde los campos.

La comarca estaba compuesta por un puñado de pueblecitos, a pocos kilómetros los unos de los otros. Las carreteras entre ellos a menudo carecían de nombre, lo que confundía a los viajeros, a los que tampoco ayudaba el hecho de que los pueblos tuvieran nombres semejantes: St. John, St. Margaret o St. Cross. De hecho, había dos municipios en The Saints: los South Elmham Saints, compuestos de ocho pueblos, y los Ilketshal Saints, que abarcaban la mitad de localidades. Otro problema era que las distancias en las señales viarias de la comarca eran meras conjeturas. Una señal anunciaba que la distancia entre un pueblo y otro era de tres kilómetros, de modo que después de cinco kilómetros y medio el viajero daba la vuelta suponiendo que se le había pasado un giro a derecha o izquierda, cuando en realidad tenía que continuar un kilómetro más para llegar al astuto escondite del pueblo de San Lo que Sea. Los kilómetros se hacían largos en The Saints. El paisaje no ofrecía certidumbres. Y para los que se criaban ahí, las certidumbres parecían igualmente ocultas. Había pasado parte de mis primeros años de infancia en la comarca y puede que eso explique por qué de chico en Londres dibujaba obsesivamente mapas de nuestro barrio para sentirme seguro. Pensaba que lo que no pudiera ver o registrar dejaría de existir, igual que a menudo me daba la sensación de que no había situado bien a mi madre o a mi padre en uno de esos pueblecitos arrojados de cualquier manera en un rincón u otro de la comarca, con un nombre demasiado similar y sin indicaciones fiables de la distancia a la que quedaba.

Durante la guerra, The Saints, al estar cerca de la costa, adquirieron un secretismo todavía mayor. Quitaron todas las señales viarias, por inexactas que fueran, en preparación para una posible invasión alemana. La comarca se quedó sin señales de la noche a la mañana. Finalmente no hubo invasión, pero los aviadores estadounidenses asignados a los aeródromos de la RAF recién construidos se perdían siempre cuando intentaban volver de los pubs de noche y a menudo se los encontraban buscando desesperadamente el campo de aviación correcto a la mañana siguiente. Los pilotos que cruzaban con la barca de pasaje *Big Dog* avanzaban por caminos sin nombre y se encontraban con que tenían que volver a cruzar con la barca en sentido contrario, intentando todavía dar con el aeródromo. En Thetford el ejército diseñó un modelo de pueblo alemán a tamaño real, donde las tropas aliadas entrenaban, rodeándolo y atacando después, antes de la invasión de Alemania. Era un contraste extraño: soldados ingleses memorizando concienzudamente la estructura de un pueblo alemán, mientras las tropas alemanas se preparaban para entrar en Suffolk en un paisaje desconcertante en el que no quedaba ni una señal viaria. Los pueblos costeros se eliminaron disimuladamente de los mapas. Oficialmente las zonas militares desaparecieron.

Buena parte de las actividades de guerra en las que mi madre y otros participaron se llevó a cabo, ahora está claro, con una invisibilidad parecida, disimulando los verdaderos motivos, como ocurre en la infancia. En Suffolk se construyeron treinta y dos aeródromos, junto a campos de aviación que servían de señuelo para confundir al enemigo, casi de la noche a la mañana. La mayoría de estos aeródromos reales no existían sobre el mapa, a pesar de que aparecían en varias efímeras canciones de taberna. Y cuando finalmente terminó la guerra, los campos de aviación desaparecieron, al igual que cuatro mil soldados del ejército del aire dejaron la zona como si ahí no hubiera pasado nada digno de mención. The Saints volvieron a la vida de siempre.

En la adolescencia oía hablar al señor Malakite de esos pueblos temporalmente no cartografiados mientras me llevaba en coche al trabajo o de vuelta a casa en lo que hacía tiempo habían sido calzadas romanas. Y es que en los alrededores del aeródromo abandonado de Metfield ahora él cultivaba hortalizas, y fue en aquellas pistas de aterrizaje donde aprendí de nuevo a conducir, esta vez legalmente. El pueblo en el que vivían los Malakite era un «pueblo agradecido», ya que no había perdido a ningún hombre durante las dos guerras mundiales; y sería a ese mismo pueblo donde volvería para instalarme, más o menos una década después de la muerte de mi madre, en la casita de madera con su jardín tapiado donde siempre me había sentido a salvo.

Me solía despertar pronto en White Paint y caminaba hasta el pueblo, sabiendo que Sam Malakite detendría el coche a mi altura, encendería un cigarrillo y miraría cómo yo iba subiendo a su lado. Luego íbamos a varias plazas mayores como la de Butter Cross en Bungay, amontonábamos su género en mesas de caballetes y trabajábamos hasta el mediodía. En los días más calurosos de verano parábamos en el molino de Ellingham, donde el río era poco profundo, nos metíamos en él y, con el agua hasta la cintura, nos comíamos los bocadillos de la señora Malakite: tomate, queso, cebolla y miel de sus propias abejas. Una combinación que no he vuelto a probar desde entonces. Que su mujer nos hubiera preparado esa comida por la mañana a varios kilómetros de distancia tenía algo de maternal.

El señor Malakite llevaba gafas de culo de botella. Se le reconocía por su estatura, parecida a la de un buey. Tenía un «abrigo de tejón» largo, hecho de varias pieles, que olía a helechos y a veces a lombrices. Él y su mujer eran el ejemplo de estabilidad conyugal que yo tenía a mi alrededor. Sin duda su mujer pensaba que me entretenía demasiado en su casa. Era organizada y fervientemente pulcra, mientras que él era un caso perdido y allí por donde pasara dejaba lo que parecía la estela de un huracán que se estuviera desvistiendo. Tiraba los zapatos, el abrigo de tejón, la ceniza del cigarrillo, un trapo de cocina, revistas sobre plantas y desplantadores al suelo y dejaba en el fregadero el barro que les quitaba a las patatas. Todo lo que se encontraba se lo comía, forcejeaba con ello, lo leía, lo arrojaba, y lo que desechaba se volvía invisible para él. Todo lo que su mujer le decía sobre este defecto incorregible no servía de nada. De hecho, sospecho que ella le había cogido el gusto a soportar su forma de ser. Aunque, dicho sea en su honor, los campos del señor Malakite estaban inmaculados. Ni una planta abandonaba su arriate y se iba por ahí de «voluntaria». El señor Malakite limpiaba los rábanos bajo el chorrito de una manguera. Y los sábados de mercado disponía su mercancía cuidadosamente sobre la mesa de caballetes.

Se convirtió en la pauta de mis primaveras y veranos. Ganaba un sueldo modesto y tenía la ventaja de que me ahorraba pasar mucho tiempo en un extremo de esa distancia aparentemente infranqueable entre mi madre y yo. Había desconfianza por mi parte y secretismo por la suya. Así que Sam Malakite se convirtió en el centro de mi vida. Si trabajábamos hasta tarde, cenaba con él. Mi vida con el Polilla, Olive Lawrence, el volátil Dardo y mi Agnes salta-ríos había sido sustituida por el tranquilo y responsable Sam Malakite, fuerte como un roble, como solía decirse entonces.

Durante los meses de invierno, los campos del señor Malakite descansaban. Entonces para él solo eran un mundo que cuidar, con un cultivo de cobertura de mostaza que echaba flores amarillas y servía para acumular material orgánico en la tierra. Los inviernos del señor Malakite eran tranquilos y silenciosos. Cuando yo volvía, los campos ya se iban llenando de hortalizas y frutas. Empezábamos a trabajar pronto, comíamos a mediodía y nos echábamos una siestecilla bajo su morera, y luego seguíamos hasta las siete o las ocho. Cogíamos judías verdes en cubos de veintitrés litros y acelgas con una carretilla. La señora Malakite utilizaba las ciruelas del jardín tapiado de detrás de la casa para hacer mermelada. Los tomates de la variedad *stupice* que estaban plantados cerca del mar tenían un sabor intenso. Yo volvía a adentrarme en la subcultura de temporada de los horticultores, metido en los debates interminables entre mesas de caballetes sobre plagas o la escasez de lluvias primaverales. Escuchaba en silencio desde mi silla el don de palabra del señor Malakite con sus clientes. Si estábamos solos él me preguntaba qué estaba leyendo y qué estudiaba en el instituto. No se burlaba de mi otro mundo. Vio que lo que aprendía ahí se correspondía con un deseo mío, aunque cuando estaba con él rara vez pensaba yo en lo que había hecho desde un punto de vista académico. Quería formar parte de su universo. Con él aquellos mapas poco definidos de la infancia se volvieron fiables y precisos.

Confiaba en todos los pasos que daba con él. El señor Malakite sabía el nombre de todas las hierbas que pisaba. Mientras llevaba dos cubos pesados de caliza y arcilla hacia un huerto, yo sabía que también estaba escuchando a un pájaro concreto. Una golondrina muerta o inconsciente después de chocar contra una ventana lo dejaba medio día callado. Se le quedaba dentro, el mundo de ese pájaro y su suerte. Si después yo decía algo relacionado con el acontecimiento, lo veía ensombrecerse. Se desviaba de nuestra conversación, lo perdía y de repente me encontraba solo, incluso si estaba a mi lado conduciendo el camión. Siempre fue consciente de las capas de dolor del mundo, así como de sus placeres. Arrancaba una ramita de todos los arbustos de romero junto a los que pasaba, la olía y se la guardaba en el bolsillo de la camisa. Siempre que llegaba a un río, se distraía. En los días calurosos se quitaba las botas y la ropa y nadaba entre los juncos, escapándosele todavía de la boca el humo del cigarrillo. Me enseñó dónde encontrar aquellas galampernas tan poco comunes que eran como paraguas de color beis, con sus laminillas pálidas debajo, y que se ven en campo abierto. «Solo en campo abierto», decía Sam Malakite, levantando un vaso de agua como si brindara. Años después, cuando oí que había muerto, levanté mi vaso y dije: «Solo en campo abierto». Estaba solo en un restaurante cuando lo dije.

La sombra de su gran morera. Solíamos trabajar buena parte de la jornada a pleno sol, de modo que ahora en lo que pienso es en la sombra, no en el árbol. Solo en su oscura existencia simétrica, y su profundidad y silencio, donde él hablaba conmigo larga y perezosamente sobre su juventud, hasta que llegaba el momento de volver a las carretillas y a las azadas. La brisa se levantaba sobre la colina baja y entraba en lo que parecía nuestro cuarto oscuro, susurrando a nuestro paso. Me podría haber quedado allí para siempre, bajo aquella morera. Las hormigas que había en la hierba escalaban las torres verdes.

En los Archivos

Trabajaba cada día en un rinconcito de aquel edificio anónimo de siete plantas. Solo conocía a un hombre allí y él mantenía las distancias. Un día entró en un ascensor que yo acababa de coger, dijo: «¡Hola, Sherlock!», como si el nombre y el saludo fueran un código suficiente entre nosotros, y como si el signo de exclamación que su tono había transmitido fuera suficiente para satisfacer a la persona sorprendentemente descubierta en un lugar como ese. Alto, todavía con las gafas puestas, con los mismos hombros caídos, tan juvenil como siempre, Arthur McCash bajó en el piso siguiente. Yo me asomé brevemente para verlo alejarse hacia alguna oficina. Sabía, como seguramente muy pocos, que bajo la camisa blanca tenía tres o cuatro cicatrices profundas en la barriga, una permanencia biselada en su piel blanca.

Yo llegaba a Londres en tren y durante la semana me alojaba en un piso de una habitación cerca del Guy's Hospital. Ahora había menos caos en la ciudad, daba la sensación de que la gente volvía a ordenar su vida. Los fines de semana regresaba a Suffolk. Vivía en dos mundos y en dos épocas distintas. La ciudad era donde casi esperaba ver un Morris azul pálido propiedad del Dardo. Me acordaba de la cresta de apariencia militar del capó, de los intermitentes color ámbar que se levantaban con un golpecito seco para indicar un giro a la derecha o a la izquierda, y luego se plegaban y volvían a la estructura de la puerta como las orejas de un galgo en vuelo aerodinámico. Y de cómo el Dardo, con la sensibilidad de un búho, captaba una nota discordante en el timbre del motor, un murmullo en su corazón, y en cuestión de minutos salía y quitaba la tapa de las válvulas del motor de 918 centímetros cúbicos para pulir las puntas de las bujías con un trozo de papel de lija. El Morris, recordaba yo, era su alegría imperfecta, y todas las mujeres a las que acompañaba en aquel coche tenían que aceptar el hecho de que mostraba más amor y preocupación hacia él que los que jamás sentiría por ellas.

Pero no tenía ni idea de si el Dardo todavía tenía ese coche ni de cómo podía localizarlo a él. Había intentado hacerle una visita en Pelican Stairs, pero se había mudado. La única persona que había conocido bien al Dardo era el falsificador de Letchworth, y lo busqué, pero también había desaparecido. La verdad es que echaba de menos aquella extraordinaria mesa llena de desconocidos que nos había cambiado a Rachel y a mí más que nuestros padres desaparecidos. ¿Dónde estaba Agnes? Parecía que no había manera de encontrarla. Cuando fui al piso de sus padres, ya no vivían allí. En el restaurante de World's End no se acordaban de ella y en la escuela politécnica no tenían su dirección. Así que yo estaba alerta por si veía el conocido perfil azul de un Morris de dos puertas.

Pasaron meses en el trabajo. Empecé a darme cuenta de que los papeles susceptibles de contener material sobre mi madre nunca se me confiarían. Sus actividades o bien ya estaban destruidas o me las ocultaban intencionadamente. Parecía que hubieran colocado un manto negro sobre su trayectoria durante la guerra, acerca de la cual yo seguiría a oscuras.

Para huir de los límites del trabajo, empecé a pasear por la margen norte del Támesis de noche, dejando atrás antiguos refugios antiaéreos donde el Dardo a veces guardaba perros. Pero dentro ya no había ni un ladrido ni una refriega. Pasé junto a varios muelles, los de St. Katharine, East India y los Royal Docks. Como hacía mucho que había terminado la guerra, ya no estaban cerrados con candado, así que una noche entré, puse el temporizador de tres minutos de una compuerta, tomé prestado un esquife y aproveché el cambio de marea.

En el río apenas había nadie. Eran las dos o las tres de la madrugada y estaba solo. De vez en cuando un remolcador llevaba basura a Isle of Dogs. Sabía que los túneles que pasaban por debajo del agua provocaban remolinos, de modo que tenía que remar con fuerza, sin apenas quedarme en el mismo sitio para no verme arrastrado hacia Ratcliffe Cross o el embarcadero de Limehouse. Un día cogí una barca con motor, así que llegué hasta Bow Creek y entré en los dos brazos del norte del río, y casi me creí que encontraría a mis aliados en aquellos afluentes oscuros. Anclé la barca robada de modo que otra noche pudiera volver a utilizarla para seguir río arriba e internarme en más canales. Luego volví a pie a la ciudad y a las ocho y media de la mañana llegué a la oficina como nuevo.

Por algún motivo, navegar río arriba y río abajo por donde hacía tiempo habíamos recogido grupos de perros me alteró. Creo que iba estando claro que no solo era el pasado de mi madre el que había quedado enterrado, anónimo. Me daba la sensación de que yo también había desaparecido. Había perdido mi juventud. Caminaba por las conocidas salas de los archivos con una preocupación nueva. Había pasado los primeros meses de mi trabajo consciente de que me vigilaban mientras recogíamos los desechos de una guerra que no se había acabado de condenar. Nunca hablé de mi madre. Cuando un funcionario superior mencionó su nombre de pasada, me limité a encogerme de hombros. Entonces no confiaban en mí, pero ahora sí, y yo sabía las horas exactas en que estaría solo en los archivos. Había aprendido bastantes cosas en mi juventud como para ser poco fiable, y hábil para sacar información de una fuente oficial, ya se tratara de las notas del colegio o de los papeles de los galgos que robé guiado por el Dardo. En la cartera, él llevaba herramientas delgadas que se podían utilizar para cualquier entrada o salida, y yo lo había observado con curiosidad, una vez incluso lo había visto accionar hábilmente una trampa para perros con un hueso de gallina. Todavía reinaba una leve anarquía en mí. Pero hasta ahora no había podido acceder a la hilera censurada de carpetas Doble A, oculta para novatos como yo.

Fue la veterinaria, la que heredó los dos loros, quien me enseñó cómo abrir las cerraduras de un archivador. La había conocido años atrás a través del Dardo y fue la única persona de entonces a la que conseguí localizar. Nos hicimos amigos a mi vuelta a Londres. Le expliqué mi problema y me recomendó un anestésico muy potente que se utilizaba para pezuñas y huesos dañados que yo podría aplicar alrededor de la cerradura hasta que apareciera una condensación blanca. La congelación disminuiría la resistencia de la cerradura a una apertura por la fuerza y me permitiría llevar a cabo la siguiente fase del ataque. Se trataba de un clavo Steinmann, que en su uso legal proporciona tracción esquelética y protege los huesos dañados de los galgos de carreras. Los clavos intramedulares lisos de acero inoxidable, menudos y eficaces, tuvieron un éxito casi instantáneo, y las cerraduras de los archivadores apenas resistieron antes de abrir sus secretos. Empecé a adentrarme en las carpetas encerradas y, en la sala de mapas normalmente desierta, donde comía solo, saqué de la camisa los papeles que me había agenciado y los leí. Al cabo de una hora los devolví a sus habitáculos cerrados con candado. Si mi madre existía en este edificio, la descubriría.

No dije nada sobre mi nueva información, excepto a Rachel, a quien llamé por teléfono para contarle mis descubrimientos. Pero ella no tenía ganas de adentrarse otra vez en nuestra juventud. A su manera, Rachel nos había abandonado, no quería volver a lo que para ella había sido una época peligrosa e inestable.

Yo no estaba cuando llevaron a nuestra madre a verla después de que la hubieran encontrado a salvo en brazos del Dardo, detrás del cuadro grande en el teatro Bark. Yo todavía notaba las secuelas del cloroformo. Pero por lo que parece, cuando mi madre entró en la sala, Rachel no se separó del Dardo. Se aferró a él y le dio la espalda a mi madre. Había tenido un ataque durante el secuestro. Yo no sabía exactamente cómo había sucedido todo. Lo que pasó aquella noche me lo ocultaron en buena parte. Quizá pensaban que me preocuparía, cuando en realidad su silencio lo empeoraba todo, lo hacía más horrible. Tiempo después Rachel no me dijo nada más que «¡Odio a mi madre!». En cualquier caso, cuando el Dardo se levantó con ella en brazos e intentó entregársela a mi madre, mi hermana se puso a llorar como si estuviera cerca de un demonio.

En aquel momento no estaba en sus cabales, desde luego. Estaba agotada. Le había dado un ataque y nunca le quedó claro cómo pasó todo exactamente. Yo lo presenciaba a menudo, cuando ella me miraba en los momentos inmediatamente posteriores a una crisis como si yo fuera un demonio de verdad. Como si se hubiera empleado una de esas pociones de amor de *El sueño de una noche de verano,* solo que lo primero que uno veía al despertarse no era un objeto de amor, sino el origen de su miedo, la causa de la paliza por la que uno había pasado minutos atrás.

Sin embargo, puede que no fuera el caso de Rachel en aquel momento. Porque a quien vio primero fue al Dardo rodeándola con sus brazos, calmándola, haciendo lo que tocaba para conducirla a un estado de tranquilidad, como aquella vez en su habitación, cuando él me contó esa historia improbable de su perro epiléptico.

Y había más. Sin importar cómo mi hermana reaccionara hacia mí justo después de un ataque, ya fuera con desconfianza o enfado, al cabo de pocas horas jugaba a las cartas conmigo o me ayudaba con los deberes de matemáticas. No fue el caso con nuestra madre. La dura opinión de Rachel sobre mi madre ya no cambió. Rachel se fue dando un portazo. Se marchó a otro internado que no le gustaba para estar lejos de ella. «Odio a mi madre», siguió diciendo con vehemencia. Yo me había imaginado que el regreso de nuestra madre nos devolvería a sus brazos. Pero el dolor de mi hermana era irreconciliable. Y cuando vio el cuerpo del Polilla en el vestíbulo del teatro Bark, se volvió hacia mi madre y se puso a gritarle, y parece como si ya no hubiera parado. Nuestra familia, ya dividida, se dividió de nuevo. Desde entonces, Rachel se sintió más segura entre desconocidos. Los que la habían salvado lo eran.

Esa fue la noche en que el Polilla finalmente nos dejó. Una vez me prometió, a la luz de una estufa de gas en Ruvigny Gardens, que se quedaría conmigo hasta que mi madre volviera. Y lo hizo. Después se escabulló de todos nosotros la noche en que mi madre regresó.

*

Un día salí pronto de los Archivos para asistir a una de las funciones teatrales de Rachel. Hacía mucho tiempo que no nos veíamos. Era consciente de que ella me evitaba y yo no quería meterme en su vida. Sabía que trabajaba en una pequeña compañía de teatro de títeres, y había oído que vivía en pareja, si bien ella nunca me lo dijo. Pero ahora había recibido un mensaje cortés, aunque escueto y que no comprometía a nada, sobre una obra en la que participaba. Me dijo que no me sintiera obligado a asistir, pero que la obra se representaba tres noches en una antigua fábrica de barriles. El mensaje me pareció desgarrador por su cautela.

El público solo ocupaba un tercio de los asientos, así que en el último minuto intentaron que nos acercáramos a las filas de delante. Yo siempre me siento detrás, especialmente en cualquier espectáculo en el que participe un pariente o un mago, así que me quedé donde estaba. Estuvimos un buen rato a oscuras en nuestros asientos y entonces empezó la obra.

Cuando la función se acabó esperé junto a la salida. Rachel no aparecía, así que volví sobre mis pasos a través de varias puertas y telones temporales. Había dos tramoyistas fumando en un espacio despejado que hablaban una lengua que no reconocí. Mencioné el nombre de mi hermana y me señalaron una puerta. Rachel se estaba mirando en un pequeño espejo de mano mientras se quitaba de la cara el maquillaje blanco que llevaba. A su lado, en un moisés, había un bebé.

—Hola, Gorrión.

Me acerqué y miré el bebé mientras Rachel me observaba. No era su mirada fija habitual, sino una mirada en la que se equilibraban dos o más emociones, a la espera de que yo dijera algo.

—Una niña.

—No, un niño. Se llama Walter.

Nos miramos a los ojos y nos quedamos así un instante. Era más prudente no decir nada en ese momento. Nuestra infancia y adolescencia habían estado rodeadas de omisiones y silencios. Como si lo que todavía no se había revelado solo se pudiera adivinar, igual que habíamos tenido que interpretar los contenidos mudos de un baúl lleno de ropa. Ella y yo nos habíamos perdido el uno al otro hacía tiempo entre esas confusiones y silencios. Pero ahora, al lado de ese bebé, compartíamos una intimidad, como cuando el sudor le cubría la cara después de un ataque y yo la abrazaba contra mí. Como cuando lo mejor era no decir nada.

—Walter —dije en voz baja.

—Sí, mi querido Walter —dijo ella.

Le pregunté cómo vivió la época en que estuvimos bajo el hechizo del Polilla al tiempo que yo reconocía que siempre me sentí inseguro a su lado. Se volvió hacia mí:

—¿Hechizo? Se preocupaba por nosotros. Tú no tenías ni idea de lo que pasaba. Era él quien nos protegía. Era él quien me llevaba al hospital, una y otra vez. Tú conseguiste pasar por alto lo que nuestros padres nos hicieron.

Se puso a recoger sus cosas.

—Tengo que irme. Me pasan a buscar.

Le pregunté qué música había sonado en un momento de la obra, cuando ella se quedaba sola en el escenario, abrazando a un títere muy grande. Casi se me habían saltado las lágrimas. En realidad no importaba, pero había tantas cosas que quería preguntarle a mi hermana que sabía que ella no respondería. Ahora me tocó el hombro al contestarme.

—*Mein Herz ist schwer* de Schumann. La conoces, Nathaniel. La oíamos una o dos veces a la semana en casa, a última hora de la noche, y el piano era como un hilo en la oscuridad. Era cuando me decías que te imaginabas la voz de nuestra madre acompañándolo. Eso era lo *schwer*.

»No estábamos bien, Nathaniel. Reconócelo —me empujó levemente hacia la puerta—. ¿Qué pasó con la chica de la que nunca me hablaste?

Me di la vuelta.

—No lo sé.

—Mírame. Te llamas Nathaniel y no Dedal. Yo no soy Gorrión. A Gorrión y a Dedal los abandonaron. Céntrate en tu propia vida. Incluso tu amigo el Dardo te lo dijo.

Rachel llevaba a su bebé con ella y utilizó la manita del niño para dedicarme un medio gesto de despedida. Había querido que viera a su hijo, pero no hablar conmigo. Salí de la pequeña habitación y me volví a encontrar a oscuras. Solo una delgada línea de luz debajo de la puerta que acababa de cerrar a mi espalda.

Arthur McCash

Lo primero que me encontré fue un registro de las actividades iniciales de Rose como radiotelegrafista durante la guerra, empezando por su trabajo como supuesta vigía de incendios en el tejado del hotel Grosvenor House; y más adelante en Chicksands Priory, donde interceptó señales alemanas cifradas y las envió a Bletchley Park para que las descodificaran, tal como le habían indicado «los impostores de Londres». También había viajado varias veces a Dover para identificar, entre las antenas gigantes que bordeaban la costa, los ritmos característicos de determinados operadores de morse alemanes, ya que el arte de reconocer el toque de una manecilla era una de sus habilidades más destacadas.

Era solo en expedientes más tardíos, más difíciles de encontrar, donde quedaba claro que también había trabajado en el extranjero después del fin de la guerra. Su nombre afloraba, por ejemplo, en la investigación del atentado del hotel Rey David de Jerusalén, así como en fragmentos de otros informes relacionados con Italia, Yugoslavia y otras partes de los Balcanes. Un informe señalaba que había estado brevemente adscrita a una pequeña unidad cerca de Nápoles, dos hombres y una mujer enviados, afirmaba claramente el informe, para «apretar las clavijas» de un grupo que todavía funcionaba de manera encubierta. Habían capturado o matado a parte de su unidad. Se mencionaba la posibilidad de una traición.

Pero la mayoría de las veces solo encontraba nombres de ciudades borrosamente selladas en su pasaporte, junto a nombres ficticios que había utilizado, con las fechas borradas o tachadas, así que me rendí a la evidencia de que no podía estar seguro de dónde había estado exactamente y en qué momento. Me di cuenta de que las heridas que ella tenía en el brazo eran la única prueba real con la que contaba.

Me topé con Arthur McCash por segunda vez. Había estado en el extranjero y, después de una cautelosa conversación, salimos a cenar. En ningún momento me preguntó qué hacía ahí, igual que yo no le pregunté adónde le habían destinado. Ahora ya dominaba los códigos sociales del edificio y sabía que nuestro hilo de conversación durante la cena tendría que sortear todas las cuestas empinadas. En un momento dado me pregunté en voz alta —pensando que era aceptable y que quedaba del lado inocente de la frontera de información— por el papel del Polilla en nuestras vidas. McCash rechazó la pregunta con un gesto. Estábamos en un restaurante a una buena distancia de la oficina, pero inmediatamente miró a su alrededor.

—No puedo hablar de esto, Nathaniel.

Nuestros días y noches en Ruvigny Gardens habían transcurrido lejos del territorio gubernamental, pero aun así a McCash le parecía que no podía hablar de una persona que yo suponía que no tenía relación alguna con los secretos del gobierno. Y que en cambio estaba vinculada con Rachel y conmigo. Nos quedamos un rato en silencio. No me quería dar por vencido ni cambiar de tema, molesto por tener que actuar como si fuéramos desconocidos. Burlándome un poco de él, le pregunté si se acordaba de un apicultor que venía a menudo a nuestra casa, un tal señor Florence. Le dije que necesitaba contactar con él. Ahora tenía abejas en Suffolk y necesitaba consejo. ¿Sabía sus datos de contacto?

Se quedó callado.

—¡Solo es un apicultor! Se me murió una abeja reina y tengo que sustituirla. Te estás pasando.

—Quizá —McCash se encogió de hombros—. De hecho, no tendría que estar cenando contigo.

Acercó el tenedor al plato y guardó silencio mientras nos servían, y luego, al ver marcharse al camarero, volvió a hablar.

—Hay algo que sí quiero decirte, Nathaniel... Cuando tu madre abandonó el Cuerpo, eliminó todos los rastros que había dejado tras de sí por una sola razón. Fue para que nadie pudiera volver a perseguiros a Rachel y a ti. Y a vuestro alrededor siempre hubo alguien vigilando. Yo empecé a ir dos veces por semana a Ruvigny Gardens básicamente para echaros un ojo. Fui yo quien llevó a tu madre, cuando estuvo de paso por Inglaterra, a que te viera bailar en aquel club de Bromley para que te echara un vistazo, al menos desde lejos. También tienes que saber que la gente con la que trabajó, incluso después del supuesto fin de la guerra, personas como Felon y Connolly, fueron tapaderas y figurantes esenciales para nosotros.

Los gestos de Arthur McCash correspondían a lo que yo llamaría «nerviosismo inglés». Mientras hablaba, vi que movía varias veces el vaso de agua, un tenedor, un cenicero vacío y el plato de la mantequilla. Todo ello me indicó lo rápido que disparaba su cerebro; estaba claro que el movimiento de aquellos obstáculos le ayudaba a ir más lento.

No dije nada. No quería que supiera lo que había descubierto por mi cuenta. Él era un funcionario consciente de sus deberes y se atenía a las normas.

—Se alejó de vosotros dos porque temía que os relacionaran con ella, que la utilizaran para atacaros de alguna forma. Y resulta que tenía razón. Venía muy poco a Londres, pero la acababan de convocar.

—¿Y mi padre? —dije en voz baja.

Apenas hubo una pausa. Se limitó a hacer un gesto desdeñoso que hacía pensar en el destino.

Pagó la cuenta y en la puerta nos estrechamos la mano. Hubo un énfasis en su despedida, como si tuviera un carácter permanente y los dos no fuéramos a encontrarnos de nuevo de esta forma. Años atrás, me había abordado en la estación de Victoria de una forma tan cercana que casi resultaba incómoda y me había comprado una taza de té en la cafetería. Entonces no sabía que era un colega de mi madre. Ahora se alejaba de mí a paso ligero, como si estuviera aliviado de largarse. Yo todavía no tenía ni idea sobre su vida. Hacía mucho tiempo que nos observábamos. Él guardaba silencio sobre su valentía la noche en que nos salvó, cuando mi madre volvió a mi vida, me tocó el hombro y, rescatando mi viejo apodo, dijo: «Hola, Dedal». Entonces se dirigió rauda hacia él, le desabrochó la camisa blanca ensangrentada y le preguntó por la sangre.

¿De quién es la sangre?

Mía. No es de Rachel.

Bajo las camisas relucientes de McCash siempre habría cicatrices, recordatorios de la época en que nos protegió a mi hermana y a mí. En cualquier caso, ahora yo sabía que mantenía informada a nuestra madre sobre nosotros, que fue su cámara oculta en Ruvigny Gardens. Como en el caso del Polilla, sobre el que siempre insistía Rachel, se había preocupado de nosotros más de lo que yo creía.

Me acordé de un fin de semana en que el Polilla y yo mirábamos desde la orilla del lago Serpentine cómo Rachel entraba en el agua dando grandes zancadas hacia algo que quería rescatar y se levantaba el vestido, con lo que sus piernas desnudas se juntaron con su torso inclinado. ¿Era un trozo de papel? ¿Un pájaro con un ala rota? Tanto da. Lo importante es que cuando me volví hacia el Polilla vi que miraba a Rachel con una intensidad especial, no solo por lo que ella era, sino con una preocupación permanente por ella. Y a lo largo de toda esa tarde me acuerdo de que Walter —ahora llamémosle Walter— miró fijamente a cualquiera que se nos acercara como si corriéramos algún peligro. Debió de haber días —todas las veces que yo no estaba con ellos porque andaba ocupado con el Dardo—

en que la mirada del Polilla se fijaba en Rachel de esa manera protectora.

En cualquier caso, ahora sabía que Arthur McCash también nos había vigilado, que venía una o dos veces por semana a echarnos un ojo. Pero la impresión que me dio mientras se alejaba después de nuestra cena era la misma de cuando tenía quince años. Seguía siendo aquella presencia solitaria, acabada de salir de Oxford con su célebre quintilla jocosa y sin que diera la sensación de que detrás de él había un paisaje auténtico. Aunque si le hubiera preguntado por su época de colegial, estoy seguro de que habría sido capaz de describir los colores de la bufanda de su uniforme o su internado, que probablemente llevaba el nombre de algún explorador inglés. De hecho, a veces Ruvigny Gardens me sigue pareciendo una compañía de teatro *amateur* en la que un hombre llamado Arthur se apresura a soltar sus incómodas conversaciones y cuando termina se larga a hacer... *¿qué?* Era un papel escrito para él, el personaje secundario, y le llevó a acabar despatarrado en un sofá entre bambalinas en el teatro Bark, con sangre bajo la camisa blanca y la parte superior de los pantalones empapada. Un momento que debía permanecer secreto, fuera de la escena.

Sin embargo, no dejo de revivir el cuadro de aquella noche: mi madre acercándose a él, arrastrando una silla, los escasos vatios de la única lámpara de la habitación, y su cuello y su cara, hermosos, inclinándose para besarle fugazmente la mejilla.

—¿Te puedo ayudar en algo, Arthur? —oí que decía—. Vendrá un médico...

—Estoy bien, Rose.

Ella vuelve la cabeza y me mira, le desabrocha la camisa, se la pone por fuera de los pantalones para ver lo graves que son las cuchilladas, y se quita la bufanda de algodón del cuello para limpiarle la sangre que brota. Coge el jarrón.

—No me ha apuñalado.

—Cuchilladas. Ya lo veo. ¿Ahora dónde está Rachel?

—Está bien —dice él—. Está con Norman Marshall.

—¿Y quién es ese?

—El Dardo —digo yo desde el otro lado de la habitación.

Y ella se vuelve para mirarme de nuevo como si le sorprendiera que yo sepa algo que ella no sabe.

Una madre trabajadora

Seguí la pista de la precipitada marcha de mi madre de los servicios de inteligencia tras su regreso, cuando rompió todas las conexiones y se mudó sin aspavientos a Suffolk, mientras Rachel y yo acabábamos nuestros últimos cursos en colegios lejanos. De modo que, faltos de madre durante la época en que trabajó en Europa, seguimos faltos de ella durante la etapa siguiente, cuando volvió a ser una ciudadana anónima y eliminó sus nombres falsos.

Encontré memorandos posteriores a su salida de los servicios de inteligencia que la advertían de que el nombre de Viola había vuelto a aparecer en un documento reciente, y que existía la posibilidad de que los que la buscaban no se hubieran dado por vencidos. Ella rechazó el ofrecimiento de que la protegieran unos «tipos de Londres», y en cambio decidió buscar a alguien de fuera de su círculo profesional para supervisar la seguridad, no de ella, sino de su hijo cuando estaba con ella. Por lo tanto, sin que yo lo supiera, convenció al hortelano del pueblo, Sam Malakite, para que nos hiciera una visita y me ofreciera un trabajo. Mi madre no invitó a nuestro entorno a nadie de su antiguo mundo.

Yo no sospechaba en absoluto que hubiera gente que todavía buscaba a Rose Williams, ni tampoco era consciente de la protección que se me ofrecía. No fue hasta después de la muerte de mi madre cuando descubrí que siempre rodeaba a sus hijos —incluso a Rachel, en su remoto paisaje galés— de varios búhos vigilantes. Así que Arthur McCash había sido sustituido por Sam Malakite, un hortelano que jamás había llevado un arma encima, a no ser que valieran como tales su pala de tres dientes o sus herramientas para cuidar los setos.

Me acuerdo de que una vez le pregunté a mi madre qué era lo primero que le había gustado del señor Malakite, porque estaba claro que lo apreciaba. Estaba arrodillada en el jardín ocupándose de las capuchinas y se inclinó hacia atrás, mirando no hacia mí sino a lo lejos. «Pues fue cuando interrumpió una conversación que manteníamos y dijo: "Creo que huele a cordita". Quizá fue la palabra fortuita e inesperada lo que me gustó tanto. O lo que me animó. Era una rama del conocimiento que no me resultaba extraña.»

Pero para mí, entonces adolescente, Sam Malakite solo era representativo de ciertos detalles del mundo que lo rodeaba. Nunca lo identifiqué con el mundo de los incendios provocados y la cordita. Era la persona más estable y de trato más fácil que había conocido. Los miércoles, de camino al trabajo, cogíamos para divertirnos la hoja informativa que imprimía personalmente el reverendo Mint, el pastor, que se consideraba el Francis Kilvert de la comarca. El hombre hacía poco por la comunidad más allá de pronunciar un sermón a la semana a una veintena de fieles. Pero estaba su periódico. Su sermón y el periódico encajaban con calzador cualquier suceso del pueblo en una parábola moral. Una persona que se había desmayado en la panadería, un teléfono que no paraba de sonar en la esquina de Adamson Road, el robo de una caja de gominolas en la pastelería o el uso incorrecto del verbo *adolecer* en la radio..., todos estos asuntos se hacían un hueco en el sermón y luego también en *La Luz de Mint,* y el contenido espiritual se abría paso a codazos.

En *La Luz de Mint* se habría ignorado un ataque marciano. Esta había sido su política incluso entre 1939 y 1945, cuando recogía quejas sobre todo locales sobre asuntos como la presencia de conejos en los huertos de guerra. El jueves a las 00:01, un policía «se emocionó» durante una tormenta mientras hacía la última patrulla de la noche. El domingo a las 16:00, un hombre que llevaba una escalera hizo caer a una motorista. En el momento del sermón del domingo, tomar prestada una escalera sin permiso o que un colegial deslumbrase al gato del vecino con una linterna, «intentando hipnotizarlo con un movimiento oscilante y circular», adquirían un marcado trasfondo bíblico, y el gato hipnotizado se podía relacionar fácilmente con San Pablo cegado por el resplandor camino a Damasco. Comprábamos *La Luz de Mint* y leíamos pasajes en voz alta con tono amenazante, asintiendo sabiamente y poniendo los ojos en blanco al mismo tiempo. El señor Malakite creía que su muerte, la del hortelano del pueblo, se vincularía a la multiplicación de los panes y los peces. Nadie leía *La Luz de Mint* más atentamente que nosotros. Excepto, aunque parezca extraño, mi madre. Los miércoles, cuando el señor Malakite me llevaba a casa en coche, ella siempre le ofrecía té y sándwiches de paté de pescado, le cogía *La Luz de Mint* y se instalaba en un escritorio. Lo leía sin reírse, y ahora me doy cuenta de que mi madre no iba a la caza de absurdas metáforas espirituales, sino que quería comprobar si había alguna referencia a un desconocido en la zona. Su tendencia era no ver a nadie excepto al señor Malakite, o de vez en cuando al cartero. Incluso insistía en no tener mascotas. Como consecuencia, había un gato silvestre que vivía fuera de casa y una rata que vivía dentro.

Mi vida escolar nómada me había convertido en una persona independiente y diplomática, reacia a los enfrentamientos. Rehuía lo *schwer*. Me retiraba de las discusiones como si tuviera aquellos párpados epicánticos de las aves y algunos peces, que les permiten separarse en silencio, casi cortésmente, de quienes los acompañan. Compartía con mi madre el gusto por la privacidad y la soledad. Nos atraían las habitaciones en las que no se discutía y las mesas escasamente ocupadas.

Solo nos diferenciaban nuestras costumbres a la hora de vestir. Mi peregrinaje de un lugar a otro había hecho que me sintiera responsable de mi pulcritud. Cosas como plancharme la ropa me daban sensación de control. Incluso para trabajar en el campo con el señor Malakite lavaba y planchaba la ropa que llevaba. Mi madre, en cambio, colgaba una blusa en un arbusto cercano para que se secara y luego se la ponía directamente. Si sentía desprecio por mi meticulosidad, no me lo dijo; quizá ni siquiera se dio cuenta. Pero cuando nos sentábamos el uno frente al otro en una mesa yo no podía evitar fijarme en su cara delgada de ojos claros encima de una camisa sin planchar que a ella le parecía suficientemente digna para la tarde.

Se rodeaba de silencio; apenas escuchaba la radio a no ser que echaran una adaptación dramática de novelas como *Precious Bane* o *Lolly Willowes,* los clásicos que había leído de adolescente. Nunca escuchaba las noticias. Ni los análisis políticos. Podría haber estado en el mundo de hacía veinte años, cuando sus padres vivían en White Paint. Ese aislamiento silencioso no hacía más que agrandar la distancia entre nosotros dos. En una de las pocas discusiones desatadas que tuve con mi madre, cuando me quejé de nuestro abandono, ella me respondió demasiado rápido:

—Bueno, Olive estuvo un tiempo con vosotros. Ella me mantenía al día.

—Un momento, un momento... ¿Olive? ¿Conocías a Olive Lawrence?

Retrocedió como si hubiera hablado de más.

—¿La *et-nó-gra-fa*? ¿La conocías?

—¡No solo era etnógrafa, Dedal!

—¿Qué más era?

No dijo nada.

—¿A quién más? ¿A quién más conocías?

—Estaba en contacto.

—Genial. Estabas en contacto. ¡Para tu tranquilidad! ¡Cómo me alegro! Nos dejasteis sin decir ni una palabra. Los dos.

—Tenía cosas que hacer. Tenía una responsabilidad.

—¡Y con nosotros no! Rachel te odia tanto que ni siquiera habla conmigo. Como estoy aquí contigo también me odia a mí.

—Sí, mi hija me ha condenado.

Agarré el plato que tenía delante y lo tiré agresivamente sin levantar el brazo contra la pared, como si eso cerrara nuestra conversación. Pero el plato rebotó hacia arriba trazando un arco, chocó contra el borde del armario y se rompió, y un trozo saltó girando hacia ella y le cortó la frente justo encima del ojo. Entonces se oyó el ruido de la caída al suelo. Hubo una pausa y los dos nos quedamos quietos mientras la sangre le bajaba por un lado de la cara. Me acerqué a ella, pero levantó la mano para que no avanzara, con cierto desdén. Se quedó impasible, severa, y ni siquiera se llevó la mano a la frente para tocarse la herida. Simplemente siguió de pie con la palma de la mano extendida contra mí para evitar que me acercara, para evitar que intentara ayudarla, como si no fuera nada. Había habido cosas peores. Era la misma cocina en la que yo había sido testigo de las heridas que tenía en el brazo.

—¿Adónde fuiste? Dime algo.

—Todo cambió la noche que estaba contigo y con Rachel aquí en White Paint, cuando oímos a los bombarderos volando encima de nosotros. Tenía que implicarme. Para protegeros. Yo creía que era por vuestra seguridad.

—¿Con quién estabas? ¿Cómo conociste a Olive?

—Te caía bien, ¿verdad...? Bueno, no solo era etnógrafa. Me acuerdo de una vez que estaba con un grupo de meteorólogos que iban en planeadores y se habían desperdigado por el canal de la Mancha. Había habido científicos trabajando toda la semana que anotaban la velocidad del viento y las corrientes de aire, y Olive también estaba arriba, en el cielo, pronosticando el tiempo que se avecinaba y las posibilidades de lluvia para confirmar o aplazar la invasión del día D. También participaba en otras cosas. Pero lo podemos dejar aquí.

Todavía tenía la mano levantada, como si prestara declaración, cosa que no quería hacer. Entonces se dio la vuelta, se agachó y se limpió la sangre en el fregadero.

Empezó a dejarme libros, sobre todo novelas que había leído en la universidad antes de casarse con mi padre. «Uy, era un gran lector... Seguramente eso fue lo que nos unió... al principio.» En casa había muchas ediciones de bolsillo de Balzac en francés, y yo sabía que le apasionaban. Parecía que ya no le interesaban las intrigas del mundo exterior. Solo le interesaba alguien como Rastignac, el personaje ficticio de Balzac. No creo que yo le interesara. Aunque quizá ella intuía que tenía que influenciarme de alguna manera. Pero no creo que necesariamente quisiera mi amor.

Jugar al ajedrez fue propuesta suya, una especie de metáfora, supongo, de nuestra batalla íntima, y acepté con un encogimiento de hombros. Resultó que fue una profesora sorprendentemente buena por la forma cuidadosa como explicaba las reglas y los movimientos del juego. Nunca pasaba a la siguiente etapa si no estaba segura de que entendía lo que me acababa de enseñar. Si yo reaccionaba con impaciencia, ella empezaba de nuevo; no podía engañarla con un gesto de asentimiento. Era aburrido e interminable. Yo quería estar fuera, por el campo. Y de noche no conseguía dormirme porque en la oscuridad se me aparecían distintas líneas estratégicas.

Después de las primeras clases empezamos a jugar y me ganaba sin piedad, y entonces volvía a colocar las piezas fatídicas para enseñarme cómo podría haber sorteado la amenaza. Súbitamente había cincuenta y siete maneras de cruzar un espacio vacío, como si yo fuera un gato que entraba en un callejón desconocido moviendo las orejas. Ella hablaba todo el rato mientras jugábamos, ya fuera para distraerme o para transmitirme algo fundamental sobre la concentración, y su modelo en ese sentido era una famosa victoria de 1858 a la que se dio el título de «Ópera», ya que la partida se jugó en un palco privado desde el que se podía disfrutar de una función de la *Norma* de Bellini. A mi madre le encantaba esa ópera, y el ajedrecista estadounidense, que era melómano, miraba de vez en cuando el escenario mientras jugaba contra un conde francés y un duque alemán que no paraban de debatir en voz alta sus movimientos contra él. Lo que mi madre quería hacerme comprender tenía que ver con la distracción. En el escenario se sobornaba y asesinaba a sacerdotes y los personajes principales acababan quemados en una pira, y mientras tanto el melómano ajedrecista estadounidense seguía concentrado en la línea estratégica que había escogido, sin que le distrajera la espléndida música. Para mi madre era un ejemplo sin par de concentración.

Una noche se avecinaba una tormenta desde las cimas del valle mientras nosotros estábamos el uno frente al otro en la mesa del invernadero. Teníamos cerca una lámpara de vapor de sodio. Mi madre dispuso los peones y las torres en las casillas de salida mientras la tormenta retumbaba encima de nosotros. Los rayos y truenos nos hacían sentir indefensos dentro de la fina estructura acristalada. Afuera era como la ópera de Bellini; dentro destacaban el ambiente embriagador de las plantas y una estufa eléctrica que intentaba calentar el espacio. Movíamos las piezas en la tenue y constante luz amarilla de la lámpara de vapor de sodio. Yo jugué bien, pese a las distracciones. Mi madre, que llevaba la chaqueta azul de punto, fumaba y apenas me miraba. Todo aquel agosto había habido tormentas, y luego por la mañana salía el sol y el cielo estaba despejado, como si empezara un siglo nuevo. Concéntrate, susurró ella mientras nos sentamos entre el cañoneo y los destellos de la tormenta para entablar otro de nuestros pequeños combates de voluntades. En un cuarto de segundo de relámpago la vi caer brevemente en la trinchera equivocada de la batalla. Vi el movimiento obvio que me quedaba, pero luego también otro que no era acertado o que incluso podía ser mejor. Moví ficha de inmediato y ella se dio cuenta de lo que había hecho. El ruido nos envolvía completamente, pero ahora nos limitábamos a escucharlo. Un rayo inundó de luz el invernadero y le vi la cara, su expresión de..., ¿qué? ¿Sorpresa? ¿Una especie de alegría?

Finalmente éramos madre e hijo.

*

Si te crías en la incertidumbre tratas a la gente solo día a día, y para más seguridad hora a hora. No te preocupas por lo que deberías recordar sobre ellos. Estás solo. De modo que tardé mucho en confiar en el pasado y en reconstruir cómo interpretarlo. Mi forma de recordar el comportamiento no era coherente. Me había pasado la mayor parte de la juventud haciendo equilibrios, manteniéndome a flote. Hasta que, al final de la adolescencia, Rose Williams se sentó en un invernadero y en su calidez artificial jugó al ajedrez de forma competitiva y despiadada con su hijo, el único de sus dos vástagos que quiso vivir con ella. A veces llevaba una bata que dejaba al descubierto la delicadeza de su cuello. A veces la chaqueta azul de punto. Hundía parte de la cara dentro de ella para que solo le viera la mirada desconfiada y el pelo rubio rojizo.

—Defenderse es atacar —me dijo en más de una ocasión—. La primera cosa que aprende un buen líder militar es el arte de la retirada. Tan importante es la forma de entrar como la forma de salir ileso. Hércules era un gran guerrero, pero murió en casa de manera violenta al ponerse una túnica envenenada como consecuencia de sus heroicidades anteriores. Es una vieja historia. La seguridad de los dos alfiles, aunque sacrifiques a la reina. No, ¡no lo hagas! Bueno, tu jugada ha sido esta, así que yo hago lo siguiente. El contrincante castigará tus pequeños errores. En tres tiradas, este movimiento acaba en jaque mate.

Y antes de mover su caballo, se inclinó hacia delante y me alborotó el pelo.

No recordaba la última vez que mi madre me había tocado. Nunca estuve seguro de si iba a enseñarme algo o a maltratarme durante esos torneos. A veces se la veía insegura, una mujer de una década anterior, mortal. El conjunto daba la sensación de un decorado. Algo de aquellas noches me permitía centrarme solo en ella, al otro lado de la mesa, en la penumbra, a pesar de que sabía que era una distracción. Vi lo rápidas que eran sus manos y que su mirada solo estaba interesada en lo que yo pensaba. A los dos nos parecía que no había nadie más en el mundo.

Acabada aquella partida, antes de recogerse, aunque yo sabía que ella seguiría despierta algunas horas más, volvió a preparar el tablero de ajedrez.

—Esta es la primera partida que memoricé, Nathaniel. Es la partida en la ópera de la que te hablé —de pie junto al tablero, jugó con las dos manos, una para las blancas y otra para las negras. Se detuvo una o dos veces para dejarme que sugiriera un movimiento—. No, este —decía, no irritada ante mi elección, sino maravillada ante el movimiento del maestro—. Mira, se desplazó aquí con el alfil —movía las manos cada vez más rápido, hasta que todas las negras cayeron.

Me llevó un tiempo darme cuenta de que de alguna manera tendría que querer a mi madre para entender quién era ahora y qué había sido realmente. Lo cual era difícil. Observé, por ejemplo, que no le gustaba dejarme solo en la casa. No salía si yo decidía quedarme en casa, como si sospechara que yo quisiera rebuscar entre sus cosas privadas. ¡Y era mi madre! Una vez se lo comenté y se avergonzó tanto que me eché atrás y me disculpé antes de que tuviera que defenderse. Más adelante descubriría que era una experta en situaciones de guerra, pero me dio la sensación de que aquella reacción no había sido estudiada. La única vez que me reveló algo de ella fue cuando me enseñó algunas fotografías que sus padres habían guardado en un sobre marrón en su habitación. Aparecía la cara seria de colegiala de mi madre con diecisiete años bajo nuestra enramada de tilos, y también fotografías de ella con su tenaz madre y un hombre alto que a veces llevaba un loro apoyado en el hombro. Él tenía una presencia reconocible y volvía a aparecer en un puñado de imágenes más tardías con mi madre, ligeramente mayor, y sus padres en el Casanova Revue Bar de Viena; conseguí leer el nombre en el cenicero grande de la mesa, junto a una docena de copas de vino vacías. Pero por otro lado no había nada en White Paint que revelara algo sobre su vida adulta. Si yo fuera Telémaco no encontraría ninguna prueba de sus actividades de madre desaparecida, ninguna prueba de sus travesías por mares oscuros como el vino.

Casi siempre pasábamos el rato a una distancia prudencial el uno del otro. Por las mañanas, irme al trabajo era un alivio, incluso los sábados. Luego, una noche, después de una de nuestras cenas ligeras, me di cuenta de que mi madre estaba agitada, ansiosa por salir de casa aunque hubiera posibilidad de lluvia. Habíamos tenido nubes grises encima todo el día.

—Ven. ¿Damos un paseo juntos?

Yo no quería y podría haberme empeñado más, pero decidí aceptar y ella me obsequió con una sonrisa de verdad.

—Te explicaré mejor la partida aquella de la ópera —me dijo—. Coge un abrigo. Va a llover. Que el tiempo no nos haga dar media vuelta —cerró la puerta y nos dirigimos al oeste, hacia una de las colinas.

¿Qué edad tenía entonces? ¿Quizá cuarenta? Yo tenía dieciocho. Se había casado joven, tal como era costumbre en la época, aunque había estudiado lenguas extranjeras en la universidad y una vez me contó que se había planteado cursar la carrera de Derecho. Pero lo dejó y se dedicó a criar a dos hijos. Cuando estalló la guerra tenía treinta y pocos, o sea que todavía era joven, y se puso a trabajar de operadora de señales. Ahora andaba a mi lado a grandes zancadas enfundada en su impermeable amarillo.

—Se llamaba Paul Morphy. Era el 21 de octubre de 1858...

—Vale. Paul Morphy —dije yo, como si estuviera preparado para el segundo saque que ella estaba a punto de tirar por encima de la red.

—Vale —soltó una media risa—. Solo te lo contaré una vez. Él nació en Nueva Orleáns, un prodigio. A los doce derrotó a un gran maestro húngaro que viajaba por Luisiana. Sus padres querían que estudiara para abogado, pero lo dejó y se dedicó al ajedrez. Y la mejor partida de su vida fue la que jugó en el Teatro de la Ópera Italiana de París contra el duque de Brunswick y el conde Isouard, a los que se recuerda por una única razón: que fueron derrotados por ese muchacho de veintiún años.

Yo sonreía para mis adentros. ¡Todos esos títulos! Todavía me acuerdo de que Agnes bautizó a uno de los perros que se había comido su cena en Mill Hill como el «conde de Sandwich».

—Pero también fue la situación y el lugar donde se jugó la partida los que la hicieron célebre, como si fuera una escena de una novela austrohúngara o una aventura propia de Scaramouche. Los tres jugadores estaban en el palco privado del duque de Brunswick, prácticamente encima del escenario. Podrían haberse inclinado y haber besado a la *prima donna.* Y era la noche del estreno de *Norma o el infanticidio,* de Bellini.

»Morphy nunca había visto *Norma* y tenía muchas ganas de presenciar la actuación, ya que le encantaba la música. Estaba sentado de espaldas al escenario, de modo que movía rápido y se volvía hacia las candilejas. Quizá esto sea lo que la convirtió en una obra maestra: cada movimiento era un esbozo rápido en el cielo, que apenas tocaba la realidad de la tierra. Sus contrincantes debatían entre ellos y efectuaban movimientos vacilantes. Morphy se daba la vuelta, echaba un vistazo al tablero, avanzaba un peón o un caballo y volvía a la ópera. El tiempo que empleó antes de tirar a lo largo de toda la partida probablemente fue inferior a un minuto. Fue una contienda muy inspirada, todavía lo es y todavía se la considera una de las más grandes partidas. Él jugaba con las blancas.

»El caso es que la partida empieza con la defensa Philidor, una apertura pasiva para las negras. A Morphy no le interesa hacerse con las piezas negras en las primeras fases, y prefiere concentrar sus fuerzas para conseguir un jaque mate rápido y poder volver así a la ópera. Mientras tanto, los debates teóricos de sus contrincantes son cada vez más audibles, lo que molesta al público y a la cantante principal, Madame Rosina Penco, que interpreta a la suma sacerdotisa Norma y no para de lanzar miradas hacia el palco del duque. Morphy saca a la reina y a un alfil, que trabajan juntos para dominar el centro del tablero, lo que fuerza a las negras a una cerrada posición defensiva.

Mi madre se volvió en la oscuridad y me miró.

—¿Sigues la partida en el tablero?

—La sigo —dije yo.

—Entre las negras no tarda en reinar el desorden. Llega el entreacto. En el escenario ha pasado de todo: amor romántico, celos, un impulso de matar y arias destacadas. Han abandonado a Norma y ella decide matar a sus hijos. ¡Y mientras tanto el público ha estado mirando el palco del duque de Brunswick!

»La trama sigue en el segundo acto. Las piezas negras no hacen nada, están pegadas a su rey, y los caballos, paralizados por los alfiles de Morphy. ¿Lo sigues?

—Sí, sí.

—Entonces Morphy introduce una torre en el ataque al centro del tablero. Hace una serie de sacrificios sensacionales para reducir a las negras a una posición cada vez más desesperada. Y sigue con el elegante sacrificio de la reina que te enseñé el otro día por la noche, que enseguida lleva al jaque mate. Al alcanzar la ópera su apogeo, cuando el cónsul y Norma deciden morir juntos en la pira funeraria, Morphy ya puede prestar toda la atención a la música y dar al traste con sus contrincantes.

—Guau —dije yo.

—No digas «Guau», por favor. Solo estuviste unos meses en Estados Unidos.

—Es una palabra expresiva.

—Empezando con la defensa Philidor, es como si Morphy se hubiera enfrascado en una gran profundidad filosófica de camino a la ópera. Está claro que algo así ocurre cuando uno no se observa a sí mismo con demasiada atención. Y aquella noche ocurrió. Han pasado casi cien años, y aquel pequeño movimiento entre sombras, delante de las candilejas de *Norma,* todavía se considera una genialidad.

—¿Y qué fue de él?

—Se retiró del ajedrez y llegó a ser abogado, pero no se le daba bien, así que vivió de las rentas familiares hasta que murió a los cuarenta y tantos. No volvió a jugar al ajedrez, pero tuvo su momento, acompañado de una música excepcional.

Nos miramos el uno al otro, los dos estábamos empapados. Al principio había sido consciente de que llovía, pero luego me olvidé. Nos detuvimos cerca de la entrada a un bosquecillo y a nuestros pies, a lo lejos, estaba nuestra casa, pintada de blanco e iluminada. Me dio la sensación de que ella era más feliz en ese lugar de lo que jamás sería en aquella calidez segura. Allí, en un sitio donde ya no estábamos atados a la casa, ella desprendía una energía y una ligereza que rara vez le había visto. Caminamos bajo la fría oscuridad de los árboles. Ella no tenía ningún deseo de volver, y estuvimos ahí un rato, sin apenas hablar, cada uno con sus pensamientos. Pensé que esa debía de ser la cara que mostraba a la gente con la que trabajó durante sus guerras silenciosas, en medio de aquellas contiendas desconocidas.

*

Mi madre se ha enterado por el señor Malakite de que un desconocido se ha mudado a una casa a unos cuantos kilómetros de White Paint y se ha mostrado muy reservado a la hora de hablar sobre su lugar de origen o su profesión.

Ella emprende una caminata en la que bordea el bosque de Rumburgh y deja atrás los prados de Moat Farm al suroeste del pueblo de St. James, hasta que se acerca lo bastante como para ver la casa del hombre. Falta poco para que anochezca. Espera hasta que se apagan todas las luces y luego una hora más. Finalmente regresa a casa en la oscuridad. Al día siguiente, vuelve a detenerse a medio kilómetro de distancia y observa una falta de actividad parecida. Hasta que el hombre delgado sale a media tarde. Ella lo sigue con cautela. Él bordea el perímetro del antiguo aeródromo. En realidad no va a ninguna parte, ella se da cuenta, solo está de paseo, pero mi madre lo sigue hasta que vuelve a casa. De nuevo espera en el mismo campo, hasta pasada la hora en que casi todas las luces están apagadas. Se acerca a la casa, cambia de opinión y regresa a la suya, una vez más sin linterna en la oscuridad.

Al día siguiente entabla una conversación vacilante con el cartero.

—¿Habla con él cuando le entrega las cartas?

—Pues la verdad es que no. No es muy hablador. Ni siquiera abre la puerta.

—¿Y qué tipo de correo recibe? ¿Recibe mucho?

—Bueno, eso no se lo puedo decir.

—¿En serio? —casi se ríe de él.

—Bueno, a menudo libros. Una o dos veces un paquete del Caribe.

—¿Y qué más?
—Aparte de los libros, no estoy seguro.
—¿Tiene perro?
—No.
—Es curioso.
—¿Usted tiene? —pregunta él.
—No.

La conversación no le ha servido de mucho y da la charla por acabada, pero ahora el cartero parece ansioso por continuarla. Más adelante, con ayuda oficial, consigue saber qué es exactamente lo que se le entrega al desconocido, así como lo que él envía por correo. También descubre que procede del Caribe, donde sus abuelos fueron sirvientes contratados en una plantación de caña de azúcar de una colonia británica. Resulta que es escritor, por lo que parece bastante conocido, incluso en otras partes del mundo.

Ella aprende a pronunciar y se repite a sí misma el nombre del desconocido, como si fuera una flor de importación poco común.

*

«Cuando él venga, será como un inglés más...»

Rose lo había escrito en uno de los diarios sueltos que encontré después de su muerte. Como si incluso en la intimidad de su hogar, incluso en una libreta secreta, tuviera que cuidarse de formular esa posibilidad. Incluso puede que lo murmurara para sí como un mantra. «Cuando él venga, será como un inglés más...»

El pasado, y mi madre lo sabía mejor que nadie, nunca se queda en el pasado. De modo que en la intimidad de aquella libreta, en su casa, en su propio país, sabía que ella seguía siendo un objetivo. Debió de suponer que ese sería el disfraz que alguien sediento de venganza tendría que adoptar para introducirse en el Suffolk profundo y llegar hasta ella sin levantar sospechas. La única pista sobre el motivo sería que él probablemente procedería de una zona de Europa en la que ella trabajó y en la que se tomaron decisiones de guerra discutibles. «¿Quién crees que vendrá a por ti? —le habría preguntado si lo hubiera sabido—. ¿Qué atrocidad cometiste?». Y creo que ella hubiera respondido: «Mis pecados son múltiples».

Una vez reconoció ante mí que no había nadie como mi enigmático padre cuando se trataba de construir diques y muros cortafuegos frente al pasado.

—¿Y ahora dónde está? —le pregunté.

—Quizá en Asia —contestó de forma evasiva—. Era un hombre roto. Cada uno siguió su camino —hizo un gesto horizontal con la mano como si limpiara una mesa.

Mi padre, al que no habíamos visto desde aquella tarde lejana en que se embarcó en el *Avro Tudor*.

Un bebé cambiado por otro al nacer acaba encontrando su propia filiación. De modo que nunca lo conocí tan bien como conocí al Dardo o al Polilla. Era como si los dos salieran en un libro que leía en ausencia de mi padre y fuera de ellos de quien aprendiera. Quería vivir aventuras sin fin con ellos, o incluso una relación amorosa con una chica de una cafetería que podía desaparecer de mi vida si yo no actuaba, si no *insistía*. Porque el destino era eso.

Estuve unos cuantos días intentando rebuscar en otros archivos con la esperanza de descubrir algún rastro de mi padre. Pero no se le mencionaba en ningún servicio, ni en el interior del país ni en el extranjero. O bien no estaba documentado en esas fuentes o su identidad era todavía más confidencial. En cualquier caso, se trataba de un lugar dominado por la altura, la zona más alta del edificio de siete plantas desaparecía en una neblina que hacía tiempo que había roto sus lazos con el mundo cotidiano. Una parte de mí deseaba creer que era aquí donde mi padre seguía, si es que seguía en algún sitio. Y no en algún rincón recóndito del imperio, controlando la rendición militar japonesa y volviéndose majara por culpa del calor, los insectos y la complejidad general de la vida de posguerra en Asia. Quizá todo eso era una ficción ciega, como aquella promoción suya en el Lejano Oriente, en oposición a lo que yo quería imaginar que hacía más cerca de casa: un hombre huidizo y volátil, del que no se hablaba; que al parecer no existía ni en letras de imprenta.

Y es que al acordarme de que algunas veces mi padre, antes de que se marchara, me había dejado acompañarlo a su oficina en el centro, y que me había mostrado el gran mapa en el que se reflejaban sus distintos negocios, los puertos de la costa y los imperios insulares discretamente ocultos, me pregunté si esas oficinas también habían servido de centros de inteligencia durante la guerra. ¿Dónde estaba aquel edificio de oficinas en el que mi padre me había explicado que su empresa importaba té y caucho de las colonias, y donde un mapa iluminado ofrecía una vista de pájaro del territorio económico y político de su universo? Hasta donde yo sé, podría haber sido este mismo sitio o algún otro lugar que en su día hubiera acogido actividades encubiertas similares. ¿Qué papel tuvo realmente mi padre en las oficinas a las que me llevó de niño? En esas instituciones he descubierto que la altura del piso significa poder. Y aquel edificio, si me recuerda a algo, es al Criterion, donde algunos trabajábamos en las lavanderías del sótano y en las cocinas llenas de vapor, y no se nos permitía subir a la parte alta del edificio, sino que se nos separaba como pescado en las entradas y en las escaleras para que nadie subiera más allá de las salas de banquetes, donde además había que disfrazarse con un uniforme servil. ¿Había estado ya de pequeño, con mi padre, en uno de esos despachos de las alturas que se esconden entre las nubes?

Una vez, casi como una broma o un concurso, escribí una lista de las posibles suertes que podía haber corrido nuestro padre y se la mandé a Rachel.

Estrangulado en Johor.

Estrangulado a bordo de un barco con rumbo a Sudán.

Ausente sin permiso de forma permanente.

En la clandestinidad de forma permanente, pero activo.

Retirado en un centro de Wimbledon, aquejado de paranoia y siempre molesto por el ruido procedente de un hospital veterinario cercano.

Aún en el último piso del edificio de Unilever.

No recibí respuesta de Rachel.

Tengo muchos fragmentos sin etiquetar en la memoria. En la habitación de mis abuelos me habían mostrado fotografías formales de mi madre de estudiante, pero no había ninguna de mi padre. Incluso después de la muerte de mi madre, cuando rastreé White Paint en busca de todas las pistas que pudiera encontrar sobre su vida y su muerte, no me topé con ningún documento fotográfico de él. Lo único que sabía era que los mapas políticos de su época eran enormes y costeros y que nunca sabría si estaría cerca de nosotros o si habría desaparecido para siempre en uno de esos lugares lejanos, como es propio de una persona que, según dice la frase, vive en muchos sitios y muere en todas partes.

El suelo ruiseñor

Los periódicos no informaron de la muerte de mi madre. La muerte de Rose Williams provocó poca reacción pública en el mundo al que en su día había pertenecido. La escueta necrológica la identificó solamente como hija de un almirante y no mencionó el lugar de la ceremonia. Desgraciadamente, sí se mencionó su muerte en *La Luz de Mint*.

Rachel no estuvo en el funeral. Intenté localizarla cuando me dieron la noticia, pero mi telegrama quedó sin respuesta. En cualquier caso, me sorprendió la cantidad de gente de fuera del pueblo que asistió, gente con la que supongo que mi madre había trabajado años atrás. Y eso a pesar de que el lugar se había mantenido en secreto.

La enterraron no en el pueblo que nos quedaba más cerca, sino a unos veinticinco kilómetros, en la parroquia de Benacre, en el distrito de Waveney. Fue ahí donde tuvo lugar el funeral. Mi madre no era religiosa, pero le encantaba la sencillez de esa iglesia. Quienquiera que organizó la ceremonia debía de saberlo.

Fue un funeral de tarde. La hora escogida permitía que los que venían de Londres tomaran el tren de las nueve de la mañana desde la calle Liverpool y volvieran después a la ciudad en el tren de media tarde. Mientras miraba al grupo reunido alrededor de la tumba, me preguntaba quién lo había planeado todo. ¿Quién había elegido la frase de su lápida, «He viajado entre peligros y oscuridad como lo haría un ganador»? Cuando se lo pregunté a los Malakite me dijeron que no lo sabían, aunque la señora Malakite pensaba que todo se había hecho de un modo eficiente y con buen gusto. No había periodistas entre los reunidos, y los que habían venido en coche lo dejaron a unos centenares de metros de la entrada al cementerio para no llamar la atención. Debí de parecer distante en la pena por mi madre. Me habían dado la noticia en el instituto el día antes y los anónimos dolientes sin duda consideraron huérfano y perdido al chico de dieciocho años que estaba junto a la tumba. Uno de ellos se acercó hasta mí al final y me estrechó la mano sin decir nada, como si eso ya fuera bastante consuelo, antes de reanudar su camino lento y pensativo hacia la salida del cementerio.

No hablé con nadie. Otro señor se me acercó y me dijo: «Tu madre era una mujer extraordinaria», y yo ni siquiera levanté la mirada. Ahora me doy cuenta de que fui descortés, pero se había dirigido a mí mientras yo miraba adentro de la sepultura, donde el estrecho ataúd estaba encajado en la tierra. Pensaba que el carpintero del ataúd y quien lo hubiera encargado debían de saber lo especialmente delgada que era Rose Williams. Y debían de saber que le habría gustado la madera negra de cerezo, que las palabras escogidas para el funeral no la habrían horrorizado ni le habrían resultado irónicas, y que ella misma podría haber escogido la frase de Blake para su lápida. De modo que miraba lo que tenía más o menos un metro debajo de mí y estaba pensando en todo esto cuando oí la voz baja y casi tímida del hombre: «Tu madre era una mujer extraordinaria». Y en el momento en que fui consciente de la descortesía, el hombre alto al que yo no había respondido pero que había respetado la intimidad en la que me encontraba inmerso se había alejado y solo lo vi de espaldas.

Al cabo de un rato el cementerio se vació y solo quedamos los Malakite y yo. Los londinenses y la poca gente del pueblo que había venido a presentar sus respetos se habían marchado. Los Malakite me estaban esperando. No los había visto desde que recibí la noticia de la muerte de mi madre, solo había hablado con Sam por teléfono. Me acerqué y él hizo un gesto especial. Abrió de par en par su abrigo de tejón, grande y húmedo —tenía las manos en los bolsillos—, y me envolvió en él, cerca de su cuerpo cálido, cerca de su corazón. El señor Malakite apenas me había tocado desde que lo conocía. Rara vez me preguntaba cómo estaba, aunque yo sabía que sentía curiosidad por lo que acabaría haciendo, como si todavía me faltara criterio. Pasé la noche en su casa, y la ventana de la habitación de invitados daba a su jardín tapiado. Al día siguiente me llevó en coche hasta White Paint. Yo quería ir a pie, pero me dijo que tenía que hablar conmigo. Fue entonces cuando me contó cómo murió mi madre.

Nadie más del pueblo sabía lo que había pasado. Ni siquiera se lo había contado a su mujer. Mi madre había muerto a última hora de la tarde y el señor Malakite la encontró alrededor del mediodía del día siguiente. Estaba claro que había muerto al instante. Llevó a Rose Williams —la llamó por su nombre completo, como si súbitamente ya no hubiera ninguna intimidad entre ellos— a la sala de estar. Entonces marcó el número de teléfono que ella le había dado en su día, tal como tenía que hacer en el momento en que a ella le pasara cualquier cosa, fuera lo que fuera. Incluso antes de llamarme a mí.

La voz al otro lado del teléfono le preguntó su nombre y le pidió cuál era su ubicación. Le pidió que confirmara de nuevo que estaba muerta. Le dijo que esperara. Entonces hubo una pausa. La voz volvió y dijo que él no tenía que hacer nada. Solo abandonar el domicilio. Que debía guardar silencio sobre lo que había pasado y también sobre lo que acababa de hacer. Sam Malakite se metió la mano en el bolsillo y me entregó la nota original que ella le había dado hacía dos años, con el número al que él tenía que llamar. Era informal, pero estaba cuidadosamente escrita, sin emoción, aunque me pareció que en su claridad y exactitud se podía adivinar un sentimiento no expresado, incluso miedo. El señor Malakite me dejó en la cuesta desde la que se veía nuestra casa.

—Desde aquí puedes ir a pie —me dijo.

A continuación me encaminé a casa de mi madre. Entré en su quietud. Dejé comida fuera para el gato asilvestrado. Y di un golpe a una sartén antes de entrar en la cocina, como ella solía hacer para ahuyentar a la famosa rata.

Alguien había estado en casa, desde luego. No había ni una señal en el sofá donde el señor Malakite había echado a mi madre. Habían retirado cualquier cosa que hubiera podido aportar alguna pista. Me imaginé que habría una investigación rápida y eficiente de su muerte, y que si el gobierno emprendía alguna represalia seguro que sería invisible. No me informarían. Y no habría nada en la casa que no quisieran que se encontrara. A no ser que ella hubiera dejado algo despreocupadamente para que yo lo recogiera y lo asociara a un detalle que ella había mencionado en una conversación. «El señor Malakite me recuerda a un amigo mío. Aunque el señor Malakite es más inocente», me dijo una vez. Solo que la palabra no era *inocente,* sino *benévolo.* ¿Cuál era? Creo que *benévolo.* Tiene su importancia. Es distinto.

Estuve un rato sin hacer nada. Di una vuelta por el jardín y coincidió que oí el reclamo de un cuco que se movía alrededor de la casa cantando ceremoniosamente. Cuando éramos pequeños, nuestra madre nos decía: «Un cuco del este significa consuelo; del oeste, suerte; del norte, tristeza; y del sur, muerte». Lo busqué y seguí el sonido un rato, y luego entré en el invernadero, donde se suponía que ella había muerto. Los cristales del invernadero que se hubiesen roto ya estaban arreglados. No dejaba de acordarme de que pocas veces se me permitía estar solo en casa. Y de que ella siempre me observaba para ver qué aprendía o qué me interesaba. Ahora que estaba liberado de su mirada vigilante, las habitaciones parecían más imponentes. Afuera anochecía. Cogí unos cuantos libros de bolsillo alemanes de la estantería para ver si había escrito su nombre en ellos, pero sus pasos nunca dejaban huella. Había un libro sobre los últimos años de Casanova, obra de un escritor llamado Schnitzler. Me lo llevé arriba y me metí en la cama.

Debían de ser las ocho de la tarde cuando lo hice, y enseguida entré en la extraña y condensada historia sobre el intento de Casanova de volver a Venecia en su madurez, en la que toda la acción tenía lugar en un periodo de unos pocos días y encajaba en el pequeño lienzo de una novela corta. Me llamó especialmente la atención la inesperada y convincente compasión hacia Casanova. Era en alemán, y perdí la noción del tiempo. La historia se terminaba cuando Casanova cogía el sueño, y yo también me dormí, con la lámpara de la mesita de noche encendida y el librito todavía entre mis manos.

Me desperté en la cama en la que siempre dormía, apagué la lámpara de la mesita de noche y me encontré en la oscuridad de las tres de la mañana, completamente despierto. Me dio la sensación de que tenía que recorrer la casa con una mentalidad distinta, con la mirada más europea de Schnitzler. Además, era la hora en que mi madre siempre estaba despierta.

Atravesé lentamente todas las habitaciones con una linterna, abrí armarios y cajones de cómodas. Primero busqué en mi habitación. Era la suya de colegiala, aunque en las paredes no se apreciaba nada de esos tiempos. Luego en la habitación de sus padres, congelada en su época, que se había quedado como estaba desde que murieran en el accidente de coche. Luego en la tercera habitación, de tamaño mediano, que era la suya, con su cama estrecha, como su ataúd. Había un escritorio Regencia de nogal heredado de su madre, donde ella se sentaba a menudo a altas horas de la noche y borraba su pasado en lugar de documentarlo. Era donde estaba el teléfono de la casa, que apenas se usaba. El señor Malakite debía de haber entrado en esa habitación para marcar el número que ella le había dado, quizá uno de Londres o de otra parte.

En aquel escritorio de nogal encontré, envuelta en una de las blusas arrugadas de mi madre, una fotografía enmarcada de Rachel que no había visto nunca. Al observarla, me quedó claro que se había tomado durante el tiempo en que mi madre no estaba con nosotros, y supuestamente no tenía información sobre nuestras actividades. Me pregunté quién la habría sacado. ¿El Polilla? ¿Hasta qué punto sabía de nosotros nuestra madre cuando nosotros no sabíamos nada de ella? Lo más extraño de la fotografía era que Rachel parecía ir vestida más como una adulta, con un porte de adulta, que como la adolescente que era entonces. Nunca la había visto vestida de esa forma.

Al final de mi búsqueda nocturna no encontré nada nuevo, ni siquiera algo olvidado en el estante superior del armario de mi habitación. Era evidente que la había repasado antes de proponerme que la utilizara la primera vez que me alojé en ella durante las vacaciones. Lo único que conservaba era la fotografía cuidadosamente enmarcada y escondida de mi hermana, a la que me di cuenta de que yo hacía más de un año que no veía. Ahora eran alrededor de las cinco de la mañana y, como estaba completamente despierto, decidí ir al piso de abajo. Bajé por las escaleras entre un silencio frío, y al pisar el suelo de madera al pie de la escalera los ruiseñores empezaron a cantar en la oscuridad.

Los repentinos crujidos habrían despertado a cualquiera, como despertaron a mi madre hacía un año cuando bajé las escaleras en plena noche. Sencillamente tenía hambre e iba a buscar algo de queso y leche, y cuando me di la vuelta atrapado en ese ruido caótico, su silueta ya estaba en lo alto de las escaleras con algo, no estoy seguro de qué, en la mano. Cuando me vio, lo escondió en la espalda. Dondequiera que pisara en los instantes siguientes —y ella me miraba, aliviada pero levemente desdeñosa—, los ruidos siempre delataban dónde estaba en la penumbra.

Solo se podía andar silenciosamente por un tramo estrecho del suelo, a un lado. Pero ahora estaba solo y crucé el vestíbulo envuelto en el ruido hasta que entré en la salita de estar de mi madre, enmoquetada y con chimenea, y la alarma ruiseñora paró.

Me senté. Curiosamente no me dio por pensar en lo que mi hermana y yo perdíamos con la muerte de Rose, sino en su anterior partida, cuando nos pareció que habíamos perdido mucho más. Pensé en su afición por rebautizarnos. Fue mi padre el que insistió en ponerme Nathaniel, pero para mi madre era un nombre demasiado largo, por lo que ella me llamaba «Dedal». Igual que Rachel pasó a ser «Gorrión». «¿Dónde demonios está Gorrión?» Incluso en el caso de sus amigos, a mi madre le gustaba buscar nombres mejores que aquellos con los que les habían bautizado. Se inspiraba en nombres de paisajes, llamaba a la gente por los lugares en los que habían nacido o incluso donde ella los había conocido. «He aquí Chiswick», decía de una mujer a la que oyó en la radio y de la que reconoció el acento. Cuando éramos pequeños siempre compartía con nosotros esos fragmentos de curiosidades e información. Y todo eso se lo había llevado al desaparecer tras despedirse con la mano. Pensé en ese borrarse a sí misma, igual que ahora, solo por primera vez en White Paint, me di cuenta de que había perdido su voz viva. Toda la aguda inteligencia de cuando ella era joven y toda la vida secreta en la que se había metido y de la que nos había mantenido alejados, ahora se habían perdido.

Había reducido la casa a un breve circuito. Su cuarto, la cocina, la salita de estar provista de chimenea y el corto pasillo de libros que llevaba al invernadero. Esos eran los lugares de su vida en los últimos años. Una casa en su día llena de vecinos de la zona y de nietos que ahora se había quedado en los huesos, de modo que durante los dos días que estuve allí después del entierro vi más vestigios de sus padres que de ella. Sí me topé con algunas hojas de papel manuscritas en un armario. Una consistía en una extraña meditación sobre la rata de interior entendida como un invitado que nunca se iba y al que con el tiempo se había acostumbrado. Había un dibujo a escala, probablemente hecho por el señor Malakite, de su jardín. También un mapa dibujado varias veces de los países que rodean el mar Negro. Pero la mayoría de los armarios estaban vacíos, como si alguien hubiera eliminado la documentación básica de su vida.

Me detuve frente a su biblioteca, modesta para una persona que vivía sola en el campo y que apenas escuchaba la radio a no ser que el señor Malakite le hablara de un aviso de tormenta. Entonces ya debía de estar cansada de otras voces, salvo de aquellas que descubría en novelas en que la trama podía dar un giro completamente imprevisto y luego conseguir encarar con facilidad la recta final durante los dos o tres últimos capítulos. No se oía el tictac de un reloj en esta casa silenciosa y vacía. El teléfono de su habitación no sonó en ningún momento. La única fuente de ruido clara, y por lo tanto sorprendente, era el suelo ruiseñor. Mi madre me dijo que la reconfortaba, que le daba seguridad. Aparte de eso, silencio. Durante mis vacaciones la oía suspirar o cerrar un libro en la habitación de al lado.

Mi madre volvía a menudo a los estantes de libros de bolsillo, donde podía encontrarse con Rastignac, Félicie Cardot y Vautrin, los personajes de Balzac. «¿Dónde está Vautrin ahora?», me preguntó una vez soñolienta, recién despierta, quizá sin darse cuenta de con quién estaba hablando. Arthur Conan Doyle afirmó que nunca leía a Balzac, ya que no sabía por dónde empezar y era demasiado difícil localizar las fuentes o la primera aparición de cualquiera de los personajes principales. Pero mi madre se sabía *La Comédie humaine* entera, y empecé a preguntarme en qué libro podría haber encontrado una versión de su vida indocumentada. ¿Qué trayectoria desperdigada por esas novelas rastreó para comprenderse a sí misma con más claridad? Debía de saber que *Le Bal de Sceaux* es el único libro de *La Comédie humaine* en el que no aparece Rastignac, pero también que continuamente hay referencias a él. Impulsivamente cogí un ejemplar del libro de la estantería, lo hojée y dentro, metido entre las páginas 122 y 123, encontré un mapa dibujado a mano de lo que me pareció una colina de caliza, en un papel de tamaño cuartilla de quince por veinte. Sin ningún nombre de lugar. Un fragmento que probablemente no significaba nada.

Regresé al piso de arriba y abrí el viejo sobre marrón de fotografías, que todavía estaba en la habitación de mis abuelos. Pero ahora había menos. No estaban las más alegres e inocentes que ella me había enseñado otro verano. Volví a ver la cara joven y seria de mi madre bajo la enramada de tilos que empezaba en la cocina, pero las fotografías posteriores, las que me gustaban más, ya no estaban. Así que quizá no eran inocentes. Las de Rose con sus padres y el hombre alto que me sonaba de otras fotografías, en especial una en el escenario extranjero del Casanova Revue Bar de Viena, en la que mi madre tendría algo menos de veinte años y estaba sentada en medio de ese entorno adulto y de una nube de humo de cigarrillos, con un violinista ardoroso inclinado hacia ella. E incluso algunas fotografías más, como si fueran secuenciales, sacadas quizá una hora después, en los asientos traseros de un taxi, riendo apretujados.

—Ese era un amigo de mi padre. Era vecino nuestro, él y su familia eran techadores —me contó Rose cuando me enseñó las fotografías que ya no estaban. Señalé al otro hombre y pregunté quién era—. Era el muchacho que se cayó del tejado.

—¿Cómo se llamaba?

—No me acuerdo.

Pero ahora yo sí sabía quién era, claro.

Era el hombre del funeral de mi madre, de voz baja y tímida, que se detuvo junto a su tumba e intentó hablar conmigo. Había envejecido, pero lo reconocí en esas fotos sueltas, en las que tenía la misma altura y presencia. Una o dos veces le había visto en los pasillos de nuestro edificio, una leyenda de la oficina, y ahora estaba esperando uno de los ascensores azules restringidos que iban hacia un piso alto, desconocido, un paisaje que la mayoría de los que trabajábamos ahí solo imaginábamos.

En mi última noche en White Paint, dos noches después del entierro, fui a la habitación de mi madre, me metí en su cama estrecha y sin sábanas y estuve echado a oscuras, como ella debía de haberlo hecho, mirando el techo.

—Háblame de él —le dije.

—¿De quién?

—De la persona sobre la que me mentiste. El hombre de cuyo nombre dijiste que no te acordabas. El hombre que me habló en tu funeral.

El muchacho del tejado

Él miraba hacia abajo desde el tejado inclinado de paja cada vez que un pariente de Rose salía de la casa para recoger huevos o subir al coche. El adolescente de dieciséis años Marsh Felon entró en la infancia de mi madre porque había que volver a techar White Paint. Él y su padre y sus dos hermanos se habían instalado allí a principios de verano, a veces asoleados y a veces azotados por fuertes vientos, un clan que trabajaba eficazmente, hablando siempre entre ellos de manera que nunca había dudas, un conjunto mítico. Marsh era el pequeño y sabía escuchar. Durante el invierno cortaba y amontonaba él solo juncos en las marismas cercanas para que en primavera estuvieran secos cuando sus hermanos los agujerearan y entretejieran hasta conseguir la paja de tallo largo del tejado, utilizando flexibles ramas de sauce que doblaban como horquillas.

El repentino vendaval levantó a Marsh y lo tiró del tejado, y él se aferró a las ramas de tilos en su caída, en un intento de frenarla, antes de dar contra las losas que había seis metros más abajo. Los demás bajaron dejando atrás el clamor del viento y lo llevaron en posición horizontal a la trascocina. La madre de Rose preparó el sofá cama. Tenía que quedarse quieto y tampoco había que moverlo. Así que Marsh Felon se convirtió durante un tiempo en residente de aquella trascocina llena de desconocidos.

La estancia en forma de L solo contaba con luz natural. Había una cocina de leña y un mapa de la comarca de The Saints en el que aparecían todos los caminos y vados. Llegaría a ser su mundo durante las semanas en que sus hermanos siguieron trabajando en el tejado. Los oía cuando se marchaban al atardecer y se despertaba a la mañana siguiente con sus conversaciones ruidosas e incesantes al subir por las escaleras. Al cabo de algunos minutos su charla dejaba de ser audible, solo oía las risas y los gritos de contrariedad. Dos horas después se dio cuenta de que la familia se desplazaba por el interior de la casa y habían interrumpido su conversación. El mundo le parecía cercano, pero a la vez distante. Se sentía igual incluso cuando trabajaba en el tejado; le daba la sensación de que estaba al margen del gran mundo activo que quedaba lejos.

La niña de ocho años le traía el desayuno y enseguida se marchaba. A menudo era la única visita que recibía. Simplemente se quedaba en la puerta. Él veía otras partes de la casa a su espalda. Se llamaba Rose. La familia de él llevaba años sin madre ni mujer. Una vez ella le trajo un libro de la biblioteca familiar. Él lo devoró y le pidió otro.

—¿Qué es esto?

Rose se había fijado en unos esbozos en la última página en blanco del libro que ella le había dado a leer.

—Ay, perdona... —Marsh se moría de la vergüenza. Se había olvidado de su esbozo.

—No pasa nada. ¿Qué es?

—Una mosca.

—¡Qué mosca más rara! ¿Dónde la has visto?

—No, las hago yo, son moscas para pescar. Te puedo hacer una.

—¿Cómo? ¿Con qué?

—Quizá una ninfa de color verde olivo con alas azules... Necesitaré hilo y pintura resistente al agua.

—Lo puedo conseguir —Rose casi se iba.

—No, todavía hay más cosas... —le pidió papel, algo donde escribir—. Haré una pequeña lista.

Ella lo observó.

—¿Qué dice ahí? Tienes una letra espantosa. Dímelo.

—Vale. Plumitas de ganso. Alambre de cobre rojo, no mucho más grueso que el cabello humano. Se utiliza en los transformadores pequeños...

—No tan rápido.

—... y en los dínamos. Quizá me podrías traer un clavo. Y también un poco de papel de plata para que brille.

La lista no se acababa ahí. Corcho y astillas de fresno. Algunas cosas de las que pedía él no las había utilizado antes. ¿Le podía traer una libretita? Solo se imaginaba posibilidades, como si estuviera en una biblioteca que visitara por primera vez. Ella le preguntó por las características del hilo y el tamaño de los anzuelos. Ya entonces se fijó en que, a diferencia de su letra, los esbozos eran meticulosos. Parecía que los hubiera hecho otra persona. Al joven le pareció que era la primera conversación que mantenía desde hacía años. Al día siguiente oyó que el coche se alejaba con la niña y su madre.

Pasaba la mayor parte del día sentado junto a la ventana soleada, construyendo la mosca con los dedos, fiel a su esbozo excepto en los colores. O se acercaba torpemente al mapa y buscaba lo que ya sabía y lo que no: la nítida línea de robles a lo largo de la recta calzada romana o la larga curva del río. De noche se deslizaba de la cama en la oscuridad e intentaba mover el cuerpo desgarbado. El hecho de que no pudiera verse era importante. Si la cadera cedía, se daba contra la pared o la cama. Avanzaba tanto como podía y luego volvía a la cama, cubierto de sudor. Ni su familia ni la de la niña sabían nada de esto.

Durante su última semana de trabajo los hermanos se encordaron y se asomaron desde el tejado, utilizando la hoja del cepillo de techador o del cuchillo largo de los aleros para recortar los hastiales. Si levantaba la vista desde la ventana, el muchacho solo veía el ir y venir de las hojas de hierro, y los restos de paja cayendo como cebada.

Luego la familia lo llevó al carro, de nuevo en posición horizontal, y desaparecieron. El silencio perdido volvió a llenar la casa. En los meses sucesivos de vez en cuando la niña y sus padres oían que los Felon estaban trabajando en una casa de un pueblo lejano, como si los cuervos hubieran encontrado un nuevo bosquecillo en el que anidar. Pero Marsh, el hijo menor, siempre que tenía tiempo libre intentaba superar su cojera. Se levantaba cuando todavía no era de día y caminaba junto a casas que habían techado ellos, o bajaba por los valles fluviales mientras la noche empezaba a disiparse, ya entre el canto de los pájaros. Era la hora de esa luz nueva y tensa lo que Marsh había empezado a buscar en los libros siempre que el escritor se desviaba de una trama para intentar describir esa hora especial, quizá también recordada de su propia juventud. El muchacho leía todas las noches. Le proporcionaba una cierta sordera mientras sus hermanos hablaban. A pesar de que conocía el arte de techar, se estaba distanciando de ellos.

La plenitud. ¿Qué significa exactamente? ¿Un exceso de cosas? ¿Reabastecerse? ¿Un estado de completitud? ¿Algo que se desea? El individuo llamado Marsh Felon deseaba estudiar y absorber el mundo que le rodeaba. Cuando la familia de Rose se volvió a cruzar con él al cabo de dos años, hecho ya casi un hombre, al principio apenas lo reconocieron. Seguía estando atento a las cosas, pero se había convertido en otra persona, más serio, y con curiosidad por el funcionamiento del mundo entero. Los padres de Rose lo acogieron como habían hecho en su día durante la soledad lesionada de su adolescencia. Conscientes de su inteligencia, lo apoyaron a lo largo de los años de universidad. En esencia, había abandonado a su propia familia.

*

Felon se acoplaba en las cornisas de ladrillo y luego en la oscuridad escalaba el campanario del colegio universitario, más de cuarenta y cinco metros por encima del paisaje invisible del patio interior. Tres noches a la semana se ponía a prueba sobre las tejas mojadas de lluvia hasta una o dos horas antes de que hubiera luz y los edificios y las extensiones de césped empezaran a mostrarse. Nunca se planteó presentarse a las pruebas abiertas de remo o rugby; solo las cicatrices de sus dedos y sus movimientos rápidos delataban su habilidad. En una librería de viejo había encontrado una obra anárquica, la *Guía del Trinity College para escaladores de tejados,* y al principio supuso que sus obsesiones eran ficción, una aventura infantil, así que se puso a escalar para observar su veracidad, o quizá el nido de un cuervo meticuloso en un campanario. Aquellas noches no vio a nadie más, hasta que en una ocasión se topó con dos nombres grabados con un clavo junto al año 1912. Se paseó por los tejados del claustro y subió paredes rugosas. Incluso él mismo se sentía fantasmal.

Empezó a ver a otros nocturnos. Resultaba que existía una tradición de escalada basada en aquel libro que Marsh había descubierto, impreso personalmente por Winthrop Young, que había sido escalador antes de sus años en Cambridge y que, al echar de menos esas aventuras, convirtió lo que él llamaba los «edificios escasamente poblados y en buena medida desconocidos» en sus Alpes universitarios. La *Guía del Trinity College para escaladores de tejados,* con ilustraciones laberínticas y descripciones meticulosas de las mejores rutas de escalada, había inspirado durante las dos décadas precedentes a generaciones de «estegófilos» que subieron bajantes a lo largo de la «ruta de la colmena» y atravesaron las inseguras tejas que coronaban el auditorio Babbage. Así que había otros escaladores, a metros de distancia, además de Felon. Él procuraba no hacer ruido cuando los veía, y seguía adelante sin darse por enterado. Solo una vez, en medio de un ventarrón, extendió la mano y agarró el abrigo de un cuerpo que había caído junto a él y tiró de la persona hasta sus brazos; la cara asombrada lo miraba fijamente, azotada por el viento: un estudiante de primer año al que no conocía. Felon lo dejó a salvo en una cornisa y siguió escalando.

En diciembre, bajando del campanario de una capilla, Felon pasó al lado de una mujer que le tocó el brazo y se negó a dejarle pasar sin saludar.

—Hola, me llamo Ruth Howard. Matemáticas, Girton College.

—Marsh Felon —se oyó decir—. Lenguas.

—Tú debes de ser el que agarró a mi hermano —prosiguió ella—. El reservado. No es la primera vez que me cruzo contigo por aquí arriba.

Marsh apenas podía verle la cara.

—¿Qué más estudias? —dijo él. Su voz le pareció demasiado fuerte en la oscuridad.

—Sobre todo los Balcanes, todavía es un lío —Ruth se quedó en silencio con la mirada perdida—. Bueno, seguro que..., hay algunas partes del tejado que no se pueden subir en solitario. ¿Qué te parecería escalarlas juntos?

Él hizo un gesto vacilante, pero negó con la cabeza. Ella siguió su descenso y desapareció.

El verano siguiente, en Londres, se mantuvo en forma escalando de noche edificios de la ciudad, incluidas las ampliaciones del Selfridges, recién construidas. Alguien había trazado el mapa de las salidas de emergencia mientras iban levantando el edificio, así que él escalaba cuando caía un aguacero y cuando hacía buen tiempo.

—Marsh Felon —dijo la voz de la mujer como si lo acabara de reconocer, aunque de hecho él se agarraba con una sola mano a un canalón que se iba aflojando lentamente.

—Un momento.

—Vale. Soy Ruth Howard, por cierto.

—Ya lo sé. Te vi hace unos días en la pared del este, encima de la calle Duke.

—Vamos a tomar algo —dijo ella.

En el Stork, Ruth le habló de otros lugares donde escalar que ella conocía en la ciudad: dijo que los más agradables eran algunas iglesias católicas y la Adelaide House, a la orilla del río. Le contó más cosas sobre Winthrop Young, ya que su *Guía para escaladores de tejados* era casi una biblia para ella.

—No era solo un escalador, ganó la Medalla del Rector de Poesía Inglesa y durante la Gran Guerra fue objetor de conciencia y formó parte de la Friend's Ambulance Unit. Mis padres vivían cerca de él y lo conocían. Para mí es un héroe.

—¿Eres objetora de conciencia? —le preguntó él.

—No.

—¿Por qué?

—Es complicado.

—¿Estudiaste en el Trinity en algún momento? —le preguntó después.

—Pues la verdad es que no. Buscaba al tipo de personas adecuadas.

—¿Y a quién encontraste?

—A uno al que seguí y con el que ligué en las laderas del Selfridges. Me invitó a una copa.

Felon se dio cuenta de que se había sonrojado.

—¿Porque agarré a tu hermano?

—Porque no se lo dijiste a nadie.

—¿Entonces soy el tipo de persona adecuada?

—Todavía no lo sé. Cuando lo sepa te lo diré. ¿Cómo fue la caída?

—Nunca me caigo.

—Cojeas un poco.

—El muchacho que fui se cayó.

—Todavía peor. Significa que el miedo es más permanente. Eres de Suffolk...

Asintió. Felon había renunciado a adivinar qué sabía de él y cómo lo sabía.

—Cuando te caíste, ¿por qué fue?

—Éramos techadores.

—¡Qué interesante!

Él no dijo nada.

—Quiero decir que es especial.

—Me rompí la cadera.

—¡Qué interesante! —repitió, burlándose de sí misma. Y luego—: Por cierto, necesitamos a alguien en la costa este. Cerca de donde vivías...

—¿Para qué?

Estaba preparado para que ella dijera casi cualquier cosa.

—Para vigilar a cierta gente. Se ha terminado una guerra, pero probablemente vendrá otra.

Marsh estudió mapas de la costa este que ella le había dado, con todos los senderos entre los pueblos costeros, desde Covehithe a Dunwich. Y luego los planos más detallados de las fincas que pertenecían a personas de su lista. No habían hecho nada malo, sencillamente eran sospechosas.

—Hay que vigilarlos por si hay una invasión —dijo ella—. Sus simpatías están del lado de Alemania. Podrías entrar disimuladamente, no dejar ningún rastro, una operación relámpago, como las llama Lawrence. Y aquella herramienta..., ¿cómo se llama?

—Cepillo de techador.

—Sí, buen nombre.

No volvió a ver a la mujer llamada Ruth Howard, aunque se topó con su nombre muchos años después en un informe confidencial del gobierno sobre las persistentes e implacables turbulencias en Europa, en una nota junto a la letra airada de alguien: «Nos encontramos en un *collage* en el que nada se ha desplazado al pasado y ninguna herida se ha curado con el tiempo, en el que todo está presente, abierto y enconado, en el que todo coexiste sin apenas distancia...». Era una nota tremebunda.

En cualquier caso, Ruth Howard fue quien le introdujo en las guerras secretas. Le enseñó la «técnica del tejado perdido» en lo alto del Trinity College, una expresión que ella había tomado prestada del arte japonés, y en la que una perspectiva alta, como por ejemplo desde un campanario o desde el tejado de un claustro, le permite a uno ver por encima de los muros a distancias normalmente ocultas, como si se tratara de otras vidas y países, y descubrir lo que debe de estar sucediendo ahí, una conciencia lateral permitida por la altura.

Y Ruth Howard estaba en lo cierto, él era reservado. Pocas personas supieron cómo o cuándo Felon participó en los distintos conflictos que ardieron en las décadas sucesivas.

Caza de aves

Marsh condujo hasta White Paint de noche y tanto él como el perro vieron caminar a Rose hacia las luces cortas del coche y subir al asiento posterior. Felon dio marcha atrás y dirigió el coche hacia la costa. Condujo casi una hora. Ella durmió recostada sobre el perro color hígado. De vez en cuando él los miraba. A su perro y a la chica de catorce años.

En el estuario soltó al animal y montó la pantalla de camuflaje. Llevó las escopetas dentro de las cajas duras de hule desde el maletero del coche hasta donde estaba el perro, ya colocado como apuntando hacia algo por encima del estuario embarrado y sin agua. Era aquella hora ignorada, casi inexistente, que a Marsh Felon siempre le gustaba, cuando la marea empezaba a subir, al principio con un par de centímetros de hondura. La oyó en medio de la oscuridad. El único resplandor de los alrededores era el del armazón del coche donde dormía la chica, que tenía la puerta abierta para que el ámbar sirviera de indicador, de punto cardinal. Esperó aproximadamente una hora a que la marea entrara y llenara el estuario, entonces volvió y le puso la mano sobre el hombro a Rose hasta que se despertó. Ella se desperezó empujando los brazos contra el fieltro del techo y luego se quedó sentada un momento mirando la oscuridad. ¿Dónde estaban? ¿Dónde estaba el perro de Felon?

Él la acompañó hasta la costa a través de la hierba gruesa, mientras el paso del tiempo seguía marcado por la creciente profundidad del agua. Cuando se empezó a hacer de día había treinta centímetros de profundidad y el paisaje casi era reconocible. Súbitamente todo estaba despierto: los pájaros salían de los nidos; el perro de caza, ceremonioso en la orilla del estuario que ahora tenía sesenta centímetros de profundidad, retrocedía a medida que el agua subía y se arremolinaba rápidamente. Un forastero que no fuera buen nadador se habría sentido en peligro; se habría alejado, incluso con esa marea poco profunda, mientras que antes podría haber caminado con agua hasta la cintura de un lado a otro del tramo de cien metros del estuario del Blyth hasta aquella islita efímera.

Felon disparó y la escopeta expulsó el cartucho vacío con una sacudida. La caída silenciosa del ave al agua. El perro se zambulló y se puso a nadar, se peleó un momento con el ave, dio vueltas a su alrededor y volvió nadando con la presa. Rose se fijó en que el perro la había agarrado por las patas de modo que pudiera respirar al nadar. Las aves volaban encima de Felon en grupos caóticos de seis y él volvió a disparar. Ahora la luz era más clara. Cogió la otra escopeta y le explicó a ella cómo se abría y cómo se cargaba. No se lo mostró, se lo explicó, hablando en voz baja, observándole la cara para ver su reacción y qué asimilaba de verdad. Su forma de escuchar siempre le había gustado y le había dado confianza, incluso cuando era más pequeña, con la cabeza levantada y mirándole a la boca. Era algo que también hacían los perros. Rose disparó al cielo sin apuntar a nada. Él le dijo que siguiera haciéndolo para que se acostumbrara al ruido y al retroceso.

A veces iban en coche hasta el estuario del Blyth y otras veces al del Alde. Después de esa primera excursión nocturna, siempre que Felon la llevaba a cazar aves por las costas con flujo de mareas, subía al asiento de delante y se quedaba despierta, aunque apenas hablaran. Observaba la última oscuridad, los árboles grises que se abalanzaban sobre ellos, huyendo a cada lado como si se escaparan. Ella ya pensaba en lo que iba a venir y ensayaba lo pesada que sería la escopeta en sus manos, el tacto frío que tendría, el movimiento hasta conseguir la altura adecuada en el momento adecuado, el retroceso y el eco en el silencio del estuario. La idea era ir acostumbrándose a todo eso mientras los tres se dirigían hacia el lugar en el coche oscuro. El perro se asomaba entre los dos asientos y colocaba el cálido hocico en el hombro derecho de Rose, y ella se inclinaba y apretaba la cabeza contra la del animal.

*

El cuerpo y la cara firmes de Rose apenas cambiaron con los años y mantuvieron la delgadez. Tenía una actitud vigilante. Marsh Felon no sabía de dónde venía, ya que ella había crecido en un paisaje plácido, un lugar autosuficiente sin urgencia. Su padre, el almirante, reflejaba esa placidez. Parecía indiferente hacia lo que sucedía a su alrededor, aunque ese rasgo no agotaba su retrato. Marsh era consciente de que el padre, igual que él, tenía una vida más ocupada y oficial en la ciudad. Los dos hombres paseaban juntos los domingos, y Marsh, que nunca abandonaba su condición de naturalista *amateur,* hablaba del misterio de las colinas de caliza, donde «faunas enteras aparecen y desaparecen, mientras las capas de caliza están construidas a partir del esfuerzo de criaturas infinitesimales que trabajan durante un tiempo casi ilimitado». Para el padre de Rose, Suffolk era un universo igualmente lento y paulatino, una meseta de descanso. Sabía que el mundo real y urgente era el mar.

La chica estaba entre el padre y la plácida amistad de Felon. A ella ninguno de los dos le parecía tiránico o peligroso. Su padre podía dar impresión de estirado cuando se le preguntaba por los partidos políticos, pero dejaba que el perro de la familia, Petunia, subiera al sofá y luego a sus brazos. Su mujer y su hija observaban esas reacciones conscientes de que no existían en el mar, donde incluso un acollador raspado era algo digno de castigo. Y con la música era nostálgico, las hacía callar cuando en la radio sonaba una melodía concreta. Cuando él no estaba, su hija echaba de menos aquella masculinidad tranquila a la que se podía acercar sigilosamente en busca de calidez cada vez que las normas de su madre eran demasiado estrictas. Y quizá era por eso por lo que Rose, en ausencia de su padre, buscaba a Marsh Felon, y lo escuchaba hablar boquiabierta sobre las costumbres insistentes de los erizos o sobre una vaca que se había comido la placenta de su ternero para recuperar fuerzas. Ella quería guiarse por las reglas complejas de los adultos y la naturaleza. Incluso en su adolescencia, Felon siempre le hablaba como a una adulta.

Cuando Marsh Felon regresaba a Suffolk tras largos periodos en el extranjero, ella tenía la oportunidad de conocerlo mejor. Pero ya no era la adolescente a la que había enseñado a pescar o a cazar aves. Estaba casada y tenía una hija, mi hermana Rachel.

Felon observa a Rose con su hija en brazos. Ella deja a Rachel en la hierba y coge la caña de pescar, el regalo de él. Felon sabe que su primera reacción será comprobar el peso, mantenerla en equilibrio con los dedos y luego sonreír. Él ha estado fuera demasiado tiempo. Lo único que quiere es volver a ver aquella sonrisa. Ella pasa la palma de la mano a contrapelo por la caña impregnada, y luego coge al bebé y se acerca para abrazar a Felon, con la niña incómodamente entre ellos.

Sin embargo, ahora él la mira de otra manera; ya no es una adolescente que aprende y eso lo decepciona. Mientras que ella, después de haber conducido hasta casa de sus padres en Suffolk y de volver a verlo, no se lo imagina como nadie más que aquel aliado de la infancia. A Rose no se le pasa por la cabeza que haya diferencia alguna entre ellos, aunque todo el tiempo esté dándole el pecho a la bebé y se levante a las tres o a las cuatro de la madrugada en la oscuridad. Si piensa en algo en algún rincón de su mente, no es en Felon, su antiguo vecino, al que todavía tiene cariño, sino en la carrera que se había ido labrando y que ahora el matrimonio ha expulsado de su vida. Tiene una hija y ya vuelve a estar embarazada, de modo que parece que su carrera como lingüista está acabada. Será una madre joven. Se nota menos atlética. Incluso piensa en comentárselo a Felon mientras pasean, a lo largo de una hora en la que está sin su hija.

Resulta que Felon pasa la mayor parte del tiempo en Londres, donde Rose también vive con su marido en el barrio cercano de Tulse Hill, pero nunca coinciden. En Londres tienen vidas separadas. Felon trabaja en la BBC, además de en otros proyectos de los que habla poco. Y aunque se le conoce como el naturalista adorable en su programa de radio, detrás de ese retrato algunos lo conocen como un mujeriego; «el boulevardier», le llama siempre su padre.

De modo que esa tarde, en el césped de sus padres en White Paint, es la primera vez que ella le ve desde hace años. Dónde habrá estado, se pregunta Rose. En cualquier caso, hoy es el cumpleaños de ella y él la ha sorprendido llegando a casa de su madre con el regalo de una caña de pescar. Y cuando se encuentran prometen reservarse una hora para pasear solos.

—Tengo la ninfa de color verde olivo con alas azules —dice ella. Parece una confesión.

Pero ella se ha convertido en una desconocida para él, aquel cuerpo firme ha cambiado y está permanentemente amarrado a la hija. Es menos reservada, menos vigilante, él no sabe exactamente qué es pero le da la sensación de que ella ha renunciado en cierto sentido a lo que fue. Poseía una desenvoltura que a él le gustaba y que ya no tiene. Y entonces, cuando ella aparta una rama de cedro de su camino, él reconoce la línea apenas visible de huesos del cuello, que le devuelve el cariño que pensaba que ya no sentía.

Así que le propone una idea de trabajo a esta mujer de lo más inteligente a la que en su día había enseñado todo tipo de cosas: aquella lista de los peñascos más antiguos del condado por orden de antigüedad; la mejor madera para flechas y para cañas de pescar —la madera que acaba de reconocer por su olor al sujetar el regalo junto a su cara, cuando él vio la emoción de su sonrisa—. Fresno. La quiere en su mundo. No sabe nada de su vida adulta, por ejemplo que fue indecisa y tímida más tiempo de lo que quizá sea habitual, hasta que se encaminó hacia lo que deseaba con una determinación de la que nadie la podía desviar —una costumbre que siempre tendría, ese patrón de indecisión al principio seguido de implicación absoluta—, igual que más adelante, en los años sucesivos, nada la apartaría de Felon, ninguna razón relacionada con su marido, ni siquiera la responsabilidad para con sus dos hijos.

¿Es Felon quien la escoge a ella o se trata de algo que Rose siempre había deseado? ¿Acabamos convirtiéndonos en lo que teníamos que ser desde un principio? Puede que no fuera en absoluto un camino desbrozado por Marsh Felon. Quizá ella siempre había querido una vida de ese tipo, el viaje que sabía que en algún momento emprendería.

Felon compra y rehabilita poco a poco una casa de campo abandonada que lo convierte en vecino distante de White Paint. Pero la casita sigue deshabitada la mayor parte del tiempo, y cuando él va siempre está solo. Su papel de presentador de *La hora del naturalista* en la emisora de la BBC, que se emite los sábados por la tarde, muestra quizá su verdadera naturaleza en esos soliloquios públicos sobre tritones, corrientes fluviales, los siete nombres en inglés para designar la margen del río, las mariposas fabricadas por Roger Woolley o la envergadura variable de la libélula. Con Rose conversaba de una forma muy parecida siempre que atravesaban campos o lechos de río. De niño Marsh Felon se guardaba lagartijas entre los dedos y cogía grillos con la palma de la mano y los soltaba en el aire. Su infancia había sido íntima y propicia. Felon era como seguramente había deseado ser desde un principio, el aficionado al mundo natural que volvía a él siempre que podía.

Sin embargo, ahora es «reservado», con un puesto de trabajo sin especificar en una oficina del gobierno que le hace viajar a zonas inestables de Europa, así que habrá etapas desconocidas en su historia. Algunos tienen la teoría de que la habilidad de Felon en las labores de inteligencia deriva de su conocimiento del comportamiento animal; una persona se acuerda de que Felon la hizo sentarse en la orilla de un río mientras le explicaba el arte de la guerra a la vez que pescaban. «En los ríos de esta zona es el arte de la persuasión; todo tiene que ver con dejar que el tiempo pase.» Y otra vez, mientras desmontaba cautelosamente un antiguo avispero, señaló: «No solo hay que saber cómo entrar en una zona de batalla, sino también cómo salir de ella. Las guerras no se terminan. Nunca se quedan en el pasado. "Sevilla para herir. / Córdoba para morir." Esa es la lección importante».

A veces, cuando vuelve a The Saints, ve a su familia recogiendo juncos de las marismas, como él había hecho de niño. Dos generaciones atrás su abuelo había plantado juncos a lo largo de las marismas del río, y hoy sus herederos los cosechan. Sigue sin haber pausa en sus conversaciones, pero ahora no comparten con él sus palabras en voz muy alta y él no sabrá de sus decepciones matrimoniales o de la alegría de un hijo recién nacido. De quien había estado más cerca era de su madre; al ser dura de oído, él la había protegido de la charla interminable de los demás, y cuando Marsh leía un libro era parecido a aquella comodidad de la sordera. Ahora los hermanos guardan las distancias con él y tejen sus propias historias familiares, por ejemplo sobre un techador desconocido de la costa que adoptó el nombre del «Cepillo», y que se decía que estaba preparado para matar a partidarios de Alemania en caso de invasión.

Era un mito rural que se extendía entre susurros. Había habido un asesinato con un arma de ese tipo, aparentemente fortuito, aunque otros dicen que tenía que ver con una rencilla de la zona. Desde la altura de una casa de una planta sus hermanos miraban hacia la costa y hablaban de ello, y el nombre de una herramienta de techador pasó a ser conocida en todos los pueblos.

No, Marsh los perdió hace tiempo, incluso antes de que dejara The Saints.

Pero ¿cómo se convirtió en lo que se convirtió, en ese chico rural con curiosidad por el mundo lejano? ¿Cómo consiguió hacerse un hueco entre la aristocracia curtida en la guerra? Había sido un muchacho que a los doce años sabía manejar el señuelo, colocarlo impecablemente en la superficie del río y luego meterlo en la corriente para que se desplazara hacia la presencia de una trucha; a los dieciséis cambió su escritura ilegible para documentar con claridad el diseño y la atadura de las moscas. Tenía que ser preciso sobre su afición: cortar y coser el camuflaje de las moscas secas. Llenaba el silencio de sus días cuando conseguía hacer una mariposa con los ojos cerrados, incluso con fiebre alta o con viento fuerte. Mediada la veintena, había memorizado la topografía de los países balcánicos, y era un experto en mapas antiguos donde se habían librado batallas lejanas, y de vez en cuando viajaba a algunos de esos campos y valles inocentes. Aprendió tanto de los que le cerraron la puerta como de los que le dejaron entrar, y lenta e informalmente adquirió conocimiento sobre las mujeres, que a él le recordaban los zorros vacilantes que en su día, de niño, había cogido breve y encantadoramente en sus brazos. Y en el momento en que volvió a estallar la guerra en Europa, se había convertido en un «captador» y un «proveedor» de hombres y mujeres jóvenes, a los que atraía al servicio político discreto —¿por qué? Quizá por una pequeña anarquía que detectaba en ellos, una independencia que tenían que hacer realidad— y soltaba en el submundo de la nueva guerra. Un grupo que finalmente incluyó (sin que sus padres lo supieran) a Rose Williams, la hija de sus vecinos de Suffolk, mi madre.

La noche de los bombarderos

Los fines de semana Rose conduce hasta Suffolk para ver a sus hijos, que viven con su madre a salvo del Blitz que tiene atemorizado Londres. Durante una de esas visitas, en la segunda noche, oyen a los bombarderos que entran desde el mar del Norte. Una noche larga. Se han instalado todos en la sala de estar de la casa oscurecida, los niños duermen en el sofá y su madre, cansada, que sigue despierta por el ruido de los aviones, está sentada junto a la chimenea. La casa, la tierra alrededor de ella, no para de temblar, y Rose se imagina a todos los animalillos, los ratones de campo, los gusanos, incluso los búhos y los pájaros más ligeros en el aire, atrapados en la avalancha de ruido que viene del cielo; incluso a los peces de los ríos bajo la turbulencia del agua que provocan los interminables aviones alemanes que vuelan bajo atravesando la noche. Se da cuenta de que está pensando como lo hace Felon.

—Tengo que enseñarte cómo protegerte —le dijo en una ocasión. Él había estado observando cómo lanzaba la caña—. Igual que un pez, si ve caer la caña, se da cuenta de dónde viene. Aprende a protegerse a sí mismo.

Pero Felon no está esa noche concreta de los bombarderos mientras ella y su madre e hijos están solos en la oscuridad de White Paint, con la única luz de la radio, que habla en voz baja de partes de la ciudad —Marylebone y algunas zonas de Embankment— que ya están en ruinas. Ha caído una bomba cerca de la Broadcasting House. Hay un número inconcebible de víctimas. Su madre no sabe dónde está su padre. Los niños, Rachel y Nathaniel, su madre y ella son los únicos que están supuestamente a salvo en el campo ruidoso, esperando a que la BBC les diga algo, cualquier cosa. Su madre se duerme y se despierta sobresaltada cuando pasan más aviones. Antes hablaban de dónde debían de estar Felon y su padre. Ambos en alguna parte de Londres. Pero Rose sabe de qué quiere hablar su madre. Cuando el ruido de los aviones se aleja, la oye preguntar:

—¿Dónde está tu marido?

Ella no dice nada. Los aviones se pierden en la oscuridad, rumbo al oeste.

—Rose, te preguntaba...

—No lo sé, por Dios. Está en el extranjero, en alguna parte.

—En Asia, ¿no?

—Dicen que Asia es una profesión.

—No tendrías que haberte casado tan joven. Podrías haber hecho lo que hubieras querido después de la universidad. Te enamoraste de un uniforme.

—Igual que tú. Y creía que él era genial. Entonces no sabía por lo que había pasado.

—Los geniales a menudo son destructivos.

—¿Incluso Felon?

—No, Marsh no.

—Él es genial.

—Pero también es Marsh. No es de este mundo. Es una excepción, parece que con un centenar de carreras: techador, naturalista, una autoridad en campos de batalla y las demás cosas que sea ahora...

Su madre vuelve a quedarse en silencio. Pasado cierto tiempo, Rose se levanta, se acerca a ella y, a la luz de la lumbre, la ve plácidamente dormida. Cada matrimonio es un mundo, piensa. Después de las repetidas rachas de truenos de los aviones, sus hijos están dormidos en el sofá, indefensos. Las manos pálidas y delicadas de su madre descansan en los brazos de su silla. Al nordeste está Lowestoft y al sudeste está Southwold. A lo largo de la costa, el ejército ha colocado minas en las playas para protegerse de una invasión terrestre. Han requisado casas, establos y edificaciones anexas. De noche todo el mundo desaparece, y las bombas de más de doscientos kilos y las bombas incendiarias de alta potencia caen silbando sobre las casas y calles escasamente pobladas, por lo que hay tanta luz como de día. Las familias duermen en sótanos, a los que se mudan acompañadas de sus muebles. A la mayoría de los niños los han evacuado de la costa. Los aviones alemanes que vuelven a Europa se desharán de las bombas sobrantes durante su regreso. De modo que la única prueba de que hay habitantes llega después de que las sirenas callen, cuando se reúnen en el paseo marítimo para mirar al cielo y ver cómo se marchan los aviones.

Rachel se despierta sobresaltada justo antes del amanecer. Rose la coge de la mano y salen a los campos silenciosos, hacia el río. Fuera cual fuera la ruta de los bombarderos, no han vuelto en esta dirección. El agua está plana, intacta. Se agarran la una a la otra, pasean junto a la orilla a oscuras y luego se sientan a esperar la luz. Es como si todo se escondiera. «Lo importante es que tengo que enseñarte a proteger a tus seres queridos.» Todavía tiene presentes algunas de las palabras que hace tiempo le dijo Marsh. La mañana se vuelve más cálida y se quita el jersey. En el agua conmocionada no se mueve nada. Rose tiene la vejiga llena pero no se alivia, como si eso formara parte de una plegaria. Si no se agacha, si no mea, todos estarán a salvo, tanto en Londres como aquí. Quiere participar de alguna manera, controlar lo que ocurre a su alrededor en esta época de inseguridad.

—Un pez camuflado por la sombra ya no es un pez, solo un rincón del paisaje, como si tuviera otro lenguaje, igual que a veces necesitamos que no nos conozcan. Por ejemplo, me conoces como tal persona, pero no me conoces como tal otra. ¿Me entiendes?

—No. No del todo.

Y Felon se lo volvió a explicar, contento de que no se hubiera limitado a decirle «Sí».

Al cabo de una hora, Rose camina con Rachel hacia el contorno apenas visible de la casa. Intenta imaginarse las otras vidas de Felon. A veces da la sensación de que es más él mismo con mayor inocencia cuando tiene una criatura en brazos o un loro en el hombro. Felon le ha contado que su loro repite todo lo que oye, así que no puede decir nada importante cuando lo tiene cerca.

Ella se da cuenta de que es en este mundo desconocido y sobreentendido en el que quiere participar.

El temblor

Cuando la gente de los servicios de inteligencia que le conocía hablaba de Felon informalmente en lugares públicos, cualquier referencia a un animal servía. Y el abanico de criaturas escogidas para retratarlo llevaba a menudo a extremos cómicos. El puercoespín del Nuevo Mundo, el crótalo diamante, la comadreja..., no importaba lo que se le ocurriera a uno en ese momento, solo se trataba de un camuflaje. Era ese abanico de animales asignados a Felon lo que sugería la gran dificultad de conocerlo.

De modo que se le podía fotografiar en Viena cenando en el Casanova Revue Bar con una hermosa adolescente y sus padres y, después de mandar a sus compañeros en un taxi al hotel, podía estar en otra parte al cabo de dos horas, con un mensajero o un desconocido. Y si unos años más tarde se le veía en ese mismo bar de Viena con Rose, la misma joven hermosa que ya no era adolescente, no estaba ahí por la razón aparentemente obvia sino por otro motivo, igual que ella. Pasaban de una lengua a otra, dependiendo de quién tuvieran al lado o en quién se fijaran por detrás del hombro del otro. Se comportaban como tío y sobrina sin ironía. Era creíble, incluso para ellos mismos. Y es que él tenía que dejarla sola a menudo con un nuevo papel, que se desvistiera hasta la desnudez con un disfraz u otro. Ella podía estar en una ciudad europea trabajando con él y después volver con sus dos hijos durante un permiso. Y al cabo de un tiempo regresaba con él a otra ciudad donde los agentes aliados y enemigos se topaban los unos con los otros. Pero, para él, sus papeles de tío y sobrina eran un señuelo, no solo para su trabajo, que le permitía estar con ella, sino para mantener su creciente obsesión.

Su trabajo de captador implicaba encontrar talento o bien en el mundo semicriminal o bien entre especialistas, como con un famoso zoólogo que había pasado la mayor parte de su vida en los laboratorios pesando los órganos de los peces, y a quien por lo tanto se le podía confiar la construcción precisa de una bomba de sesenta gramos para destruir un pequeño obstáculo. Era solo con Rose, cuando comía frente a él en alguna fonda de carretera o conducía a su lado desde Londres a Suffolk por carreteras oscuras, con las pálidas manos rubias bajo el velocímetro mientras encendía un cigarrillo para él, era solo con ella que se le olvidaba el objetivo de la misión. La deseaba. Cada centímetro suyo. Su boca, sus orejas, los ojos azules, el temblor de su muslo y la falda levantada y arrugada: ¿era para satisfacerlo? Él quería tener la mano ahí. Todo se le iba de la cabeza menos aquel temblor.

Lo único que no se permitía era plantearse cómo debía de verlo ella. Normalmente daba por supuesto que podía seducir a una mujer con su sabiduría, personalidad o lo que fuera que pudiera atraerla hacia él al principio. Pero no estrictamente como hombre. Se sentía mayor. Solo sus ojos pensativos la podían devorar sin vacilaciones ni consentimiento.

¿Y ella, mi madre? ¿Qué sintió? ¿Fue él o ella quien metió al otro en esa aventura? Todavía no lo sé. Me gusta pensar que entraron en ese universo tembloroso como profesor y alumna. Y es que no se trataba solo de amor y deseo físico: abarcaba las habilidades y posibilidades ligadas al trabajo que compartían. Saber cómo retirarse si el contacto con el otro se rompe. Dónde esconder un arma en un vagón de tren de manera que el otro sepa dónde está. Qué hueso romper de la mano o de la cara para que alguien pierda el juicio. Todo eso. Junto al deseo que él sentía de un momento en el que ella pudiera abrir los ojos como si se comunicaran en morse a oscuras. O la parte donde ella quizá quería que la besara. Cómo se pondría bocabajo. El diccionario completo del amor, la guerra, la educación, el crecer y el hacerse mayor.

«Hay una ciudad amurallada cerca de Rávena —susurró Felon, como si su ubicación tuviera que mantenerse en secreto—. Y dentro de la ciudad, entre sus calles estrechas, hay un pequeño teatro del siglo XIX, una joya íntima, que da la impresión de que se hubiera construido siguiendo reglas basadas únicamente en los principios de las miniaturas. Un día podemos visitarlo». Lo dijo más de una vez, pero nunca fueron. Conocía otros misterios: rutas de escape de Nápoles o de Sofía, las llanuras circundantes en las que habían acampado tres ejércitos con mil tiendas antes del segundo sitio de Viena en 1683; había visto un mapa, hecho de memoria, mucho tiempo después del sitio. Explicó que en su día los cartógrafos eran contratados, incluso por grandes artistas como Brueghel, para ayudarles a coreografiar las escenas de multitudes. Y después había bibliotecas excepcionales, como la Mazarino de París. «Un día podemos ir», soltó la propuesta. Otro destino mítico, pensó ella.

¿Qué atesoraba ella en comparación con toda esa experiencia? Era como el abrazo de un gigante, a ella le daba la sensación de elevarse una legua en el aire al ser testigo de tales conocimientos. Aunque estaba casada, aunque era una lingüista hábil a la hora de argumentar, le parecía que carecía de importancia, que no era más que una chica que enhebraba una aguja a la luz de una vela.

Le había sorprendido descubrir que Felon era reservado y complejo casi por cortesía tímida o caballerosa. Era mejor en las reacciones, mientras que ella destacaba más desde un punto de vista intelectual, razón por la cual finalmente le encargaron la recolección de datos sobre maniobras enemigas, como en su día había hecho a pequeña escala desde un tejado de hotel, ayudada por aquel hombre singular que mi hermana y yo conocíamos como el Polilla; y en el cuarto año de la guerra ella misma empezó a transmitir mensajes a Europa a través de las ondas. Rose, que en su momento escuchaba todo lo que decía Felon, ya no era la alumna. Se implicó más, saltó con paracaídas en los Países Bajos después de que mataran a otro radiotelegrafista, viajó a Sofía, a Ankara y a otros puestos de avanzada más pequeños que cercaban el Mediterráneo, o a dondequiera que hubiera levantamientos. Su firma radiofónica, Viola, llegó a ser muy conocida en las ondas. Mi madre había encontrado el camino que la conectaba con el mundo, de forma parecida a como lo había hecho aquel joven techador.

El Carro de la Osa Mayor

Mucho antes de que fuera a trabajar a los Archivos, justo después del entierro de mi madre, cogí aquel libro de bolsillo de uno de sus estantes y dentro descubrí el mapa dibujado a mano en papel de veinte por quince centímetros de lo que parecía una colina de caliza con cotas de poca pendiente. Por algún motivo había conservado ese dibujo que carecía de topónimos. Al cabo de unos años, cuando trabajaba en los Archivos, descubrí que todo lo que había que escribir o mecanografiar debía hacerse a dos caras en ese mismo tipo de papel de tamaño cuartilla, a espacio simple. Todos los empleados de los servicios de inteligencia tenían que cumplir esa norma, desde Milmo «el Destructor», encargado de los interrogatorios, hasta una secretaria interina que escribía en taquigrafía. Era una práctica seguida en casi todas las oficinas de inteligencia, desde Wormwood Scrubs —partes de la cual habían sido utilizadas en su día como sede central de inteligencia y donde de niño supuse que mi madre entraba a cumplir una pena de cárcel— hasta Bletchley Park. No se permitía ningún otro tipo de papel. Me di cuenta de que tenía un mapa relacionado con los servicios de inteligencia que mi madre había conservado.

Nuestro edificio albergaba una cartoteca donde mapas gigantes colgaban en el aire, de manera que se podían bajar con la ayuda de un rodillo y podían juntarse como paisajes en los brazos de uno. Yo iba allí todos los días a comer mi almuerzo solitario, sentado en el suelo, y los mapas apenas se movían encima de mí en aquella sala casi sin corrientes. Por algún motivo allí estaba a gusto. Quizá era por el recuerdo lejano de aquellos almuerzos con el señor Nkoma y los demás, mientras esperábamos a que cayeran sus historias desenfadadamente ilícitas. Fui ahí con el dibujo después de copiarlo en una diapositiva y me puse a proyectarla sobre varios mapas. Estuve dos días enteros hasta que encontré el trazado con el que se correspondía exactamente, en un mapa cuyas curvas de nivel encajaban a la perfección con mi dibujo. Lo que ahora tenía, al vincular el dibujo de la colina de caliza con su realidad en un mapa grande provisto de nombres concretos, era una localización específica. Del lugar donde, ahora lo sabía, mi madre se había instalado con una pequeña unidad que habían enviado, como afirmaba el informe, para apretar las clavijas de un grupo guerrillero de posguerra. Donde mataron a uno de ellos y capturaron a dos.

El mapa dibujado a mano sugería intimidad, y tenía curiosidad por saber de quién era esa intimidad, ya que ella había conservado el dibujo, útil en su momento, en uno de sus volúmenes preferidos de Balzac. Mi madre había tirado casi todo lo demás de esa época en la que todos hicieron vete a saber qué, destrozar las clavijas. En nuestra conejera de los Archivos nos habíamos encontrado a menudo con casos en los que los supervivientes de la violencia política habían asumido el peso de la venganza, a veces hasta las siguientes generaciones. «¿Qué edad tenían?», creo acordarme de que mi madre le preguntó a Arthur McCash la noche de nuestro secuestro.

«La gente a veces se comporta de forma execrable», me dijo mi madre en una ocasión, cuando nos expulsaron temporalmente del colegio a mí y a tres chicos de bachillerato por robar libros de la librería Foyles en Charing Cross Road. Ahora, después de todos estos años, leyendo fragmentos de lo que claramente fueron asesinatos políticos secretos cometidos en otros países, estaba horrorizado no solo por las actividades de mi madre, sino de que hubiera colocado mi robo en una categoría parecida. Le había escandalizado el robo de libros. «¡La gente se comporta de forma execrable!» Quizá a su juicio sobre mí lo acompañaba una burla de sí misma.

«¿Qué atrocidad cometiste?»

«Mis pecados son múltiples.»

*

Una tarde un hombre llamó a la pared de mi cubículo.

—Hablas italiano, ¿verdad? Aparece en tu ficha —yo asentí—. Ven conmigo. El bilingüe de italiano está enfermo.

Lo seguí y subimos unas escaleras hasta una sección ocupada por los que dominaban lenguas extranjeras, consciente de que fuera cual fuera el trabajo su puesto era más alto que el mío.

Entramos a una habitación sin ventanas y me dio unos auriculares que pesaban mucho.

—¿Quién es? —le pregunté.

—No importa, traduce y ya está —dijo, y encendió el aparato.

Escuché la voz italiana y al principio me olvidé de traducir, hasta que él agitó los brazos. Era la grabación de un interrogatorio y las preguntas las hacía una mujer. El sonido no era bueno, parecía que se hubiera grabado en un espacio parecido a una cueva, lleno de ecos. Además, el interrogado no era italiano y tampoco colaboraba. La grabación se iba parando y reanudando todo el rato, así que había lagunas temporales. Quedaba claro que el interrogatorio se encontraba en una fase inicial. Ahora había leído y oído bastantes y sabía que más adelante lo pondrían entre la espada y la pared. De momento el hombre se protegía haciéndose el indiferente. Se iba por las ramas al responder. Siguió hablando sobre críquet y se quejó de algunas imprecisiones del almanaque *Wisden.* Le llevaron a otro tema preguntándole sin rodeos sobre una masacre de civiles cerca de Trieste y sobre el apoyo inglés a los partisanos de Tito.

Me incliné hacia delante, paré el aparato y me volví hacia el hombre que tenía al lado.

—¿Quién es? Me ayudaría conocer el contexto.

—No lo necesitas, cuéntame lo que dice el inglés y ya. Trabaja con nosotros, necesitamos averiguar si reveló algo importante.

—¿Cuándo...?

—A principios del cuarenta y seis. Oficialmente la guerra había terminado, pero...

—¿Dónde ocurre?

—Es una grabación que conseguimos después de la guerra, de lo que quedaba del gobierno títere de Mussolini, ya habían colgado a Mussolini, pero algunos de sus seguidores seguían activos. Se encontró en una zona cercana a Nápoles.

Me hizo una seña para que me colocara los auriculares y volvió a poner la grabación.

Poco a poco, después de varios saltos temporales de la cinta, el inglés empezó a hablar, pero sobre las mujeres que había conocido aquí y allá, dando detalles sobre los bares a los que habían ido o qué tipo de ropa llevaban. Y si se habían acostado. Era generoso con la información y ofrecía datos que obviamente no eran importantes: la hora a la que un tren llegó a Londres, etcétera, etcétera. Apagué el aparato.

—¿Qué pasa? —me preguntó mi colega.

—Esta información no tiene ningún valor —dije—. Solo habla de sus líos. Si es un prisionero político, no reveló nada político. Solo lo que le gusta de las mujeres. Parece que no le gusta la ordinariez.

—A nadie le gusta. Lo está haciendo bien. Es uno de nuestros mejores hombres. Son cosas que solo les interesan a la mujer o al marido.

Volvió a poner la cinta en marcha.

Entonces el inglés hablaba de un loro que habían encontrado en el Lejano Oriente y que había vivido durante décadas con una tribu que había desaparecido y de la que se había perdido todo el vocabulario. Pero el loro estaba en un zoo y resulta que la criatura todavía se acordaba de la lengua. Así que el hombre y un lingüista intentaban reconstruir el idioma a partir del ave. Evidentemente, el hombre resultaba cansino, pero no dejaba de hablar, casi como si de esa forma pudiera retrasar preguntas concretas. Hasta ese momento los interrogadores no le habían sacado nada. Estaba claro que la mujer buscaba a alguien, identificaciones, nombres de lugares que pudieran relacionarse con un mapa, un pueblo, una matanza o el fracaso de una victoria esperada. Pero entonces él habló del «aire solitario» de una mujer, y en otro aparte absurdo, de unas marcas de nacimiento en la parte superior de su brazo y cuello. Y súbitamente me di cuenta de que yo había visto eso de niño. Y me había recostado encima para dormir.

Y fue de esta manera como durante mi traducción de un interrogatorio grabado que incluía descripciones de mujeres probablemente inventadas y leyendas sobre loros —que el hombre capturado presentaba como información inútil—, oí la descripción de las marcas de nacimiento del cuello de mi madre.

Volví a mi cubículo, pero el interrogatorio se me quedó dentro. Me dio la sensación de que no era la primera vez que oía la voz del hombre. Incluso pensé durante un tiempo que podía ser la de mi padre. ¿Quién más podía conocer esas marcas distintivas, el infrecuente grupo de manchas cuya forma, había bromeado el hombre, se parecía a una constelación de estrellas llamada el Carro de la Osa Mayor?

*

Todos los viernes subía al tren de las seis en la estación de la calle Liverpool y me quedaba tranquilo, solo miraba la franja de paisaje que pasaba delante de mí. Era el momento en que destilaba todo lo que había acumulado durante la semana. Los hechos, las fechas, mi investigación oficial y la no oficial desaparecían sustituidos por la historia paulatina, medio soñada, de mi madre y Marsh Felon. Cómo habían acabado acercándose el uno al otro sin sus familias, su breve momento como amantes y luego su retirada, aunque todavía comprometidos con la infrecuente fidelidad que se profesaban. Apenas tenía pistas sobre su deseo cauteloso, sobre los viajes de ida y vuelta de aeródromos y puertos oscuros. En realidad, más que pruebas, lo único que tenía era un verso a medio acabar de una antigua balada. Era un huérfano, con la ignorancia de un huérfano, y solo podía acceder a fragmentos de la historia.

*

Fue la noche en que volvían en coche desde Suffolk después del funeral de los padres de ella. La luz del velocímetro sobre su vestido, que le cubría las rodillas. Caray.

Salieron de noche. Ella había observado toda la tarde lo amable que él había sido en el entierro, y en la recepción lo oyó hablar con timidez y ternura sobre los padres de ella. Vecinos del pueblo a los que conocía desde la infancia se acercaron a ella para darle el pésame y preguntarle por los niños, que estaban en casa, en Londres, ya que ella había preferido que no fueran al entierro. Tuvo que explicar una y otra vez que su marido todavía estaba en el extranjero. «Pues que tenga un buen viaje de vuelta, Rose.» Y ella asentía con la cabeza.

Más adelante asistió al esforzado intento de Felon de desplazar una ponchera llena de una mesa desvencijada a una más sólida, y junto a él se oían las carcajadas de los invitados. Por algún motivo nunca se había sentido tan relajada. Cuando todo el mundo se marchó, hacia las ocho de la tarde, Felon y ella se fueron a Londres. Ella no quería quedarse en la casa vacía. Enseguida circulaban a través de la niebla.

Avanzaron a duras penas unos cuantos kilómetros, parando cautelosamente en cada cruce, y se detuvieron casi cinco minutos en un paso a nivel porque ella creyó que había oído el aullido de un tren. Si había un tren, se quedó aullando a lo lejos, tan cauteloso como ellos.

—Marsh.

—Dime.

—¿Quieres que conduzca yo?

El vestido se le movió al volverse hacia él.

—Quedan tres horas hasta Londres. Podríamos parar.

Ella encendió una lucecita.

—Ya conduzco yo. Ilketshall. ¿Dónde está en el mapa?

—Me imagino que en algún lugar de esta niebla.

—Vale —dijo ella.

—Vale ¿qué?

—Paremos. No quiero conducir así después de cómo murieron ellos.

—Ya.

—Podemos volver a White Paint.

—Te enseñaré mi casa. Hace tiempo que no la ves.

—Bueno —ella negó con la cabeza, pero sentía curiosidad.

Él giró el coche —tuvo que intentarlo tres veces en el camino estrecho e invisible por la niebla— y condujo hasta la casa de campo que había rehabilitado hacía tiempo.

—Entra.

Dentro hacía frío. Ella habría dicho que el ambiente era tonificante si hubiera sido por la mañana, pero estaba oscuro como boca de lobo, sin atisbo de luz. En la casa no había electricidad, solo una cocina de leña que calentaba el lugar. Felon se puso a quemar madera en ella. Trajo un colchón desde una habitación invisible; dijo que estaba demasiado lejos del calor. Todo esto lo hizo en los cinco minutos que siguieron a su entrada. Ella no había dicho ni una palabra, solo miraba a Felon para ver hasta dónde llegaría, ese hombre siempre cuidadoso, siempre cuidadoso con ella. Rose no daba crédito a lo que ocurría. Ya había demasiada cercanía en la habitación. Estaba acostumbrada a estar con Felon en campo abierto.

—Estoy casada, Marsh.

—No te pareces en nada a una mujer casada.

—Y desde luego sabes que las mujeres casadas...

—Sí. Pero él no forma parte de tu vida.

—Hace mucho tiempo de eso.

—Puedes dormir aquí junto a la lumbre. A mí no me hace falta.

Se hizo un largo silencio. La mente de ella no paraba quieta.

—Puede que ahora sí que te haga falta.

—Entonces quiero poder verte.

Marsh se acercó a la lumbre, abrió el tiro y la habitación se iluminó.

Ella levantó la cabeza y lo miró a la cara.

—Y yo a ti también.

—No, yo no soy nada interesante.

Rose se vio iluminada solo por la luz parpadeante de la cocina de leña, con el vestido de manga larga que había llevado en el entierro. Era una sensación extraña. Algo se había colado debajo de su razón. Y además era una noche de niebla y el mundo que los rodeaba era invisible y anónimo.

Se despertó arropada. Con la palma de él abierta bajo su cuello.

—¿Dónde estoy?

—Estás aquí.

—Sí. Parece que «estoy aquí». Sin esperármelo.

Se durmió y volvió a despertarse.

—¿Qué pasa con el funeral? —preguntó ella, con la cabeza recostada en el cuerpo de él. Sabía que lejos de la lumbre haría frío.

—Yo los quería —dijo él—. Igual que tú.

—No creo que vaya por ahí. Quiero decir, con el hecho de acostarse con su hija. Y justo después de su funeral.

—¿Crees que se revuelven en sus tumbas?

—¡Sí! Además, ahora ¿qué? Ya sé cómo eres con las mujeres. Mi padre decía que eras un *boulevardier*.

—Tu padre era un chismoso.

—Creo que después de esta noche me alejaré de ti. Eres demasiado importante para mí.

Incluso en esta versión condensada y cauta de lo que pasó entre Felon y Rose y de lo que se dijeron hay confusión y hasta incertidumbre; nada acaba de encajar en el hilo de su historia. ¿Exactamente quién o qué rompió la relación que empezó esa noche al lado de una estufa de hierro?

Hacía tiempo que ella no amaba de la forma que había amado esa noche. Se preguntaba cómo se tomaría él dejarla después de eso. ¿Sería como una de sus anécdotas históricas, en la que un pequeño ejército abandona un pueblo carolingio fronterizo con cortesía y silencio, o las consecuencias sacudirían todo lo que los rodeaba? Ella tendría que dejar a Felon antes de que eso ocurriera, tendría que dejar un peón que cortara el puente sobre el río, de modo que ni ella ni él pudieran volver a atravesarlo, para mostrar que había llegado el final después de ese súbito y excepcional vislumbre del otro. Su vida tenía que seguir siendo su vida.

Se volvió hacia Felon. Pocas veces lo llamaba Marsh, casi siempre era Felon. Pero le encantaba el nombre de Marsh, que en inglés es marisma. Sonaba como si no se acabara nunca y fuera difícil de atravesar, de entender, como si ella fuera a mojarse los pies, como si se le fueran a pegar abrojos y barro. Creo que fue entonces, después de la noche junto a la cocina de leña, cuando ella decidió volver a la seguridad de ser quien todavía era y separarse de él, como si el sufrimiento siempre formara parte del deseo. Con él no podía bajar la guardia. No obstante, esperaría un poco más para verlo claro del todo, hasta que el amante gozoso que él había sido volviera a parecerle un desconocido, un misterio. Al amanecer oyó un grillo. Era septiembre. Se acordaría de septiembre.

*

Hay un momento durante el interrogatorio de la mujer italiana a Felon en que los interrogadores apartan la intensa luz que lo ciega y esta pasa brevemente por la cara de ella, y él, siempre tan rematadamente rápido para captar lo que ocurre a su alrededor, la ve con claridad. Felon tiene, como alguien dijo, «aquellos ojos extrañamente distraídos a los que no se les escapa nada». Y se fija en las marcas de viruela que conserva en la piel e inmediatamente considera que no es guapa.

¿Hacen que se fije en la mujer que lo interroga intencionadamente? ¿Saben que es un hedonista, al que se puede arrastrar a un pequeño coqueteo? Y la breve visión de la mujer, ¿cómo le afecta? ¿Cómo reacciona? ¿Modera su coqueteo? ¿Se vuelve más delicado o más seguro de sí mismo? Y si saben tanto de él, lo bastante como para colocar a una mujer al otro lado de la lámpara de arco, oculta en la oscuridad, ¿el movimiento de la luz es accidental o intencionado? Se dice que «los estudios históricos ignoran indefectiblemente el papel de lo accidental en la vida».

Pero, de hecho, Felon siempre está abierto a los accidentes fortuitos, a una libélula repentina o a la revelación inesperada de la personalidad, e intenta sacar provecho de ellos con mayor o menor acierto. Es inclusivo, del mismo modo que es amable y bullicioso en compañía de extraños, todo ello como una forma de huir de su carácter reservado. Tiene una franqueza que viene de cuando era un joven que descubría el mundo. Su voluntad es más curiosa que inflexible. Por eso necesitaba a un verdugo táctico a su lado y esas cualidades las encontró en Rose. Él sabe que no es a él a quien buscan, sino a ella —la invisible Viola, de la que sin embargo siempre se oye hablar—, la mujer que intercepta sus escurridizas señales en las ondas, la voz que informa de sus movimientos y que revela su paradero.

Sin embargo, Felon también es un espejo de doble cara. Miles de oyentes lo conocen como el locutor jovial de *La hora del naturalista,* que especula sobre el peso de un águila o aborda el origen del nombre *lechuga iceberg,* como si fuera un vecino que hablara por encima de una valla a la altura del hombro, sin darse cuenta de que lo oyen en el lejano condado de Derbyshire. No obstante, es tan conocido como invisible para todos ellos. No ha salido ninguna foto suya en *Radio Times,* solo un bosquejo a lápiz de un hombre andando a grandes zancadas a media distancia, lo bastante lejos como para resultar irreconocible. De vez en cuando invita a un especialista en ratones de campo o a un diseñador de aparejos de pesca y moscas al estudio del sótano de la BBC, y en esas ocasiones intenta escuchar con humildad. Pero sus oyentes prefieren que hable él. Están acostumbrados a su mente andariega, como cuando se acuerda de un verso de John Clare en el que «las tordellas charlan en el espino silbante» o recita un poema de Thomas Hardy sobre los estragos que sufrieron los animalillos de los setenta y tantos campos en los que se libró la batalla de Waterloo.

Las ruedas aplastan los túneles del topo,
esparcen los desprotegidos huevos de la alondra
y el zapador abre una brecha en el hogar del erizo.

El caracol se esconde ante los pasos terribles,
pero de nada le sirve y lo aplasta la llanta.
El gusano se pregunta qué pasa ahí arriba

y baja serpenteando lejos de la lúgubre escena,
creyéndose a salvo...

Es su poema preferido. Lee el pasaje lenta y delicadamente, como a ritmo de animal.

*

La mujer que está detrás del resplandor de la lámpara de arco cambia continuamente la línea del interrogatorio para cogerlo desprevenido. Él ha optado por confesar solo deslealtad y traición, y cree que quizá el enfado la cegará. Ha ido bromeando a lo largo de la conversación con ella al otro lado de la lámpara, pero yo me pregunto si le pusieron a una mujer perspicaz en el camino para formularle preguntas sencillas y que él la hiciera creer que la desorientaba con minucias personales. Pero ¿y si sus ficciones le han resultado reveladoras? Ella busca una descripción física de la mujer a la que hacen responsable. A veces sus preguntas son obvias y ambos se ríen, él de sus artimañas y ella con una risa más considerada. La mayoría de las veces, aunque está agotado, detecta la intención oculta de la pregunta.

—Viola —repite él, como desconcertado cuando ella menciona el nombre por primera vez. Y como Viola es un nombre ficticio, ayuda a los interrogadores a trazar un retrato ficticio—. Viola es modesta.

—¿De dónde es?

—Creo que de una región agrícola.

—¿De dónde?

—No estoy seguro —tiene que recuperar terreno, quizá haya cedido demasiado—. ¿Del sur de Londres?

—Pero si dijo que era de «una región agrícola». ¿Essex? ¿Wessex?

—Ah, veo que conoce a Hardy... ¿A quién más lee? —pregunta él.

—Conocemos el estilo característico de ella en la radio. Pero en la única ocasión en que interceptamos su voz pensamos que tenía un acento costeño que no acabamos de identificar.

—Del sur de Londres, creo —insiste él.

—No, sabemos que de ahí no. Tenemos especialistas. ¿Cuándo cogió usted ese acento que tiene?

—¿Qué demonios quiere decir?

—¿Siempre ha tenido esa manera de hablar? ¿Es un hombre hecho a sí mismo? ¿La diferencia entre usted y Viola tiene que ver entonces con la clase social? Porque ella habla de forma distinta, ¿verdad?

—Mire, apenas conozco a esa mujer.

—¿Es guapa?

Él se ríe.

—Supongo. Tiene unos lunares en el cuello.

—¿Cuánto más joven que usted le parece que es?

—No sé qué edad tiene.

—¿Conoce el barrio de Denmark Hill? ¿A un tal Oliver Strachey? ¿El Cepillo?

Él se queda callado, sorprendido.

—¿Sabe a cuántos de los nuestros mataron los partisanos comunistas, sus flamantes aliados, en la masacre de las *foibe* cerca de Trieste? ¿Cuántos cientos de personas cree que murieron ahí, enterrados en las simas?

Él no dice nada.

—¿O en el pueblo de mi tío?

Hace calor y se alegra cuando apagan todas las luces un rato. La mujer sigue hablando en la oscuridad.

—¿O sea que no sabe lo que pasó allí, en aquel pueblo? El pueblo de mi tío. Cuatrocientos habitantes. Ahora son noventa. A casi todos los mataron en una noche. Lo vio una niña que estaba despierta, y cuando habló de ello al día siguiente los partisanos se la llevaron y también la mataron.

—¿Cómo iba a saberlo?

—La mujer que se hace llamar Viola era el enlace de radio entre la gente de ustedes y los partisanos. Les dijo adónde ir aquella noche. Y otros lugares, Rajina Suma y Gakova. Les dio información, la distancia desde el mar, las salidas cortadas y cómo entrar.

—Quienquiera que sea —dice él— solo debió de transmitir instrucciones. Seguramente no sabía lo que iba a pasar. Puede que ni siquiera sepa lo que pasó.

—Quizá, pero el suyo es el único nombre que tenemos. Ni un general ni un oficial, solo su nombre en clave, Viola. No tenemos ninguno más.

—¿Qué pasó en esos pueblos? —pregunta Felon en la oscuridad, aunque sabe la respuesta. La gran lámpara de arco se enciende.

—¿Sabe cómo lo llamamos ahora? «Otoño sangriento.» Cuando dieron su apoyo a los partisanos para aplastar a los alemanes nos catalogaron a todos (croatas, serbios, húngaros e italianos) como fascistas y partidarios de Alemania. Personas corrientes pasaron a ser criminales de guerra. Algunos habíamos sido sus aliados, y ahora éramos el enemigo. Un cambio de aire en Londres, algún cuchicheo político, y todo se trastocó. Nuestros pueblos fueron arrasados. Ahora no queda rastro de ellos. Pusieron en fila a la gente delante de fosas comunes, atados con alambre para que no pudieran huir. Las viejas enemistades se convirtieron en un pretexto para asesinar. También fueron borrados otros pueblos. En Sivac, en Adorjan. Los partisanos nos rodearon, cada vez más cerca de Trieste, hasta que nos vimos forzados a entrar en la ciudad, donde hubo más aniquilación. Italianos, eslovenos y yugoslavos. Todos ellos. Todos nosotros.

Felon pregunta:

—¿Cómo se llamaba el primer pueblo? El de su tío.

—Ya no tiene nombre.

*

Rose y el soldado avanzaban rápido sobre el terreno agreste, mojados de vadear continuamente los ríos, dándose prisa por llegar al emplazamiento antes de que se hiciera de noche, sin estar seguros de dónde estaba exactamente. Solo algunos valles más, pensó ella, y se lo dijo al soldado. La situación era muy inestable. No podían llevar una radio de onda corta, solo los documentos de identidad hechos a toda prisa que les habían dado. El hombre que caminaba a su lado portaba un fusil. Buscaban una colina con una cabaña al pie y finalmente, al cabo de una hora, vieron la construcción.

Su llegada sorprendió a los que estaban allí. Cuando Rose y el soldado entraron en la cabaña, temblando y con la ropa mojada, ella vio a Felon, con aspecto inmaculado y completamente seco. Él estuvo un momento sin decir palabra y luego se enfadó.

—¿Qué haces...?

Rose hizo un gesto de rechazo como para posponer la respuesta. Vio a otro hombre y a una mujer, que se acercaron a ella; los conocía. Había un petate a los pies de Felon, que hizo señas con una actitud distante, casi cómica, como si proporcionar ropa fuera el único motivo por el que estaba ahí.

—Supongo que puedes coger lo que quieras —dijo—. Sécate.

Felon salió. Se repartieron la ropa entre los dos. El soldado se quedó con una camisa gruesa. Ella cogió un pijama y la chaqueta de *tweed* de la isla de Harris de Felon, que reconoció. A menudo se la había visto puesta en Londres.

—¿Qué demonios haces aquí? —volvió a preguntarle Felon cuando ella salió.

—Se han apoderado de las ondas, o sea que hay silencio de radio. No podía contactar contigo. Así que he venido personalmente. Han interceptado nuestros comunicados. Saben dónde estás. Me envían para decirte que tienes que irte.

—Aquí no estás a salvo, Rose.

—Ninguno de vosotros lo está. Justamente. Tienen vuestros nombres, saben adónde os dirigís. Han apresado a Connolly y a Jacobs. También dicen saber quién es Viola —se refirió a sí misma en tercera persona, como si pudiera haber alguien escuchando.

—Pasaremos la noche aquí —dijo él.

—¿Por qué? ¿Porque hay una chica entre vosotros?

Felon se rio.

—No. Porque nosotros también acabamos de llegar.

Comieron junto al fuego. La conversación era cautelosa, nadie estaba seguro de cuánto sabían los demás. Siempre habían trazado una frontera entre cada uno de ellos y los demás, de modo que si detenían a alguno no quedaran expuestos un destino o una intención. Que ella era Viola no lo sabía nadie más que ellos dos. O que el hombre con el que viajaba era su guardaespaldas. Su soldado era tímido, tal como había descubierto en sus intentos de conversación durante su repentino viaje de dos días, incluso cuando le preguntó dónde se había criado. Él no tenía ni idea de cuál era la misión de ella. Solo que era una mujer a la que había que proteger.

Cuando Felon y ella volvieron a salir después de la comida para hablar, el soldado también los acompañó y ella le pidió que se alejara de modo que pudieran hablar a solas. El soldado se fue y encendió un cigarrillo a lo lejos, y ella veía el tenue destello sobre el hombro de Felon cuando fumaba una calada. Dentro se oían las risas de los demás.

—¿Por qué? —Felon lo dijo con un suspiro cansado de reprobación. Prácticamente no era una pregunta—. No tenías por qué ser tú.

—No habrías escuchado a nadie más. Y sabes demasiado, todo el mundo corre peligro si te detienen. Ahora no hay leyes de guerra. Te interrogarían como espía y luego desaparecerías. Hoy en día nos tratan casi como a terroristas —lo dijo con amargura.

Felon no dijo nada, intentaba encontrar un arma, alguna palanca para volver a la discusión. Ella alargó la mano, se la puso encima y se quedaron muy quietos en la oscuridad. La tenue luz del fuego de la cabaña parpadeaba en los hombros de Felon. Todo parecía tranquilo, en calma, como cuando tiempo atrás, durante una noche en Suffolk, una lechuza blanca y cabezuda había volado en silencio hasta el suelo, cerca de ellos, había recogido un animalillo —¿era un roedor o una musaraña?— como si fuera basura en el césped y había planeado hasta un árbol oscuro sin romper el arco de movimiento.

—Si encuentras sus nidos —le contó entonces—, descubres que comen de todo. La cabeza de un conejo, los restos de un murciélago o un sabanero. Son muy forzudas. De envergadura, lo acabas de ver, cuánto debe de medir, ¿metro veinte? Pero si consigues agarrar una..., no pesan nada para la fuerza que tienen.

—¿Cómo lograste agarrar una?

—Mi hermano encontró una lechuza que se había electrocutado. Me la dio. Era grande y tenía una hermosa variedad de plumas, como si estuvieran festoneadas. Pero en cambio no pesaba nada. Cuando me la dejó en las manos, se me levantaron un poco, porque no encontré la resistencia que esperaba... ¿Estás cogiendo frío, Rose? ¿Entramos?

Cuando ahora él habló de golpe, en el presente, ella tuvo que acordarse de dónde estaba, delante de una cabaña, en algún lugar cerca de Nápoles.

Dentro, el fuego casi se había apagado. Se puso una manta encima y se echó. Oía a los demás buscando una posición cómoda. Le había mencionado a Felon que estaba confundida sobre su ubicación y él enseguida esbozó un mapa en una hoja suelta de papel para aclararle dónde se encontraban. Así que su mente recorría el paisaje dibujado que se extendía desde la cabaña hasta llegar a las dos posibles rutas de escape, una de ellas un puerto en el que ella tenía que contactar con una persona llamada Carmen si las cosas salían mal. Olía el vapor de la ropa mojada junto al fuego, y la chaqueta de Felon era áspera al tacto. Había cuchicheos. El año anterior, cuando ella trabajó con él, sospechó que tenía una relación con Hardwick, la otra mujer de la cabaña. Ahora distinguía una conversación y unos movimientos amortiguados en la esquina de la habitación donde él se había acostado. Forzó la mente a volver al paisaje e imaginó el viaje que tenía por delante junto a su guardaespaldas. Cuando se despertó, estaba amaneciendo.

Levantarse temprano era otro vestigio de las enseñanzas de Felon, de la época en que solían ir a cazar aves o de excursión por la orilla de un río a pescar. Rose se incorporó y miró hacia la parte más oscura de la cabaña y vio a Felon observándola, con su compañera dormida a su lado. Se desprendió de la manta, cogió sus prendas secas y salió a vestirse. Al cabo de un minuto, el guardaespaldas la siguió discretamente.

Cuando volvió, Felon se había levantado y los demás estaban despiertos. Se acercó a él y le devolvió la chaqueta. Había notado su peso sobre ella toda la noche. Durante el rápido desayuno él estuvo cortés, como si ella y no él fuera quien mandara en el grupo. Ya venía de antes, cuando la observó desde el otro lado de la cabaña, mientras ella le imaginaba en la sombra de su relación con la otra mujer.

Unos días después detendrían e interrogarían a Felon, tal como ella le había advertido.

*

—Está casado, ¿verdad?

—Sí —miente.

—Creo que sabe cómo tratar a las mujeres. ¿Ella era su amante?

—Solo la vi una vez.

—¿Estaba casada? ¿Tenía hijos?

—No tengo ni idea.

—¿Qué era lo que la hacía atractiva? ¿Su juventud?

—No sabría decirle —Felon se encoge de hombros—. ¿Quizá sus andares?

—¿Qué quiere decir con «andares»?

—El modo de andar, el modo de andar de cada uno. Se puede conocer a la gente por sus andares.

—¿Le gustan los «andares» de las mujeres?

—Sí, me gustan. Es lo único que recuerdo de ella.

—Debió de haber algo más... ¿El cabello?

—Es pelirroja —está satisfecho con su rápido retrato ficticio, aunque quizá ha sido demasiado rápido.

—Cuando dijo «lunar» hace un rato, pensé que tenía algo que ver con la luna.

—¡Ja!

—Sí, me quedé confundida. ¿De qué se trata exactamente?

—Bueno, son... son como marcas de nacimiento, en la piel.

—¡Ah! ¿Una o dos marcas de nacimiento?

—No las conté —dice en voz baja.

—No me creo que sea pelirroja —dice ella.

A estas alturas Rose debe de estar en Nápoles, piensa Felon. A salvo.

—También creo que es muy atractiva —la mujer se ríe—. Si no fuera así, no se resistiría a reconocerlo.

Entonces, para su sorpresa, lo dejan marchar. No es a él a quien buscan, y en ese momento ya han localizado e identificado a Viola. Con su ayuda.

La calle de las pequeñas dagas

Se levanta con la cara contra la palabra ACQUEDOTTO, con un ardor en el brazo y esforzándose mentalmente por saber dónde está y qué hora es. En lugar de ello, oye una cigarra y se acuerda de otro momento. Entonces eran las seis de la tarde y se había despertado echada sobre la hierba, casi en la misma posición en la que está ahora, con la mejilla sobre el brazo. Entonces estaba plenamente consciente. El único problema que tenía en aquella ocasión era el cansancio. Había andado muchos kilómetros hasta el pueblo para encontrarse con Felon y, como tenía que esperar unas horas, encontró un parquecillo al lado de un sendero, se tumbó y se durmió, y luego se despertó de golpe y oyó a la cigarra lastimera. Pero al principio, como ahora, no fue consciente de qué hacía allí. Aquella vez había estado esperándolo en un parquecillo.

Ahora la confunde la palabra *acquedotto,* que significa conducto para el agua, alcantarilla. Levanta la cabeza de la tapa de la alcantarilla. Necesita claridad, saber por qué está aquí en este estado, tiene que pensar. Ve los cortes todavía húmedos que presenta en el brazo. Si ahora hay algo que se expresa con tristeza, viene de ella. Levanta la muñeca y limpia la sangre del reloj roto, una estrella de cristal que marca las cinco o las seis, primera hora de la mañana. Mira al cielo. Poco a poco empieza a acordarse. Tiene que llegar a un lugar seguro. Hay una mujer llamada Carmen a la que debe contactar en caso de que necesite ayuda. Rose se pone en pie, levanta un pliegue de la falda oscura, lo muerde con los dientes y arranca el tercio inferior con la mano buena para poder vendarse el brazo bien fuerte donde nota el dolor. Entonces se agacha y resopla. Ahora hay que bajar al puerto a buscar a Carmen, dondequiera que esté, y subir a un barco. Siempre ocurren milagros aquí, dicen de Nápoles.

Abandona la calle de las pequeñas dagas y recupera el mapa que tiene en la cabeza. Posillipo es como se llama la parte rica de la ciudad y significa «tregua de la pena». Una palabra griega que todavía se utiliza en Italia. Y tiene que ir a Spaccanapoli, la calle que parte la ciudad en dos. Avanza cuesta abajo repitiendo esos nombres: Spaccanapoli y Posillipo. La bulla de las gaviotas es notable, lo que significa agua. Tengo que encontrar a Carmen y luego el puerto. Ahora hay luz en el cielo. Pero lo que está más vivo es su brazo izquierdo, donde le duele, y cuyo vendaje ya está empapado de sangre. Ahora se acuerda de los cuchillos pequeños con que la cortaron. Después de que el grupo se separara para tomar caminos distintos de vuelta a la ciudad, el soldado y ella fueron descubiertos. ¿Cómo lo consiguieron? ¿Quién reveló algo? Al llegar a las afueras la reconocieron y mataron al soldado. Solo era un chaval. En un edificio se pusieron a hacerle cortes en el brazo a cada pregunta. Al cabo de una hora pararon y la dejaron sola. Debió de escapar de alguna forma, debió de arrastrarse hasta la calle. La estarían buscando. ¿Habían terminado con ella? Ahora camina cuesta abajo y piensa, va recuperando el norte. «Una tregua de la pena.» «Un descanso del dolor.» ¿Qué quiere decir *tombiro*? Dobla una esquina y se da cuenta de que ha entrado con torpeza en una plaza vivamente iluminada.

La luz del cielo que ha estado viendo era esta. No la del amanecer. Hay familias y otros grupos alrededor de un bar, comiendo y bebiendo al frescor de la noche, y en medio de ellos canta una niña de diez años. Es una canción conocida, que ella le cantaba a su hijo años atrás en otra lengua. La escena que tiene delante podría corresponder a cualquier hora de la noche, pero todavía no ha amanecido. Se le ha debido de parar el reloj mientras la interrogaban, el reloj marcaba las cinco o las seis, pero de la tarde, no de la madrugada. Todavía no debe de ser medianoche. Pero ¿y las gaviotas? ¿Solo las atraía la luz de esta concurrida plaza?

Se apoya en una mesa, nadie la conoce; los ve hablar y reír mientras la niña que está en el regazo de una mujer canta. La escena tiene algo de medieval, el tipo de lienzo de un gran pintor que a Felon le encantaba describir, señalando su estructura oculta, cómo un gentío se proyecta y llena el lienzo a partir de algo tan pequeño como un pedazo de pan, que lo ancla todo. Decía que así es como el mundo interactúa. En este caso, para ella, el pan es la niña que canta con íntima alegría. Es como ella se siente al haber llegado a esta ruidosa reunión siguiendo la calle Spaccanapoli hasta donde se supone que tiene que encontrarse con Carmen. Podría dar un paso más y exponerse, pero en lugar de ello coge una silla y se sienta, con el brazo herido sobre la mesa, rodeada de un mural interminable. Hace mucho que no vive una vida así, de familia y de barrio. Ha aceptado un mundo de secretismo, donde hay una fuerza distinta y donde no hay generosidad.

Detrás de ella, una mujer le pone suavemente las manos en los hombros.

—Aquí siempre hay milagros —le dice la mujer.

*

Unos meses después Felon entra con Rose, como le había prometido que harían, en la Biblioteca Mazarino. Han comido en La Coupole hasta entrada la tarde, viendo cómo el otro engullía ostras y bebía champán de esbeltas copas hasta que terminaron el almuerzo con una crep compartida. Cuando Rose alarga la mano para coger un tenedor, él ve la cicatriz por encima de la muñeca.

—Brindemos —dice ella—. Nuestra guerra se ha terminado.

Felon no levanta la copa.

—¿Y la próxima guerra? Volverás a Inglaterra y yo me quedaré aquí. Las guerras no se terminan nunca. «Sevilla para herir. / Córdoba para morir.» ¿Te acuerdas?

En el taxi, mareada, se apoya en él. ¿Adónde van? Viran hacia el bulevar Raspail y luego por el muelle de Conti. Está llena de sensaciones inciertas, atada todavía a este hombre, guiada por él. Las últimas horas han transcurrido en bloque sin que ninguno de los dos se diera cuenta. Se ha despertado sola atravesada en la cama, tan ancha que pensaba que iba a la deriva en una balsa, igual que esta tarde en La Coupole con el centenar de mesas vacías esparcidas delante de ella, como una ciudad abandonada.

Él le pone la mano en el hombro al entrar en el edificio marrón, la gran biblioteca de Mazarino, quien, Felon le informa, fue «el gobernante de Francia tras el deceso de Richelieu». Solo Felon, cree ella, utilizaría la palabra *deceso* sin darse cuenta, a pesar de que apenas recibió ninguna formación hasta los dieciséis años. La palabra procedía de un vocabulario secundario que memorizó, igual que reaprendió a escribir y desechó la letra tosca que ella había visto en sus cuadernos infantiles al lado de aquellos moluscos y lagartijas bosquejados con precisión del natural. Un hombre hecho a sí mismo. Un arribista. Por lo tanto, alguien en quien no confiaban algunas personas del oficio, ni él mismo.

Al entrar en la biblioteca, Rose se da cuenta de que está, bueno, ligeramente borracha. La mente no se concentra en las frases que Felon dice. Tres copas de champán a primera hora de la tarde ancladas con el peso de nueve ostras. Y ahora en cierto sentido han entrado en el siglo XV, con un millar de códices confiscados de monasterios o entregados por aristocracias en caída libre, incluso incunables de la infancia de la imprenta. Todo reunido y custodiado aquí después de que en su día se condenara y por lo tanto quedara oculto a varias generaciones.

—Es el verdadero más allá —le comenta Felon.

En un piso superior Felon observa la silueta de ella moviéndose contra las luminosas ventanas del edificio como si pasara un tren iluminado junto a ella. Luego Rose se detiene ante un gran mapa de Francia con sus mil iglesias, justo como en su día él imaginó que ella haría, de modo que parece asistir a una réplica de un deseo anterior suyo. Aquellos mapas de una fe siempre opresiva, como si el único sentido de la vida fuera peregrinar de un altar de iglesia a otro en lugar de cruzar el azul delicado de un río para encontrarse con un amigo distante. Él prefiere los mapas viejos sin ciudades, marcados solo con cotas, de modo que todavía hoy pueden utilizarse para identificar con precisión un lugar.

Felon se detiene junto a una reunión de estudiosos y filósofos esculpida en mármol y se vuelve rápidamente, como si pudiera captar una mirada o un pensamiento de ellos. Le encanta el juicio permanente en la cara de las estatuas, su clara debilidad o artería. En Nápoles se detuvo ante un emperador cruel y todavía se acuerda de que la mirada de aquella esquiva cara de piedra nunca se cruzó con la suya, por mucho que se moviera de un lado a otro para captar su atención. Hay veces que le parece que se ha convertido en aquel hombre. Rose le da un golpecito con los dedos y él se vuelve hacia ella. Caminan junto a una hilera de escritorios antiguos, cada uno iluminado con una lámpara ámbar. Uno muestra la letra apresurada de un santo y otro la de un joven al que ejecutaron. La chaqueta doblada de Montaigne está colocada sobre una silla.

Rose lo absorbe todo. Le parece la continuación de su almuerzo, el sabor de la ostra se yuxtapone súbitamente al olor a barniz de los escritorios y a papel antiguo que flota en el aire. Apenas ha hablado desde su llegada. Y cuando él señala un detalle, ella no responde, ansiosa solo por descubrir lo que este momento significa para ella. Ha adorado a este hombre toda su vida, pero nota que choca con este lugar tan antiguo. «Es el verdadero más allá.» Como quizá ella lo es para él. ¿Felon siempre la ha visto así? Esta impresión la emborracha.

No hace caso de la llovizna mientras pasea sola por la ciudad, tras soltarse de las amarras de Felon. Cuando se pierde, no le pregunta a nadie el camino, abierta a la incertidumbre, y ríe al pasar dos veces al lado de la misma fuente. Quiere casualidad y libertad. La han llevado a esta ciudad para seducirla. Se lo imagina todo, cómo ocurrirá. Las costillas claramente visibles de él en las que apoyará la cabeza. La mano en su bajo vientre, levantándose al crisparse este. La boca de ella abierta con alabanza y generosidad cuando él se vuelve y entra en ella. Rose cruza un puente. Son las cuatro de la madrugada cuando regresa a su habitación.

Se despierta a primera hora de la mañana y entra en la habitación contigua, la de él. Felon duerme en la cama que escogió, más modesta. Al llegar insistió en que ella se quedara con la habitación de más categoría. Está bocarriba, con los ojos cerrados, las manos en los costados, como si rezara o estuviera atado a un mástil. Rose descorre las cortinas altas y pesadas, de modo que la habitación se llena de luz invernal y de muebles, pero él no se despierta. Lo observa, consciente de que está en otro mundo, quizá el del chico inseguro que fue en su adolescencia. Ella nunca conoció al Felon inseguro: es al hombre hecho a sí mismo al que ha tratado. A lo largo de los años él le ha mostrado los grandes horizontes que ella deseaba; pero ahora piensa que quizá solo ven claramente la verdad de lo que tienen delante los que carecen de certezas.

Rose da una vuelta por la habitación del hotel decorada con brocados. No le quita la vista de encima, como si estuvieran en medio de una conversación mímica que nunca han tenido. Entre ellos ha habido una larga historia que los hermana, y ya no está segura de cómo seguir siendo su aliada. Un hotel parisino. Siempre recordará el nombre, o quizá deba olvidarlo. En el baño se lava la cara para aclararse las ideas. Se sienta en el borde de la bañera. Si se ha imaginado cómo la seduciría él, también se ha imaginado cómo lo seduciría ella.

Vuelve a la habitación atenta al más mínimo movimiento de Felon por si se trata de un sueño fingido. Se detiene y se da cuenta de que si se marcha ahora nunca lo sabrá. Se quita los zapatos y se acerca. Se inclina hacia la cama y se echa a su lado. Mi aliado, piensa. Recuerda pequeños fragmentos de su historia común de los que nunca podrá deshacerse, un susurro olvidado que transmitía confianza, una vez que la agarró con la mano, la mirada cómplice que intercambió con él desde el otro lado de una habitación, una ocasión en que bailó con un animal en un campo, cómo aprendió a hablar clara y lentamente en *La hora del naturalista* para que su madre casi sorda le pudiera seguir los sábados por la tarde o cómo anudó y mordió el nailon fino al acabar aquella ninfa de color verde olivo con alas azules. Cuando ella tenía ocho años. Cuando él tenía dieciséis. Esa era solo la primera capa. Había profundidades más íntimas. Aquella vez que encendió una cocina de leña en una casa de campo fría y oscura. Las notas casi silenciosas de un grillo. Luego, más tarde, Felon en una cabaña en Europa, levantándose y dejando a Hardwick dormida en el suelo de la cabaña. Todas las cicatrices que ella tiene en el brazo que él no ha visto. Ella se pone de lado para verle la cara. Luego se marchará. Aquí es donde estás, piensa ella.

*

Había muchas cosas sin enterrar cuando terminó la guerra. Mi madre volvió a la casa construida el siglo anterior, que todavía reafirmaba su presencia en el campo. Nunca había sido un lugar escondido. Se podía distinguir su blancura a un kilómetro y medio de distancia mientras uno oía el susurro de los pinos a su alrededor. Pero en la casa siempre había silencio, un pliegue del valle la protegía. Un lugar de soledad, con vegas que descendían hasta el río, y donde cuando uno salía los domingos todavía podía oír la campana de una iglesia románica anglonormanda a kilómetros de distancia.

Puede que la confesión más insignificante que me hizo Rose durante nuestros últimos días juntos fuera la más reveladora. Era sobre la casa que había heredado. Me dijo que debería haber escogido otro paisaje. Había proclamado su deseo de desheredamiento o exilio años atrás, cuando se separó de sus padres, al ocultarles lo que hacía durante la guerra y al convertirse en una desconocida incluso para sus hijos. Supuse que volver a White Paint era lo que quería, pero era una casa antigua. Ella conocía cada desnivel del pasillo, cada ventana que se atascaba y el ruido del viento en las distintas estaciones. Podría haber caminado con los ojos vendados por las habitaciones hasta el jardín y haberse detenido a un par de centímetros de una lila, segura de sí misma. Sabía a qué altura estaba la luna en cada mes y desde qué ventana verla. La casa era su biografía desde que nació, su biología. Creo que eso la volvía loca.

Lo aceptaba no solo como un elemento de seguridad o certeza, sino como el destino, incluso aquel ruido fuerte del suelo de madera, y cuando me di cuenta de esto me impresionó. La casa se construyó en la década de 1830. Rose abría una puerta y se encontraba con la vida de su abuela. Era testigo de las generaciones de mujeres ocupadas en sus tareas que de vez en cuando recibían la visita del marido, e hijo tras hijo, llanto tras llanto, chimenea tras chimenea, el pasamanos estaba pulido de cien años de agarrarlo. Años después me topé con una reflexión parecida en la obra de una escritora francesa. «Pensé en ello algunas noches hasta que casi me dolía..., me vi precedida por todas aquellas mujeres, en las mismas habitaciones y en la misma penumbra.» Rose vio a su madre en ese papel cuando su padre navegaba en el mar, o cuando estaba en Londres y volvía solo los fines de semana. Esa era la herencia a la que había regresado, la vida anterior de la que huyó. Volvía a estar en un pequeño mundo que se repetía y que incluía a pocas personas externas: una familia de techadores que trabajaba en el tejado, el cartero o el señor Malakite, que llegaba con croquis del invernadero que andaba construyendo.

—¿Me ves igual que tú? —le pregunté a mi madre, y probablemente sea la pregunta más personal que le hice.

—No.

—¿Crees que podría parecerme a ti?

—Esa es otra pregunta, claro.

—No lo sé. Quizá sea la misma.

—No, no lo es. Intuyo que puede haber una semejanza y una conexión. Soy desconfiada, no soy abierta. Puede que tú también, a día de hoy.

Había ido mucho más allá de lo que yo me planteaba. Yo pensaba en cosas como la cortesía o los modales en la mesa. Aunque su actual vida solitaria no la había vuelto más cortés. Le interesaba poco lo que los otros hicieran mientras la dejaran en paz. En cuanto a los modales en la mesa, había reducido las comidas a un mínimo aerodinámico: un plato, un vaso y la mesa limpia diez segundos después de que se terminara la comida, de aproximadamente seis minutos de duración. Su circuito diario por la casa era una costumbre tan arraigada que no era consciente de él a no ser que se viera interrumpido. Una conversación con Sam Malakite. O una larga caminata hasta las colinas mientras yo trabajaba con él. Se sentía protegida por la completa insignificancia y anonimato que creía tener para los habitantes del pueblo, mientras que dentro de la casa estaba el suelo ruiseñor, aquella mina de ruidos que delataría a cualquier intruso que entrara en su territorio. Su ruiseñor en la madera de sicomoro.

Sin embargo, el desconocido al que mi madre esperaba al final no entró en la casa.

—Pero, vaya, ¿por qué me lo preguntas? —ahora insistía en continuar nuestra pequeña conversación—. ¿Qué pensabas que podíamos tener en común?

—Nada —dije sonriendo—. Pensé que quizá los modales en la mesa o alguna otra costumbre reconocible.

Ella estaba sorprendida.

—Bueno, mis padres, como probablemente todos los padres, siempre decían: «Algún día puede que almuerces con el rey, o sea que cuida los modales».

¿Por qué había decidido mi madre centrarse solo en delgadas ramas que ella consideraba habilidades cuestionables o debilidades? «Desconfiada» y «no abierta». Ahora entiendo que pudo tener que aprender esas cualidades para protegerse en su trabajo, y también en su matrimonio con un hombre destructivo y ausente. Así que rompió su crisálida y se escabulló a trabajar con Marsh Felon, que había diseminado esas semillas de tentación cuando ella era joven. Felon había llevado a cabo una impecable campaña de captador. Esperó y la atrajo a los servicios de inteligencia de una forma bastante parecida a como acabó involucrado él, casi inocentemente. Y es que intuyo que lo que mi madre quería era un mundo en el que pudiera participar plenamente, incluso si eso significaba no ser amada del todo ni con plena seguridad. «¡Ay, yo no quiero solo que me adoren!», nos manifestó Olive Lawrence una vez a Rachel y a mí.

Pasada una cierta fase, no conocemos más que la superficie de cualquier relación, igual que las capas de caliza, construidas a partir del esfuerzo de criaturas infinitesimales que trabajan en un tiempo casi ilimitado. Es más fácil entender la relación poco fiable y volátil que existía entre Rose y Marsh Felon. En cuanto a la historia de mi madre y su marido, un espectro en su historia, solo tengo la imagen de él sentado en aquella silla de hierro incómoda de nuestro jardín, mintiendo sobre la razón por la que nos dejaba.

Quise preguntarle si yo era igual que mi padre, o si pensaba que podría parecerme a él.

*

Era mi último verano con Sam Malakite. Nos estábamos riendo de algo, dio un paso atrás y me observó.

—Oye, has cambiado. Apenas hablabas la primera temporada que trabajaste conmigo.

—Era tímido —dije yo.

—No, eras callado —dijo él, más consciente de cómo era yo que yo mismo—. Tienes un corazón callado.

De vez en cuando, con escaso interés, mi madre me preguntaba cómo iba el trabajo con el señor Malakite, si era difícil.

—Bueno, no hay nada *schwer* —contesté yo, y percibí una sonrisa triste en su cara.

—Walter —murmuró ella.

De modo que era algo que él debía de decir a menudo, incluso a ella. Tomé aliento.

—¿Qué le pasó a Walter?

Un silencio y luego:

—¿Cómo decías que lo llamabais? —tiró el libro que estaba leyendo a la mesa.

—El Polilla.

Había perdido la sonrisa sardónica que yo acababa de captar hacía unos segundos.

—¿Realmente existió el gato? —pregunté.

Abrió los ojos de par en par.

—Sí, Walter me contó vuestra conversación. ¿Cómo es que no te acordabas del gato?

—Entierro las cosas. ¿Qué le pasó exactamente a Walter?

—Murió protegiéndoos a los dos aquella noche, en el Bark. Igual que te protegió cuando eras pequeño, aquella vez que huiste, después de que tu padre matara al gato.

—¿Por qué no nos explicasteis que nos protegía?

—Tu hermana se dio cuenta. Por eso nunca me perdonará su muerte. Supongo que para ella era un verdadero padre. Y él la quería.

—¿Quieres decir que estaba enamorado de ella?

—No. Simplemente era un hombre sin hijos al que le encantaban los niños. Quería que estuvierais a salvo.

—Yo no me sentía a salvo. ¿Lo sabías?

Ella negó con la cabeza.

—Creo que Rachel se sentía a salvo con él. Y tú de pequeño también...

Me levanté.

—Pero ¿por qué no nos dijisteis que él nos protegía?

—La historia de Roma, Nathaniel. Tienes que leerla. Está llena de emperadores que no pueden contar la catástrofe inminente ni a sus propios hijos para que así se defiendan. A veces el silencio es necesario.

—Yo me crie con tu silencio... Sabes que me iré pronto y que no te veré hasta Navidad. Esta conversación podría ser la última durante un tiempo.

—Ya lo sé, querido Nathaniel.

Empecé el instituto en septiembre. Adiós, adiós. No nos abrazamos. Sabía que cada día en algún momento ella subiría a las colinas y al llegar a una cima volvería la mirada hacia su casa encajada y a salvo en su pliegue de tierra. A un kilómetro de distancia estaría el «pueblo agradecido». Estaría a mucha altura, como le había enseñado Felon. Una mujer alta y delgada andando ligera por las colinas. Casi segura de su protección.

*

«Cuando venga, será como un inglés más...», había escrito ella. Pero la persona que fue a buscar a Rose Williams era una mujer joven, heredera de alguien. Ahora me digo que pasó de la siguiente manera. Nuestra madre nunca iba al pueblo, pero los vecinos del pueblo sabían dónde vivía Rose Williams, y la mujer fue directa a White Paint, vestida como una corredora de campo a través, sin accesorios ni disfraces. Incluso eso podría haberle resultado obvio a mi madre, pero era una oscura tarde de octubre y cuando distinguió la cara ovalada y pálida de la mujer a través de la ventana empañada del invernadero, ya no había nada que hacer. Estaba ahí de pie, quieta. Entonces rompió el cristal con el codo derecho. Es zurda, debió de pensar para sí mi madre.

—¿Eres Viola?

—Me llamo Rose, querida —dijo ella.

—¿Viola? ¿Eres Viola?

—Sí.

No debió de parecerle la peor de todas las posibilidades de muerte que se había imaginado e incluso soñado. Rápida y letal. Como si finalmente pusiera término a una contienda, a una guerra. Lo que quizá permitía una redención. Es lo que pienso ahora. El ambiente del invernadero era húmedo y con el cristal roto hubo una corriente de aire. La joven volvió a disparar para estar segura. Y luego se puso a correr por los campos como si fuera el alma de mi madre abandonando su cuerpo, de la misma manera que mi propia madre había huido de esa casa a la edad de dieciocho años para ir a la universidad a estudiar lenguas y conocer a mi padre en segundo, abandonar la idea de cursar Derecho, tener dos hijos y luego huir también de nosotros.

Un jardín tapiado

Hace un año me topé con un libro de Olive Lawrence en la librería del pueblo, y aquella tarde, mientras montaba en el jardín un cordel zumbador para ahuyentar a las aves carroñeras, esperaba a que anocheciera para poder leerlo sin interrupciones. Por lo que parece, era la base de un documental televisivo que estaba a punto de estrenarse, así que al día siguiente salí y me compré un televisor. Tal objeto nunca ha formado parte de mi vida, y cuando llegó era un huésped surrealista en la pequeña sala de estar de los Malakite. Era como si de repente hubiera decidido comprarme un barco o un traje de sirsaca.

Vi el programa, y en un primer momento fui incapaz de comparar a la Olive Lawrence que aparecía en el aparato con la que había conocido de adolescente. Si soy sincero, ya no me acordaba de su aspecto. Para mí había sido sobre todo una presencia. Me acordaba de cómo se movía, y también de la ropa práctica que llevaba, incluso cuando llegaba a casa para salir de noche con el Dardo. En cuanto a su cara, la que ahora veía hablándome tenía el mismo entusiasmo y pronto se convirtió en la cara que asociaba con mis primeros recuerdos de ella. Ahora trepaba una pared rocosa de Jordania y más tarde descendía en rapel sin dejar de dirigirse a la cámara. De nuevo se me ofrecían conocimientos precisos sobre niveles freáticos, las variedades de granizo en la masa continental europea o la capacidad de las hormigas cortadoras de hojas de destruir bosques enteros, y la misma pequeña mano femenina me brindaba esos datos sobre el complejo equilibrio de la naturaleza con una soltura esclarecedora. Había estado en lo cierto. Olive Lawrence habría podido soldar sabiamente mi vida, sin evitar la complejidad de rivalidades o pérdidas distantes que yo ignoraba, de modo parecido a como era capaz de reconocer una tormenta que se estaba formando, o a como detectó la epilepsia de Rachel por algún gesto o silenciosa evasiva de ella. Me había beneficiado de la claridad del punto de vista femenino gracias a esa persona que no tenía ninguna relación cercana conmigo. En la breve etapa en que la conocí, me pareció que Olive Lawrence estaba de mi lado. Yo estaba ahí y se me tenía en cuenta.

Me leí su libro, vi el documental en el que caminaba entre olivares arrasados de Palestina, subía y bajaba de trenes mongoles, se inclinaba y hacía un diagrama de la trayectoria en forma de ocho del cielo lunar en una calle polvorienta utilizando nueces y una naranja. Estaba igual y a la vez siempre era distinta. Mucho tiempo después de que mi madre me hablara del trabajo de Olive durante la guerra, leí los escuetos informes oficiales de cómo los científicos llevaban un registro de la velocidad del viento en preparación del día D, y que ella y otros habían subido a un cielo oscuro infestado de otros planeadores que daban sacudidas en el aire, frágiles como el cristal, para escuchar lo poroso que era el viento y buscar luz sin lluvia, para poder aplazar o confirmar la invasión. Las revistas meteorológicas que nos había enseñado a mi hermana y a mí, llenas de grabados medievales que representaban variedades de granizo, o de bosquejos del cianómetro de Saussure, que distinguía los distintos azules del cielo, para ella nunca fueron solo teóricas. Ella y otros debieron de sentirse como magos en aquel momento, experimentando lo que generaciones de ciencia les habían enseñado.

*

Olive fue la primera en reaparecer de aquella época medio enterrada en que todos coincidimos en Ruvigny

Gardens. En cuanto al Dardo, yo seguía sin tener ninguna pista sobre dónde vivía. Él y el Polilla y los demás ahora solo existían en aquel barranco de la infancia. En cambio, me había pasado la mayor parte de mi vida adulta en un edificio del gobierno intentando rastrear la trayectoria de mi madre.

De vez en cuando había días en los Archivos en que me topaba con información de acontecimientos alejados que se solapaban con las actividades de mi madre. De esta forma conocía detalles de otras operaciones o lugares. Y una tarde, siguiendo una ramificación de sus actividades, encontré referencias al transporte de nitroglicerina durante la guerra. El relato de cómo se transportó a escondidas por Londres y, dado que era una mercancía peligrosa, cómo tuvieron que hacerlo de noche, sin que la población se enterara. Estos traslados se mantuvieron incluso durante el Blitz, cuando solo había luz de guerra y el río estaba en sombras excepto por una tenue luz naranja en los puentes para indicar la altura del arco al tráfico fluvial, una señal discreta en medio del bombardeo, y las barcazas en llamas y la metralla que azotaba el agua, mientras en las carreteras a oscuras los camiones secretos cruzaban la ciudad tres o cuatro veces por noche. Era un trayecto de cincuenta kilómetros desde la abadía de Waltham, donde el Gran Nitrurador producía nitroglicerina, hasta un indeterminado lugar subterráneo en el centro de la ciudad que resultó estar en la calle Lower Thames.

A veces el suelo cede y el túnel de abajo lleva a un antiguo destino. Sin apenas detenerme, me dirigí hacia la gran sala de los mapas colgantes. Conocía, casi antes de que mi mano siguiera el recorrido, los nombres imborrables: calle Sewardstone, puente de Cobbins Brook, un giro al oeste del cementerio, luego hacia el sur y, finalmente, hasta la calle Lower Thames. La ruta nocturna que solíamos hacer con el Dardo, cuando yo era un chaval, tras terminar la guerra.

Mi olvidado Dardo, aquel contrabandista, un pequeño delincuente, seguramente fue una especie de héroe, ya que aquella actividad era un trabajo peligroso. Lo que hizo después de la guerra solo fue una consecuencia de la paz. Aquella consabida falsa modestia de los ingleses, que incluía un secretismo absurdo o el tópico del cerebrito ingenuo, de algún modo era como esos dioramas cuidadosamente pintados que ocultaban la verdad y le cerraban la puerta a su yo íntimo. En cierto sentido, esa modestia disimuló la actuación teatral más extraordinaria de cualquier país europeo. Junto con agentes secretos, que incluían tías abuelas, novelistas medianamente competentes, un modisto de la alta sociedad que había sido espía en Europa, los diseñadores y constructores de puentes falsos en el Támesis que pretendían confundir a los bombarderos alemanes que intentaban seguir el río hasta el centro de Londres, químicos que se convirtieron en especialistas en venenos, granjeros de pueblos de la costa este a los que dieron listas de partidarios de Alemania para matarlos en caso de invasión, y ornitólogos y apicultores de Kew, así como solteros empedernidos versados en Oriente Medio y en un puñado de lenguas, uno de los cuales resultó ser Arthur McCash, que siguió en los servicios de inteligencia la mayor parte de su vida. Todos respetaron la confidencialidad de su misión, incluso cuando la guerra se terminó, y solo se les dedicó, años después, una frase discreta en una necrológica según la cual «se distinguieron en el servicio al Ministerio de Asuntos Exteriores».

La noche casi siempre era lluviosa y negra como boca de lobo cuando el Dardo conducía los voluminosos camiones de nitroglicerina y pasaba junto a parques con refugios antiaéreos, con la mano izquierda en las marchas, cambiándolas en la oscuridad y dirigiendo el vehículo parecido a un misil hacia un almacén de Londres. Eran las dos de la madrugada y tenía el mapa en la cabeza, así que podía conducir a velocidades inverosímiles a través de la oscuridad.

Pasé la tarde con estos dosieres recién descubiertos. Enterándome de la marca de los camiones, del peso de la nitroglicerina que se transportaba en cada viaje, de que por la noche en ciertas calles había unas tenues luces azules para iluminar discretamente una curva repentina. Durante la mayor parte de su vida el Dardo había hecho trabajos ocultos, desconocidos para los demás. Los cuadriláteros ilegales de Pimlico, los canódromos y el contrabando. Pero en su trayectoria durante la guerra se lo vigiló y se lo conocía. Tenía que fichar, había que comprobar que su cara coincidía con una fotografía y debía firmar al salir de la calle Lower Thames. Todos sus viajes nocturnos quedaban registrados. Por primera y única vez en su vida, estaba «fichado», él, que se mostró tan orgulloso de no aparecer en aquel manual enciclopédico que contenía un listado de los delincuentes de los canódromos. Tres viajes por noche desde los Molinos de Pólvora, de aquí para allá, cuando la mayor parte del East End estaba dormido e ignoraba la existencia y el peligro de lo que ocurría de noche en las calles. Pero siempre quedaba un registro. De modo que ahora, pasados los años, en esa sala de mapas colgantes pude encontrar las rutas marcadas, consciente de lo parecidos que eran esos viajes a los que hacíamos aquellas noches desde el East End, desde algún lugar cercano a la dársena de Limehouse hasta el centro.

Me quedé quieto en la cartoteca vacía, y los mapas se mecían como si los tocara una súbita brisa. Sabía que en algún lugar habría una carpeta con todos los conductores. Solo me acordaba de él como el Dardo de Pimlico, pero junto a una fotografía de tamaño pasaporte estaría su nombre de verdad. En una sala contigua abrí cajones de armarios y miré fichas de fotografías en blanco y negro de hombres flacos todavía jóvenes. Hasta que me topé con el nombre del que no me acordaba junto a una cara que sí recordaba. Norman Marshall. Mi Dardo. «¡Norman!», ahora me acordaba del Polilla gritando en nuestra concurrida sala de estar de Ruvigny Gardens. Era una fotografía suya a los quince años, y al lado, de forma algo obsesiva, las distintas actualizaciones de su dirección.

Ahí estaba el Dardo.

Debía de tener un cigarrillo encendido en la mano izquierda, que descansaría sobre el volante mientras viraba por esos rincones, con el codo derecho sobre la ventana abierta y el brazo mojado por la intensa lluvia, que lo mantenía alerta. No había nadie con quien hablar aquellas noches, y sin duda para seguir despierto cantaba aquella vieja canción sobre una dama a la que apodaban «la llama».

*

Después de cierta edad, nuestros héroes ya no suelen enseñarnos cosas ni guiarnos. En lugar de ello, optan por proteger el último territorio donde se encuentran a ellos mismos. Las ideas aventureras pasan a ser sustituidas por necesidades casi invisibles. Aquellos que en su día se burlaban de las tradiciones contra las que luchaban con risas ahora solo ofrecen risas y ya no burla. ¿Fue eso lo que acabé pensando sobre el Dardo la última vez que lo vi? ¿Siendo yo ya un adulto? Todavía no lo tengo claro. Ahora tenía su dirección y fui a visitarlo.

Pero durante ese último encuentro, no sabía si sencillamente yo no le interesaba o si sentía pena o enfado hacia mí. Al fin y al cabo, yo me había ido de su mundo de golpe, y de eso hacía años. Ahora estaba ahí, pero ya no era aquel chico. Y mientras yo me acordaba de mis aventuras con él durante el sueño vivaz y confuso de mi juventud, el Dardo no hablaba del pasado como yo deseaba que lo hiciera. Yo quería ponerme al día sobre todos, pero él no paraba de devolverme al presente. ¿Qué hacía ahora? ¿Dónde vivía? ¿Estaba yo...? De modo que no me quedaba más remedio que interpretar la visita reconociendo las barreras de conversación que él levantó. También me di cuenta de que parecía obsesivamente cuidadoso sobre dónde estaban las cosas de la cocina y dónde tenían que seguir, de modo que si yo cogía algo —por ejemplo, un vaso o un posavasos— recordaba dónde había que devolverlo.

No había esperado que yo llegara a su puerta aquel día, a aquella hora; de hecho, no me esperaba en absoluto. Así que el orden del piso era sin duda una costumbre cotidiana, mientras que mi recuerdo del Dardo, que reconozco que los años pueden haber exagerado, era el de un hombre alrededor del cual las cosas se perdían o se hacían añicos. En cambio ahora había un felpudo en el que debía limpiarme las suelas de los zapatos antes de entrar, un trapo de cocina perfectamente doblado, y en el pasillo dos puertas que le vi cerrar con cuidado cuando volvimos a la cocina para poner agua a hervir.

Yo llevaba una vida solitaria, o sea que reconozco a los solitarios, así como las pequeñas dimensiones de orden que los acompañan. El Dardo no era un solitario. Ahora tenía una familia: una mujer que me dijo que se llamaba Sophie y una hija. Me sorprendió. Intenté adivinar cuál de sus amadas lo había atrapado o se había dejado atrapar por él. Seguro que no era la rusa discutidora. En cualquier caso, aquella tarde estaba solo en el piso y no conocí a Sophie.

El hecho de que se había casado y tenía una hija era todo lo lejos que estaba dispuesto a llegar al abordar el pasado. Rehuyó hablar de la guerra y no hizo caso de mis preguntas burlonas sobre el negocio de los perros. Me dijo que se acordaba poco de aquella época. Le pregunté si había visto el programa que Olive Lawrence había hecho para la BBC. «No —me dijo en voz baja—. Me lo perdí».

No quise creerle. Albergaba la esperanza de que fuera una muestra más de su actitud evasiva. Podía perdonarle eso, que sin olvidarse de ella la hubiera expulsado de su vida, pero no que no se molestara en encender el televisor. O quizá yo era el único que se acordaba de aquellos tiempos y de aquellas vidas. El caso es que él no dejaba de colocar obstáculos en el camino de vuelta a nuestro pasado que no me permitían llegar a él, aunque el Dardo se daba cuenta de que esa era la razón por la que había ido a verlo. También parecía nervioso y al principio me pregunté si suponía que yo lo estaba juzgando y planteándome si había hecho bien o si me decepcionaban las decisiones que había tomado en su vida.

Lo observé servir el té en las dos tazas.

—Oí decir que Agnes pasó por una época difícil. La busqué, pero no la encontré.

—Creo que cada uno siguió su camino —dijo él—. Yo me mudé a las Midlands durante un tiempo. Allí era una cara nueva, ya me entiendes. Alguien sin un pasado.

—Recuerdo aquellas noches contigo en la barcaza, con los perros. Sobre todo eso.

—¿Ah, sí? ¿Es de lo que más te acuerdas?

—Sí.

Levantó su taza en un silencioso brindis irónico. No quería volver a esos años.

—Entonces ¿cuánto tiempo estarás por aquí? ¿En qué andas últimamente?

Me dio la sensación de que ambas preguntas, la una junto a la otra, mostraban falta de interés. Así que le conté sin entrar en demasiados detalles dónde vivía y qué hacía. Me inventé la parte de Rachel. ¿Por qué mentí? Puede que solo fuera por su forma de preguntarme. Como si todas las preguntas fueran insignificantes. Parecía que no quería nada de mí.

—¿Todavía importas cosas? —le pregunté.

Rechazó la pregunta con un gesto de la mano.

—Bueno, voy a Birmingham una vez por semana. Me hago mayor, ahora ya no viajo tanto. Y Sophie trabaja en Londres —no fue más allá.

Con la mano alisaba el mantel y al final me levanté tras un silencio excesivo del hombre cuya compañía en su día me había encantado, después de que primero me desagradara y luego la temiera. Pensaba que había visto todas sus caras, la aspereza y luego la generosidad. Así que se me hacía difícil verlo ahora tan enrocado y que llevara astutamente cada frase mía a un callejón sin salida.

—Voy a tener que irme.

—Como quieras, Nathaniel.

Le pregunté si podía ir un momento al baño y atravesé el estrecho pasillo.

Me miré la cara en el espejo; ya no era el chico que había viajado con él por esos caminos a medianoche, a cuya hermana había ayudado una vez a recuperarse de un ataque. Di la vuelta en aquel pequeño espacio como si el cuarto tuviera un sello intacto y fuera el único lugar que pudiera revelar algo más de mi antiguo héroe, alocado y poco digno de confianza, mi maestro. Intenté imaginarme con qué tipo de mujer se había casado. Cogí los tres cepillos de dientes que había en el borde del lavabo y los sostuve en la palma de la mano. Toqué y olí su jabón de afeitar sobre el estante. Vi tres toallas dobladas. Sophie, quienquiera que fuese, había traído orden a su vida.

Todo eso me sorprendía. Todo eso me entristecía. Él había sido un aventurero, y ahora yo estaba ahí, dentro de su vida, y me daba claustrofobia. Qué calmado y satisfecho parecía, sirviendo el té y acariciando el mantel. Él, que siempre pegaba algún mordisco a los bocadillos de los demás mientras salía a toda prisa hacia una reunión poco recomendable, que recogía emocionado el naipe que se le había caído a alguien en la calle o en el muelle, que tiraba la piel del plátano por encima del hombro al asiento de atrás del Morris, donde Rachel y yo nos sentábamos con los perros.

Salí al pasillo estrecho y miré un rato un trozo de tela enmarcado y bordado con unas palabras. No sé cuánto tiempo me quedé ahí mirándolo, leyéndolo y releyéndolo. Lo toqué con los dedos y luego me aparté y caminé lentamente hacia la cocina. Como si supiera que era la última vez que estaba allí.

En la puerta de entrada del piso del Dardo, a punto de irme, me volví para decirle: «Gracias por el té...». Todavía no estaba seguro de cómo llamarlo. Nunca le había llamado por su verdadero nombre. El Dardo asintió con una sonrisa calculada, suficiente como para no parecer maleducado ni enfadado conmigo por invadir su privacidad, y luego me cerró la puerta.

No fue hasta que estuve a kilómetros de distancia, inmerso en el ruido del tren de vuelta a Suffolk, cuando me dispuse a reflexionar sobre nuestras vidas a través del prisma de la visita de aquella tarde. No había habido ningún intento de perdonarme ni de castigarme. Era peor. El Dardo no quería de ninguna manera que entendiera lo que yo había hecho unos años atrás, al desaparecer rápida y sorpresivamente.

Lo que me llevó a entender qué había ocurrido en su piso fue recordar lo bueno que era el Dardo mintiendo. Cómo, cuando lo sorprendía un policía o un guardia de seguridad en un almacén o un museo, improvisaba una mentira tan enrevesada e incluso ridícula que él mismo se reía de ella. La gente no solía mentir y encontrarlo gracioso al mismo tiempo, ese era su truco. «No ensayes nunca una mentira —me aconsejó durante uno de aquellos viajes nocturnos—. Invéntatela sobre la marcha. Es más creíble». El famoso contragolpe. Y además nunca enseñaba las cartas. El Dardo había servido el té con toda la calma del mundo, pero su mente y su corazón debían de estar en llamas. Apenas me miró al hablar. Solo miraba el chorrito de té de color ocre.

Agnes siempre se preocupaba por los que la rodeaban. Es lo que más recordaba de ella. Podía ser gritona y discutidora. Tierna con sus padres. Tenía muchas facetas, pero se preocupaba por los demás. Dibujó nuestro pequeño retrato mientras comíamos, luego dobló el papel de estraza, con lo que parecía que estuviera enmarcado, y me lo puso en el bolsillo. Así es como ella entregaba los regalos, incluso algo que no tenía valor pero tampoco precio, como eso, y decía: «Mira, Nathaniel, para ti». Y yo, que todavía era un quinceañero ingenuo y tosco, lo recibía y me lo guardaba en silencio.

Somos ridículos como adolescentes. Decimos cosas que no están bien, no sabemos ser modestos o menos tímidos. Tenemos mucha facilidad para juzgar. Pero la única esperanza que se nos concede, aunque solo sea retrospectivamente, es que cambiamos. Aprendemos y evolucionamos. Lo que soy ahora se ha formado a partir de lo que me pasó entonces, no a partir de lo que he conseguido, sino de cómo he llegado hasta aquí. Pero ¿a quién he hecho daño para llegar aquí? ¿Quién me guio hacia algo mejor o aceptó las pequeñas cosas que se me daban bien? ¿Quién me enseñó a reír mientras mentía? ¿Y quién me hizo dudar de lo que había acabado pensando del Polilla? ¿Quién me hizo pasar de un interés exclusivo por los «personajes» a lo que estos hacían a los demás? Pero, sobre todo, ante todo, ¿cuánto daño hice yo?

Había una puerta cerrada delante de mí cuando salí del baño del Dardo. Junto a ella, en la pared, había un trozo de tela enmarcado con una frase bordada en azul.

A menudo pasaba
toda la noche en vela
y suspiraba por una perla grande.

Debajo, cosida con un hilo de color distinto, había una fecha de nacimiento, con el mes y el año. Ya hacía trece años. No había ningún motivo para que el Dardo pensara que un trozo de tela bordada lo delataría. «Sophie», su mujer, lo había hecho para ella y la niña. Era algo que se decía a sí misma antes de dormirse. Me acuerdo. Ella probablemente ni siquiera recordaría que una vez me recitó esos versos, puede que no se acordara de aquella noche en que hablamos en la oscuridad de aquella casa prestada. Incluso yo me había olvidado hasta ahora. Además, ella no debía imaginarse de ninguna manera que yo reaparecería una tarde en su casa y que vería aquel deseo suyo en un lugar tan destacado de la pared.

Y ahora todo se derrumbaba a partir de una simple frase bordada. No sabía qué hacer. La de Agnes había sido la historia que nunca seguí. ¿Cómo podía viajar en el tiempo hasta la Agnes de Battersea y la Agnes de Limeburner's Yard, donde perdió aquel vestido de noche? ¿Y hasta la Agnes y la Pearl de Mill Hill?

Si una herida es profunda, uno no la puede convertir en algo que se dice, apenas se puede escribir. Ahora sé dónde viven, en una calle sin árboles. Tengo que ir de noche y gritar su nombre para que ella lo oiga; sus ojos se abrirán en silencio desde el sueño y se sentará en la oscuridad.

«¿Qué pasa?», le preguntará él.

«He oído...»

«¿Qué?»

«No lo sé.»

«Vuelve a dormirte.»

«Pues sí. No. Lo he oído otra vez.»

Yo sigo llamándola y espero su respuesta.

Nadie me había contado nada, pero igual que mi hermana con sus invenciones teatrales o que Olive Lawrence, sé completar una historia a partir de un grano de arena o un fragmento de verdad descubierta. Volviendo la vista atrás, los granos de arena siempre habían estado ahí: el hecho de que nadie me hubiera hablado de Agnes cuando yo creía que podían haberlo hecho, y la frialdad y el silencio, ahora comprensibles, con los que el Dardo me trató en su piso. Y las toallas dobladas; al fin y al cabo, ella había sido camarera, lavandera y lavaplatos en varias cocinas, y vivía en un piso pequeño de protección oficial, donde la pulcritud era una necesidad. El Dardo debió de quedarse asombrado ante esas costumbres y prioridades en una chica embarazada de diecisiete años que acabaría poniendo a raya con tanta eficacia los malos hábitos de su vida.

Me los imagino a los dos..., ¿con qué? ¿Envidia? ¿Alivio? ¿Sentimiento de culpa porque yo no hubiera sabido de qué era responsable hasta ahora? Pensé en cómo debían de haberme juzgado. ¿O era yo el tema del que no se hablaba, en concordancia con la reacción del Dardo ante el programa de televisión de Olive Lawrence y su libro, que nunca había buscado? Un rechazo hacia todos nosotros... Ahora no tenía tiempo, viajaba a las Midlands una vez por semana, tenía una niña a la que criar y eran tiempos muy apretados y difíciles.

Unas semanas después de que Agnes supiera que estaba embarazada, y al no tener a nadie más con quien se sintiera capaz de hablarlo, cogió un autobús, luego otro y se apeó cerca de Pelican Stairs, donde vivía el Dardo. No me había visto desde hacía más de un mes y supuso que estaría allí. Era la hora de cenar. Nadie respondió en la puerta, así que se sentó en las escaleras mientras la calle se oscurecía a su alrededor. Cuando él volvió a casa, ella se había dormido. Le puso las manos en los brazos hasta que se despertó; al principio ella no sabía dónde estaba y luego reconoció a mi padre. De modo que una vez arriba, cuando ella le contó la situación, al no saber el Dardo dónde estaba yo ni adónde había ido, tuvo que confesar otra verdad, la de quién era realmente, la forma como realmente me conoció y dónde podía haber ido o me podían haber llevado.

Estuvieron toda la noche en su piso estrecho, junto a una estufa de gas; fue como una confesión. Y durante y después de las varias conversaciones repetidas y circulares para calmar su incredulidad, ¿le contó él a qué se dedicaba, cuál era su profesión?

Hace poco vi una reposición de una película antigua en un cine en la que condenan injustamente al personaje principal, un hombre inocente, y le arruinan la vida. Se escapa de una cuerda de presos, pero nunca deja de ser un fugitivo. En la última escena de la película se encuentra a la mujer a la que quería en su vida anterior pero solo puede estar un momento con ella, ya que sabe que corre peligro de que lo capturen. Mientras da pasos atrás alejándose de ella en la oscuridad, ella le grita: «¿De qué vives?». Y nuestro héroe, interpretado por Paul Muni, dice: «Robo». Y con esta frase final acaba la película, el plano se oscurece y se acerca a su cara. Cuando vi esa película, pensé en Agnes y el Dardo, y me pregunté cuándo y de qué manera ella había descubierto la ilegalidad de sus actividades. Cómo había afrontado conocer la criminalidad de su marido en su vida de pareja para que pudieran seguir juntos. Todo lo que recordaba sobre Agnes todavía me encantaba. Me había sacado de mi privacidad juvenil al hacerme tomar una conciencia tan cabal de ella. Pero también era la persona más honrada que había conocido. Ella y yo entramos en casas y robamos comida de los restaurantes en los que trabajamos, pero éramos inofensivos. Ella se enfrentaba a la falta de honestidad o de justicia. Era honrada. A los demás no se les hacía daño. Qué maravilloso código para una edad tan temprana.

De modo que pensé en Agnes y en ese hombre que le había gustado tanto, de quien creyó que era mi padre. ¿Cuándo y de qué manera descubrió a qué se dedicaba? Hay tantas preguntas que querría responder con una versión de la verdad.

«¿De qué vives?»

«Robo.»

¿O se lo ocultó durante un tiempo, hasta otro encuentro de noche en aquel piso estrecho de Pelican Stairs? Una respuesta y una decisión cada vez. Primero esto. Y luego eso otro. Y solo después él diría lo que estaba dispuesto a hacer, y ya no era uno de esos pasajes de una canción de amor que tarareaba para sus adentros en los que todo ocurría espontáneamente por una rápida sucesión de causas y efectos, de modo que uno se enamoraba mientras en la costa tocaba una orquesta. Ya no se trataba de la sencillez de la coincidencia, de la casualidad. Yo sabía que entre ellos había un gran cariño. Tenían eso para seguir adelante, junto a sus distintas edades y sus papeles súbitamente distintos. En cualquier caso, no había nadie más.

Él había dado por supuesto que siempre viviría de forma independiente y sin ataduras. Le daba la sensación de que conocía la complejidad de las mujeres. Incluso puede que tiempo atrás me contara que sus múltiples oficios sospechosos le servían para afirmar su independencia y falta de inocencia ante los demás. Así que ahora, mientras intentaba al mismo tiempo calmarla y hacerle entender el mundo menos inocente y honrado, necesitaba de alguna forma sacarla de su yo concentrado y derrotista. ¿Hubo muchas conversaciones antes de que él le pidiera matrimonio? Él sabía que ella tenía que conocer a qué se dedicaba realmente antes de decidirse. La debió de impresionar, no porque él pudiera aprovecharse de ella, sino por algo más sorprendente. Él le ofrecía un camino seguro para salir del mundo encerrado en el que ella estaba.

Se mudó con él a un piso pequeño. No había dinero para nada más grande. No, sospecho que no pensaron en mí. Ni me juzgaron ni me desdeñaron. Esa es mi sensación desde la distancia. Tenían una vida ajetreada, en la que cada penique importaba, en la que cada tubo de pasta de dientes se compraba a un precio determinado. Lo que les pasaba a ellos era la verdadera historia, mientras que yo seguía existiendo solo en el laberinto de la vida de mi madre.

Se casaron en una iglesia. Agnes/Sophie lo quería así. Había un puñado de colegas, junto a sus padres y su hermano, el agente inmobiliario: una chica del trabajo, un par de «rateros» que él utilizaba en algunos encargos, el falsificador de Letchworth, que fue el padrino, y también el comerciante propietario de la barcaza. Agnes insistió en invitarlo. Luego los padres y seis o siete personas más.

Ella tenía que encontrar otro trabajo. Sus colegas del restaurante no sabían que estaba esperando un hijo. Compró periódicos y echó un vistazo a los anuncios clasificados. A través de un contacto del Dardo de aquella primera época, encontró trabajo en la abadía de Waltham, que entonces, durante los años de posguerra, resurgía como centro de investigación. Era donde ella había sido feliz. Conocía su historia, se había leído todos aquellos folletos en nuestra barcaza prestada mientras avanzábamos silenciosamente bajo el fuerte canto de los pájaros o nos elevábamos poco a poco dentro de las esclusas de aquellos canales excavados durante el siglo anterior para conectar la fuente de armas de la abadía con los arsenales a lo largo del Támesis, en Woolwich y Purfleet. El autobús pasaba por la prisión de Holloway, seguía por Seven Sisters Road y la dejaba en los terrenos de la abadía. Volvía al mismo paisaje rural donde antes había estado con el Dardo y conmigo. Su vida se había vuelto circular.

Trabajaba en una de las largas mesas de las salas mal ventiladas y cavernosas del Ala Este A, doscientas mujeres centradas exclusivamente en lo que tenían delante, sin pausa. Nadie hablaba; estaban sentadas en taburetes demasiado alejados los unos de los otros como para charlar. Aparte del ruido producido por el movimiento de las manos, había silencio. ¿Cómo lo vivía Agnes, tan acostumbrada a las risas y las discusiones mientras trabajaba? Echaba de menos el caos de las cocinas, no podía hablar, levantarse y mirar por la ventana, y en cambio estaba amarrada a la velocidad de una diligente cinta transportadora. Cambiaban cada día entre dos ubicaciones. Un día en el Ala Este y al siguiente en la Oeste, siempre con gafas protectoras, pesando los gramos de explosivo en una balanza y tirándolo con una cuchara dentro de los envases que iban pasando. Se le quedaban atrapados granitos debajo de las uñas y se le metían en los bolsillos y en el pelo. Era peor en el Ala Oeste, donde trabajaban con los cristales amarillos de tetril, juntándolos hasta formar una pastilla. Las manos se le quedaban pegajosas de los cristales explosivos y se le volvían amarillas. A las que trabajaban con el tetril las llamaban «los canarios».

La hora de la comida se prestaba a conversar, pero la cantina también era un espacio cerrado. Agnes se llevaba la bolsa del almuerzo, caminaba hacia el sur, hasta los bosques que recordaba, y se comía el bocadillo a la orilla del río. Se echaba boca arriba, con la barriga desnuda al sol, solos ella y el bebé en este mundo. Estaba atenta al ruido de un pájaro o al movimiento de un arbusto agitado por el viento, a alguna señal de vida. Y caminaba de vuelta al Ala Oeste, con las manos amarillas en los bolsillos.

No sabía lo que realmente ocurría en las estructuras de formas extrañas por las que pasaba, donde había escaleras que desaparecían bajo tierra hacia cámaras climáticas construidas para probar armamento nuevo en el calor del desierto o en las condiciones del Ártico. Apenas había signos de actividad humana. A lo lejos, en una colina, estaba el Gran Nitrurador, en el que se había fabricado nitroglicerina durante más de dos siglos. Al lado, bajo tierra, estaban sus inmensas piscinas de lavado.

El acceso a las carpetas antiguas de los Archivos me había permitido conocer los edificios medio enterrados al lado de los cuales caminaría Agnes embarazada de Pearl. Ahora sabía cómo se habían utilizado todos aquellos edificios y monumentos de la abadía de Waltham. Sabía que incluso en la aparentemente inocente piscina natural del bosque en la que Agnes se había zambullido a los diecisiete años era donde se habían montado cámaras subacuáticas para medir la potencia y los efectos de los explosivos que más adelante se utilizarían para bombardear los objetivos del valle del Ruhr, en Alemania. Fue en aquella piscina de doce metros de profundidad en la que Barnes Wallis y A. R. Collins probaron su bomba de rebote donde ella salió a la superficie, temblorosa y sin aliento, y luego se encaramó a la cubierta de la barca mejillonera y compartió un cigarrillo de liar con el Dardo.

A las seis de la tarde sale por la puerta de la abadía de Waltham y coge un autobús hacia la ciudad. Apoya la cabeza contra la ventana, mira las marismas de Tottenham y la cara se le oscurece al pasar el autobús por debajo del puente de St. Ann's Road.

Norman Marshall se encuentra en el piso cuando ella vuelve; su cuerpo grávido está agotado y pasa al lado de él sin dejar que la toque.

—Me noto sucia. Deja que primero me lave.

Se encorva sobre el lavamanos y se tira agua en la cabeza con un cuenco para quitarse los granos de pólvora del pelo, y luego se friega frenéticamente las manos y los brazos hasta los codos. El relleno parecido a chicle que se utiliza para empaquetar los cartuchos en cajas y el tetril se le han pegado como resina de árbol. Agnes se lava una y otra vez los brazos y toda la piel del cuerpo a la que llega.

Últimamente como a la misma hora que el galgo.

Y por la noche, cuando nota que tiene sueño, se acerca en silencio a la mesa en la que trabajo y baja la cabeza cansada hasta mi mano para que pare. Sé que es por comodidad, ya que necesita algo cálido y humano para estar seguro, la fe en otro. Se dirige a mí a pesar de todo mi aislamiento e incertidumbres. Pero yo también lo espero. Como si él deseara contarme algo de su vida azarosa, de un pasado que desconozco. De todas las necesidades no expresadas que debe de sentir.

Así que tengo el perro al lado y necesita mi mano. Estoy en el jardín tapiado que todavía es en todos los sentidos el jardín de los Malakite, de vez en cuando con la sorpresa de unas flores de las que no me habían hablado. Esta es su vida más larga. Cuando Händel sufrió una crisis nerviosa, fue según mi madre, aficionada a la ópera, «el hombre ideal» en aquel estado, honorable, enamorado del mundo del que ya no podía formar parte, aunque el mundo fuera un lugar de guerra constante.

Últimamente he estado leyendo un ensayo de un vecino de Suffolk sobre el *Lathyrus maritimus,* el guisante de mar, y cómo la guerra contribuyó a que la planta sobreviviera. Colocaron minas a lo largo de las playas para proteger el país, lo que dio como resultado, gracias a la ausencia de circulación humana, una abundancia de desiguales mantos verdes de guisantes de mar con hojas gordas y robustas. De ahí la resurrección del casi extinguido guisante de mar, «una feliz planta de la paz». Me atraen estos vínculos sorprendentes, estos sutras de la causa y el efecto. Igual que en su momento relacioné la comedia *Un ladrón en la alcoba* con el transporte secreto de nitroglicerina a la ciudad de Londres durante la guerra, o igual que vi cómo una chica que conocía se aflojaba la cinta del pelo para tirarse a una piscina natural de un bosque donde antes se habían diseñado y probado bombas de rebote. Vivíamos en una época en la que acontecimientos que parecían remotos eran contiguos. Igual que todavía me pregunto si a Olive Lawrence, que más adelante nos enseñaría a mi hermana y a mí a internarnos sin miedo en un bosque nocturno, le dio en algún momento la sensación de que los días y noches que pasó en la costa del canal de la Mancha fueron el punto culminante de su vida. Pocos sabían de su trabajo durante aquella época; no lo mencionó en su libro ni en el documental de televisión que vi ya de adulto. Había tantos como ella, satisfechos con la modestia sobre sus habilidades en tiempos de guerra. «¡No solo era etnógrafa, Dedal!», me soltó mi madre con desdén, más dispuesta a hablarme de Olive que de lo que había hecho ella misma.

«¿Viola? ¿Eres Viola?», solía susurrar para mis adentros, mientras poco a poco descubría quién era mi madre en el segundo piso del edificio donde trabajaba.

Ordenamos nuestras vidas con historias que apenas se sostienen. Como si nos hubiéramos perdido en un paisaje confuso y uniéramos lo invisible y lo no expresado —Rachel, el Gorrión, y yo, un Dedal— y lo cosiéramos todo junto para sobrevivir, incompletos, ignorados como los guisantes de mar en aquellas playas minadas durante la guerra.

Tengo el galgo al lado. Baja la pesada y huesuda cabeza sobre mi mano. Como si yo todavía fuera aquel quinceañero. Pero ¿dónde está la hermana que solo me ofreció aquella despedida indirecta con un gesto como de marioneta, utilizando la manita de su hijo? ¿O la niña a la que puede que un día vea recogiendo un naipe de la calle, tras la que tal vez corra a toda prisa y le pregunte: «¿Pearl? ¿Eres Pearl? ¿Tu padre y tu madre te enseñaron a hacer eso? ¿Porque da suerte?».

Antes de que Sam Malakite me recogiera en White Paint el último día que pasé allí, lavé algunas de las prendas de Rose y las sequé fuera en la hierba; unas pocas las tendí en las matas. Lo que llevara puesto cuando la mataron lo habían retirado. Saqué la tabla de planchar y planché una camisa a cuadros que le gustaba, el cuello y los puños que siempre se arremangaba. La camisa nunca había conocido ese calor ni esa presión. Luego las demás camisas. Coloqué una tela fina sobre la chaqueta azul de punto que disimulaba su delgadez y apreté ligeramente la plancha sobre ella, a una temperatura media. Llevé la chaqueta de punto y las camisas a su cuarto y las colgué en el armario y bajé las escaleras. Atravesé el suelo ruiseñor haciendo ruido, cerré las puertas y me fui.

Agradecimientos

Aunque *Luz de guerra* es una obra de ficción, he utilizado ciertos hechos y escenarios históricos dentro del marco ficticio de la novela.

En lo que respecta a textos y fuentes, me he documentado a partir de algunos libros excelentes que me gustaría mencionar: *The Secret Listeners* de Sinclair McKay, *The West End Front* de Matthew Sweet, *Defend the Realm* de Christopher Andrew y *Empire of Secrets* de Calder Walton, *Dangerous Energy* de Wayne D. Cocroft, *The Roof-Climber's Guide to Trinity* de Geoffrey Winthrop Young, *London's Lost Rivers* de Paul Talling, *This Luminous Coast,* obra de Jules Pretty, *The Waterways of the Royal Gunpowder Mills* de Richard Thomas y *Men of the Tideway* de Dick Fagan. He recabado información sobre el Blitz a partir de artículos de periódico de la época y de los archivos de la Universidad de Carolina del Sur, y a partir de *The People's War* de Angus Calder y *Austerity Britain* de David Kynaston. Me he documentado sobre la inestabilidad en Europa tras la Segunda Guerra Mundial gracias a varias fuentes, entre las que se cuentan *The Historical Uncanny: Disability, Ethnicity, and the Politics of Holocaust Memory* de Susanne C. Knittel, «*Foibe:* Nationalism, Revenge and Ideology in Venezia Giulia and Istria, 1943-5» de Gaia Baracetti, publicado en el *Journal of Contemporary History,* y *Endgame, 1945: The Missing Final Chapter of World War II* de David Stafford. Me gustaría dar especialmente las gracias al escritor Henry Hemming por sus generosas y autorizadas sugerencias sobre los servicios de inteligencia durante la guerra.

Quiero dar las gracias a Claudio Magris, cuyo ensayo *Ítaca y más allá,* sobre la turbulenta Europa de posguerra, cito brevemente. También he recurrido a *A Piece of Chalk,* un ensayo de T. H. Huxley, así como al ensayo de Robert Gathorne-Hardy sobre el guisante de mar, *Capriccio: Lathyrus Maritimus.* Los versos sobre la perla son de Richard Porson (1759-1808). He incluido un pareado de «From the wash...» de A. E. Housman, dos estrofas de *The Dynasts* de Thomas Hardy, dos versos del poema «Sevilla» («Poema de la saeta») de García Lorca, así como una idea y una frase de *La vida material* de Marguerite Duras. Gracias también a *Quemar los días* de James Salter por dos observaciones, a John Berger en su homenaje a Orlando Letelier, a C. D. Wright y a una observación de Paul Krassner sobre los parientes. He aprovechado cartas escritas por Dorothy Loftus sobre el Southwold de 1940, de las que me he podido servir gracias a la cortesía de Simon Loftus, y también he sacado provecho de un artículo de Helen Didd sobre las preparaciones para el día D publicado en *The Guardian.* También he utilizado un artículo de la sección «The Rural Life» del *New York Times* escrito por Verlyn Klinkenborg y titulado «The Roar of the Night», que cita unas palabras de Robert Thaxter Edes sobre los grillos. Entre las múltiples fuentes sobre las carreras de galgos se cuentan artículos de archivo del *Greyhound Star, A Bit of a Flutter* de Mark Clapson, y «Going to the Dogs-Hostility to Greyhound Racing in Britain» de Norman Baker, publicado en el *Journal of Sport History.* Algunas letras de canciones que aparecen fugazmente son de Cole Porter e Ira Gershwin; asimismo, he desplazado dos versos de Howard Dietz a una época ligeramente anterior sin permiso. La cita inicial procede de una observación de Robert Bresson hecha en una entrevista grabada en vídeo.

Muchas gracias a Simon Beaufoy, que me presentó a Gordon y Evelyn McCann y a Jay Fitzsimmons mientras me documentaba sobre canales, mareas y la vida en las barcazas, además de sobre otras informaciones fluviales; fueron guías valiosísimos. También a Vicky Holmes por facilitarme el acceso a los archivos sobre los ríos durante la guerra en el Museum of London Docklands, West India Quay. Gracias también a los Archivos Metropolitanos de Londres, y a quienes trabajaban en la abadía de Waltham y los Molinos de Pólvora cuando estuve allí en abril de 2013, especialmente a Michael Seymour e Ian MacFarlane.

*

Quiero dar las gracias a todas las personas que me ayudaron y acogieron siempre que estuve en Suffolk para documentarme, especialmente a Liz Calder y Louis Baum, Irene Loftus, John y Genevieve Christie, y los fabulosos Caroline y Gathorne Gathorne-Hardy. Muchas gracias a Simon Loftus, que dedicó muchos días a guiarme por The Saints y su compleja e intrincada historia, así como a compartir su conocimiento enciclopédico sobre la comarca.

Gracias a Susie Schlesinger y su casa de chapa, vigilada durante los años de escritura de esta novela por Bellamy, el buey legendario; a Skip Dickinson, que hace muchos años me llevó a un museo de galgos en Abilene; y a Mike Elcock, por su carta de hace tiempo sobre un «modisto»; a David Thomson, Jason Logan, David Young, Griffin Ondaatje, Lesley Barber, Zbyszek Solecki (cuyo padre le podría haber comprado un perro al Dardo), Duncan Kenworthy, Peter Martinelli, Michael Morris, y Coles y Manning por una idea que he tomado prestada. Gracias asimismo a *The Point Reyes Light* y a Jet Fuel.

Quiero expresar mi agradecimiento a Jess Lacher por su trabajo de documentación, y a Esta Spalding por sus perspicaces sugerencias en relación con la estructura de este libro. También a mis amigos Ellen Levine, Steven Barclay y Tulin Valeri, que me han apoyado en tantos sentidos a lo largo de los años.

Gracias a Katherine Hourigan y Lydia Buechler, que acompañaron cuidadosa y cortésmente a este libro a través de la producción en la editorial Knopf, así como a Carol Carson, Anna Jardine, Pei Loi Koay, Lorraine Hyland y Leslie Levine. También a David Milner en Inglaterra y Martha Kanya-Forstner, de McClelland & Stewart, en Toronto, así como a Kimberlee Hesas, Scott Richardson y Jared Bland. Muchas gracias a Robin Robertson, mi editor en Cape. Y también a Sonny Mehta de Knopf.

Estoy profundamente agradecido a Louise Dennys, mi editora en Canadá, que ha trabajado conmigo en este libro desde la primera vez que vio un borrador hace dos años, y le ha prestado un valiosísimo apoyo en todas sus fases.

Me gustaría dar las gracias a los amigos y escritores de Toronto que me han acompañado en todos estos años.

Conste sobre todo mi agradecimiento y amor hacia Linda desde la orilla del río rojo.

Este libro se terminó
de imprimir en
Sabadell, Barcelona,
en el mes de
mayo de 2019